Klarant Verlag

AF287997

Die gebürtige Ostfriesin *Sina Jorritsma* aus der Krummhörn studierte in Hamburg Germanistik und Philosophie, bevor sie wieder in ihre Heimat zurückkehrte. Sie veröffentlicht unter Pseudonym, weil sie ihre Umgebung genau beobachtet und Ereignisse aus ihrem Leben in ihre Geschichten einfließen. Das Romaneschreiben ist ihr kleines Geheimnis, das nur wenige Menschen kennen. Bei einer großen Kanne Ostfriesentee mit Sahne und Kluntjes kann sie halbe Nächte durchschreiben, tagsüber hält sie sich mit Joggen fit. Sina Jorritsma lebt mit ihrer Familie in einem kleinen Ort bei Emden.

Sina Jorritsma

Friesenstrand

Ostfrieslandkrimi

Klarant Verlag

Copyright © 2018 Klarant GmbH, 28355 Bremen
Klarant Verlag, www.klarant.de – www.ostfrieslandkrimi.de
ISBN: 978-3-95573-875-4
1. Auflage 2018
Umschlagabbildung: Klarant Verlag

Kapitel 1

„Moin, wir haben eben gerade am Strand eine Leiche gefunden."
Obwohl Kommissarin Mona Sander durch den Telefonanruf aus dem Tiefschlaf gerissen worden war, erkannte sie die Stimme ihrer jungen Kollegin Grietje Smit sofort. Schließlich arbeiteten die beiden schon seit einigen Jahren bei der Borkumer Polizei zusammen.

Mona setzte sich im Bett auf und schaute auf die Digitalanzeige ihres elektrischen Weckers. Es war fünf Uhr elf morgens, es dämmerte bereits.

„Und ihr seid sicher, dass es sich um ein Gewaltverbrechen handelt?"

„Davon gehe ich aus, und Hinderk ist auch meiner Meinung. Also, kommst du gleich rüber?"

„Selbstverständlich. Du musst mir nur noch verraten, wo genau ihr euch befindet. Der Borkumer Strand ist lang."

„Was du nicht sagst, Mona. – Also, wir sind auf dem Abschnitt vom Jugendbad. Wenn du vom Café Sturmeck direkt gerade zum Strand runtergehst, wirst du uns treffen."

„Ich mache mich gleich auf die Socken", kündigte Mona an. „Habt ihr Enno schon verständigt?"

„Nee, soll ich ihn auch aus dem Bett klingeln?"

„Das mache ich schon selbst. – Also, bis gleich."

Mona beendete das Gespräch und holte die Nummer ihres Dienstpartners Enno Moll aus dem Kurzwahlspeicher. Das Freizeichen ertönte fünf Mal, dann war die tiefe Stimme des schwergewichtigen Oberkommissars zu hören.

„Moin, Mona. Präsentierst du mir schon vor dem Frühstück einen neuen Fall?"

„Sieht ganz danach aus. Grietje und Hinderk haben einen Leichnam gefunden."

Mona gab noch die genaue Position durch, dann legte sie auf.

Enno wollte den Dienstwagen von der Polizeistation holen und sie vor ihrer Wohnung in der Walfangerstrate einsammeln.

Mona blieb also noch Zeit für eine schnelle Dusche und einen Becher Tee im Stehen.

Während sie sich wenig später anzog, betrachtete sie den Sonnenaufgang hinter den Dächern der Nachbargebäude. Wie lang die Leiche wohl schon am Strand lag? Es war spät im August, die Sommersaison neigte sich allmählich dem Ende zu. Tagsüber herrschte beim Strandabschnitt Jugendbad genauso viel Betrieb wie beim Nordbad, Südbad oder dem FKK-Bad.

Mona konnte sich nicht vorstellen, dass ein lebloser Körper dort unbemerkt geblieben wäre. Es sei denn, man hätte den Toten für einen Sonnenbadenden gehalten. Sie ermahnte sich selbst, keine voreiligen Schlüsse zu ziehen. Schließlich wusste sie noch nichts über den Zustand der Leiche.

Mona hatte Jeans, ein Kapuzenshirt und Tennisschuhe angezogen. Sie trat vor das Haus und genoss die kühle Morgenluft und die frische Westbrise. Spätestens jetzt war sie richtig wach.

Einige Minuten später bog der zivile Opel Vectra in die Walfangerstrate ein. Mona hüpfte auf den Beifahrersitz. Sie warf ihrem Kollegen einen anerkennenden Blick zu.

„Trotz der unchristlich frühen Stunde bist du schon glatt rasiert? Respekt!"

„Danke für die Blumen", erwiderte Enno schmunzelnd. „Ich nehme an, du hast bisher noch keine weiteren Einzelheiten über unseren Einsatz zu bieten?"

„Nee, Grietje ist offensichtlich vom Nachtdienst so geschlaucht, dass sie noch nicht mal ein paar Frechheiten von sich gegeben hat."

„Das ist allerdings besorgniserregend."

Die sommersprossige Polizeimeisterin war für ihr loses Mundwerk bekannt. Abgesehen davon gab es an ihren dienstlichen Leistungen nichts zu kritisieren.

Weder Mona noch Enno waren in Plauderlaune. So legten sie den Rest der Fahrt vorbei an der Kurklinik Borkum-Riff schweigend zurück. Nachdem Enno den Dienstwagen am Ende der Hindenburgstraße geparkt hatte, stapften sie am Café Sturmeck vorbei auf den Strand zu. Grietjes und Hinderks Streifenwagen war dort ebenfalls abgestellt worden.

Die aufgehende Sonne spendete inzwischen genug Licht, sodass keine zusätzlichen Lampen nötig waren. Die beiden blau uniformierten Kollegen standen neben einem Körper, der unter einer Kunststoffplane verborgen war.

Grietje sah wirklich müde aus. Mona kannte das Problem, bei dem wechselnden Schichtdienst tagsüber genug Schlaf zu finden. Besonders dann, wenn man so quirlig war wie ihre junge Kollegin. Die rotblonde Kommissarin nickte Grietje und Hinderk zu.

„Moin noch mal. Wie seid ihr auf die Leiche aufmerksam geworden?"

Grietje schaute in ihr Notizbuch.

„Um drei Uhr fünfundfünfzig bekamen wir eine Beschwerde wegen ruhestörendem Lärm am Strand. Der Anrufer konnte nicht genau benennen, an welchem Strandabschnitt sein Schönheitsschlaf gestört wurde. Bekanntlich hören manche Leute ja die Flöhe husten. Doch da Hinderk und ich sowieso auf Streife waren, haben wir uns seine Angaben einigermaßen zusammengereimt und unser Glück beim Jugendbad versucht. Also, randalierende Jugendliche haben wir hier nicht mehr angetroffen. Stattdessen fanden wir nur sie."

Mit diesen Worten kniete die Polizeimeisterin sich neben den Leichnam und schlug die Plane zurück.

Mona und Enno erblickten die erstarrten Gesichtszüge einer jungen blonden Frau Anfang zwanzig. Ihr Hals wies eindeutige Würgemale auf.

„Das war ganz gewiss kein Selbstmord", stellte der Oberkommissar fest.

„Nein, und die Frau wird wohl auch kaum ertrunken sein", ergänzte Mona. Sie griff nun ebenfalls zu der Abdeckung und zog sie ganz weg. Die Tote trug einen bunten Bikini, allerdings war das Oberteil entfernt worden. Es lag einige Handbreit weit neben der Leiche im Sand.

Mona runzelte die Stirn.

„Wir könnten es eventuell mit einem Sexualmord zu tun haben. Die Leiche muss so schnell wie möglich obduziert werden."

Enno nickte und griff zum Funkgerät.

„Ich kümmere mich darum."

Mona wandte sich wieder an Grietje.

„Habt ihr Hinweise auf die Identität der Toten?"

Die sommersprossige Polizeimeisterin schüttelte den Kopf.

„Nee. Hinderk und ich haben die unmittelbare Umgebung schon abgesucht. Kein Smartphone, kein Ausweis, kein Hotelzimmerschlüssel – nichts. Vielleicht sollten wir den Suchradius erweitern."

„Ja, auf jeden Fall. – Was ist mit dem Melder der Ruhestörung? Hat er seinen Namen oder weitere Einzelheiten genannt?"

„Er heißt Johannes Gruner und ist Gast in der *Pension Uhland.*"

„Wenn er von da aus Randale am Jugendbad hört, muss er wirklich verflixt gute Ohren haben", stellte Mona trocken fest. „Diesen Herrn werden wir uns nachher vorknöpfen."

Sie musterte den leblosen Körper genauer. Abgesehen von den Würgemalen waren keine weiteren Anzeichen für äußere Gewalteinwirkung festzustellen, doch das musste nichts heißen. Es gab genügend Methoden, einem Menschen Schmerzen zuzufügen, ohne äußere Spuren zu hinterlassen.

Was war hier geschehen?

Mona ließ ihren Blick schweifen. In der Nähe gab es zwar Fußspuren, doch es waren so viele, dass man unmöglich eine davon einem bestimmten Täter zuordnen konnte. Ganz abgesehen davon, dass es während der Nacht einen Regenschauer gegeben haben musste. Der Sand war jedenfalls feucht, ebenso der Bikinistoff. Von eindeutigen Schuh- oder Fußabdrücken konnte keine Rede sein. Die Ränder der Eindrücke waren durch die Feuchtigkeit verklebt und in sich zusammengefallen.

„Wann kam heute Nacht der Regen runter?", wollte Mona von Grietje wissen.

„Gegen drei Uhr hat es mal kurz gegallert, aber nur ungefähr zehn Minuten lang. – Stimmt doch, Hinderk?"

Der junge Polizeimeister nickte. Erstens war er von Natur aus schweigsam, und zweitens kam er als Dienstpartner der redseligen Grietje ohnehin selten zu Wort.

„Also hat die Leiche um drei Uhr schon am Strand gelegen, falls der Bikini nicht durch ein nächtliches Bad oder andere Umstände feucht geworden ist", dachte Mona laut nach. „Die Randalierer, die eine knappe Stunde später hier durchgezogen sind, könnten die Frau also bemerkt haben. Oder sie hatten selbst etwas mit ihrem Tod zu tun. Andererseits ist der Strand auf diesem Abschnitt sehr breit. Bei Dunkelheit hätten die Kerle sie auch übersehen können."

„Das stimmt. Und welcher Mörder wäre schon so dämlich, durch Krach auf sich aufmerksam zu machen?"

Diese Bemerkung kam von Enno, und Mona musste ihrem erfahrenen Dienstpartner innerlich recht geben. Der nächtlich einsame Strand war ein idealer Tatort, vor allem auf der Höhe des Jugendbades. Während man am Nordbad oder Südbad auch zu nächtlicher Stunde noch mit lästigen Zeugen in Gestalt von spät heimkehrendem Partyvolk rechnen musste, war man hier eher ungestört. Vor allem, da die Promenade mit ihren zahlreichen Bars doch recht weit entfernt war.

„Wir müssen klären, ob es überhaupt einen Zusammenhang zwischen den Radaubrüdern und dem Mord gibt", sagte Mona. „Wenn die Leiche schon um drei Uhr hier gelegen hat, dann war es zu der Zeit noch stockfinster. Die nächste Lampe ist so weit entfernt, dass die Frau an einem völlig dunklen Punkt erwürgt wurde."

Der wuchtige Ostfriese nickte.

„Ja, falls das hier der Tatort ist. Davon gehe ich aber aus, andernfalls müssten im Sand Schleifspuren zu sehen sein."

„Ich merke schon, *Sherlockine Holmes und Dr. Enno Watson* sind bereits völlig in ihre Ermittlungen vertieft", meinte Grietje augenzwinkernd. „Habt ihr noch Aufgaben für das Fußvolk parat, beispielsweise die Umgebung absuchen?"

„Ja, und daran werde ich mich auch höchstpersönlich beteiligen", sagte Mona. „Wir veranlassen den Abtransport der Leiche nach Oldenburg. Ich bezweifle zwar, dass die Spurensicherung hier etwas erreichen kann, aber wir werden trotzdem ein Team anfordern. Und wir sollten die Leiche wieder abdecken. Bald werden die ersten Nordic Walker und Jogger an der Wasserlinie erscheinen, und ich möchte hier keine Neugierigen haben."

Hinderk nickte und zog die Plane wieder über die Tote. Zuvor machte Mona ein Foto vom Gesicht des Leichnams.

Mona, Grietje und Enno schauten sich im Umkreis von ungefähr fünfhundert Metern den Strand genauer an. Die Kommissarin fand nur eine Plastikschaufel, die vermutlich ein Kind vergessen hatte. Sie ging davon aus, dass die Tote erwürgt worden war. Zumindest der erste Eindruck sprach für diese Todesart.

Konnte man von einem geplanten Verbrechen ausgehen? Oder handelte es sich um eine Spontantat aus Leidenschaft? War der Frau das Bikini-Oberteil durch den Täter vom Leib gerissen worden oder hatte sie es zum Sonnenbaden selbst abgelegt?

Solange die Identität des Opfers nicht geklärt war, brachten diese Fragen die Ermittlungen nicht wirklich weiter. Da riss Grietjes Ruf Mona aus ihren Überlegungen.

„Ich hab etwas!"

Während Enno unweit der Wasserlinie und Mona auf der östlichen Seite gesucht hatten, war Grietje in westlicher Richtung unterwegs gewesen. Genau wie die beiden Kommissare hatte sie sich Latexhandschuhe übergestreift. Triumphierend hielt sie einen Gegenstand hoch.

„Eine Uhr", stellte Mona im Näherkommen fest.

„Eine Angeberuhr!", präzisierte Grietje. „Das ist eine Protzmarke, für so ein Modell legst du locker sechstausend Euro auf den Tisch. Wer so eine Uhr verliert und sich nicht darum kümmert, ist entweder ein Milliardär oder er wollte so schnell wie möglich vom Tatort türmen. Oder beides."

Nun trat auch Enno schnaufend an seine Kolleginnen heran. Mit seinem Übergewicht fiel es ihm am schwersten, sich in dem feuchten Sand vorwärts zu bewegen.

„Der Verschluss scheint kaputt zu sein", stellte er nach einem Blick auf die Armbanduhr in Grietjes Hand fest.

„Sechstausend Öcken und so eine miese Verarbeitung", lästerte die Polizeimeisterin. „Wenn der Kerl die Frau ermordet hat, wird er wohl kaum auf der Wache erscheinen und fragen, ob seine Uhr gefunden wurde."

„Jedenfalls ist das ein Gegenstand, mit dem wir uns näher befassen sollten", sagte Mona. „Das war bisher gute Arbeit, Grietje und Hinderk. Bleibt ihr bitte hier, bis die Leiche fortgeschafft wird und das Spurensicherungsteam eintrifft?"

Die junge Kollegin rollte genervt mit den Augen.

„Hallo? Eigentlich ist unsere Schicht in einer halben Stunde zu Ende! – Nun schau mich nicht so vorwurfsvoll an, Mona. Wir machen es ja. Aber wenn der Chef wegen der Überstunden meckert, geht das auf eure Kappe."

„Klar doch", gab Mona zurück.

„Was hältst du von der Geschichte?", fragte Enno, als sie wenig später wieder in ihrem Opel Vectra saßen. Der Oberkommissar startete den Motor.

„Ich frage mich, was für eine Rolle dieser Johannes Gruner spielt. Die Pension, in der er lebt, befindet sich in der Geert-Bakker-Straße, also ungefähr zwei Kilometer von hier entfernt. Die Krawallbrüder müssen schon verflixt laut gewesen sein, wenn er sie von dort aus gehört haben will."

Enno zuckte mit seinen breiten Schultern.

„Wenn es bei Nacht sehr still ist, empfindet man den Lärm nur umso intensiver. Außerdem wäre es möglich, dass die Kerle am Strand entlang Richtung Westen gezogen sind. Und dann konnte man sie auch von der Pension Uhland aus problemlos hören."

„Ja, vielleicht", murmelte Mona. „Wir sollten auch nach weiteren Zeugen Ausschau halten. Doch damit müssen wir wohl warten, bis die meisten Touristen ihren Schönheitsschlaf beendet haben."

Die Ermittler fuhren zunächst zur Polizeistation. Sie wollten die Vermisstenmeldungen überprüfen.

„Da ist nichts dabei, jedenfalls nicht aktuell", stellte Enno schnell fest. „Wir können natürlich auch die älteren Fälle durchgehen. Doch warum sollte eine Frau, die seit mehr als einem halben Jahr von der Bildfläche verschwunden ist, nur mit einem Bikini bekleidet am Borkumer Strand ermordet werden?"

Mona nickte.

„Ich würde das Opfer auch eher für eine ganz normale Touristin halten, die in der vergangenen Nacht den Tod gefunden hat. Sie wird also frühestens heute Morgen vermisst werden. Entweder von den Menschen, mit denen sie unterwegs war – oder von ihrer Unterkunft."

„Statistisch gesehen sind die meisten Tötungsdelikte Beziehungstaten", stellte Enno fest. „Wenn die Frau von ihrem Ehemann oder Freund erwürgt wurde, dann wird er gewiss nicht auf der Polizeiwache erscheinen, sondern mit der nächsten Fähre abhauen."

„Es sei denn, er ist besonders kaltblütig. Dann könnte er sogar selbst eine Vermisstenanzeige aufgeben, um jeden Verdacht von sich abzulenken. Zum Glück bekommt es den meisten Verbrechern schlecht, wenn sie schlauer als die Polizei sein wollen. – Solange die Identität der Toten ungeklärt ist, stochern wir im Nebel. Wir müssen herausfinden, wer in der vorigen Nacht am Strand Radau gemacht hat. Diese Leute haben entweder etwas mit dem Fall zu tun oder sie sind mögliche Zeugen."

„Dann wollen wir mal hoffen, dass sie nicht zu betrunken waren, um überhaupt noch etwas zu bemerken."

„Du klingst ja ganz schön pessimistisch, mein Lieber. Das kenne ich gar nicht von dir."

Enno hob die Schultern.

„Wenn die Kerle Krach geschlagen haben, werden sie wohl kaum beim Mineralwasser geblieben sein."

Da musste Mona ihrem Kollegen recht geben. Die Ermittler schauten noch einige ältere Fälle durch und stießen wirklich auf mehrere junge blonde Frauen, die zum Teil seit fast einem Jahr nicht mehr aufgetaucht waren. Doch keine von ihnen ähnelte der Toten. Natürlich berücksichtigte Mona dabei auch, dass sich Frisuren schnell ändern konnten und auch das Körpergewicht eine Variable war. Trotzdem – unter den offiziell für vermisst erklärten Personen war die weibliche Leiche nicht zu finden.

Inzwischen hatte der reguläre Dienst begonnen, daher war auch Hauptkommissar Oltbeck an seinem Arbeitsplatz erschienen. Mona und Enno gingen gleich zu ihm und berichteten ihrem glatzköpfigen Vorgesetzten von der Toten am Strand.

Der Leiter der Borkumer Polizeistation zog grimmig die Augenbrauen zusammen.

„Ich möchte nicht, dass ein Mörder auf meiner Insel frei herumläuft! Wie werden Sie vorgehen?"

Mona teilte es ihrem Chef mit.

„Die Kollegen von der Tagschicht sollen darauf achten, ob sich jemand nach seiner wertvollen verschwundenen Uhr erkundigt. Das scheint mir eine wichtige Spur zu sein", meinte Oltbeck. „Heute werden wir im Lauf des Tages eine Pressemitteilung herausbringen müssen. Ich werde schreiben, dass wir in alle Richtungen ermitteln und eine Verhaftung unmittelbar bevorsteht."

„Das behaupten Sie doch immer", bemerkte Mona trocken. „Was die Festnahme angeht, bin ich nicht so optimistisch. Dafür gibt es einfach zu viele offene Fragen."

„Darüber bin ich mir im Klaren", fauchte der Chef gereizt. „Doch wir müssen den Borkum-Besuchern ein Gefühl von Sicherheit und Kontrolle vermitteln. Eine allgemeine Panik ist das Letzte, was wir auf der Insel gebrauchen können."

„Machen Sie in Oldenburg Dampf, damit die Obduktion vorgezogen wird", schlug Mona vor. Sie fügte in Gedanken hinzu: *Dadurch können Sie wenigstens etwas Sinnvolles zu den Ermittlungen beitragen.*

Früher hätte die Kommissarin den letzten Satz offen ausgesprochen. Aber Mona konnte ihr Temperament inzwischen etwas besser in den Griff bekommen.

„Halten Sie mich auf dem Laufenden", forderte Oltbeck seine Ermittler zum Abschied auf.

Mona stieß langsam die Luft aus den Lungen, als sie und ihr Kollege außer Hörweite des Chefs waren.

„Der Alte glaubt wohl, dass wir hier eine ruhige Kugel schieben wollen! Mich lässt es jedenfalls nicht kalt, wenn eine junge Frau halb nackt und erwürgt am Strand liegt, das kannst du mir glauben!"

Enno legte beruhigend seine große Hand auf Monas Schulter.

„Das geht mir genauso, ich will den Fall auch so schnell wie möglich lösen. Du kennst doch Oltbeck. Er macht sich Sorgen darüber, dass der Ruf unserer Insel leidet ..."

„Und dass er selbst von der Polizeiführung eins auf den Deckel kriegt. Das habe ich schon kapiert", ergänzte Mona grimmig. Dann schaute sie auf ihre Armbanduhr. „Übrigens dürfte inzwischen in der Pension Uhland das Frühstück serviert werden. Vielleicht haben wir ja Glück und unser Beschwerdeführer sitzt trotz seiner unterbrochenen Nachtruhe schon bei Kaffee und Brötchen."

Die Kommissare stiegen wieder in ihren Dienstwagen und fuhren zur Geert-Bakker-Straße. Die Pension Uhland befand sich in einem traditionellen Friesenhaus aus Backstein. Es gab einen kleinen Garten mit Sonnenterrasse und zahlreichen Heckenrosen. Obwohl noch Hauptsaison war, prangte ein großes Schild mit der Aufschrift ZIMMER FREI in dem Fenster links neben der Eingangstür.

Soweit es Mona bekannt war, gehörte dieser Beherbergungsbetrieb auf Borkum zur unteren Preiskategorie. Es konnte jedenfalls kein gutes Zeichen sein, wenn eine Pension zu dieser Jahreszeit und bei dem traumhaften Sommerwetter nicht komplett ausgebucht war.

Die Ermittler betraten das Gebäude und gingen an Bildern von Leuchttürmen und Seehunden vorbei in die Richtung, aus der typische Frühstücksgeräusche kamen. Essbesteck klirrte, eine Kaffeemaschine gurgelte, es wurde mit Geschirr geklappert.

Mona und Enno betraten den Frühstücksraum, in dem rund ein Dutzend Urlauber an liebevoll gedeckten Tischen saßen. Es schien sich meist um Ehepaare mittleren Alters zu handeln. Neugierige und anzügliche Blicke richteten sich auf die beiden Neuankömmlinge.

Wahrscheinlich halten die Leute Enno für einen Schwerenöter, der hier mit seiner jungen Geliebten aufkreuzt, dachte Mona, die ungefähr zwanzig Jahre jünger als ihr Kollege war. Dabei hatte es zwischen ihnen niemals romantische Gefühle gegeben. Mona stand nicht auf graue Schläfen, und außerdem war der ostfriesische Oberkommissar verheiratet.

Bevor jemand eine Frage stellen konnte, erschien die Pensionswirtin auf der Bildfläche. Ihr geschäftsmäßiges Lächeln gefror auf den Lippen, als sie sah, wer ihre Besucher waren.

„Moin, Doris", sagte Enno und blinzelte freundlich. Mona hatte Doris Uhland bei einer Veranstaltung der Stadt Borkum nur einmal aus der Ferne gesehen, doch Enno kannte sie natürlich – so wie die meisten alteingesessenen Inselbewohner.

Die Pensionswirtin trat näher und dämpfte ihre Stimme.

„Was kann ich für euch tun? Ich nehme an, das ist deine Kollegin?"

„Ja, ich bin Kommissarin Mona Sander von der Borkumer Polizei", sagte Mona lauter, als es nötig gewesen wäre. Ihr Plan sah vor, sämtliche Pensionsgäste als Zeugen zu befragen. Also war es unnötig, besonders diskret vorzugehen. Außerdem missfiel es ihr, wenn manche Leute einen Polizeibesuch als lästiges Übel betrachteten.

Sie fand nicht, dass sie sich für ihren Beruf schämen musste.

„Wir möchten mit einem deiner Pensionsgäste sprechen, und zwar mit Johannes Gruner."

Doris Uhland nickte. Sie war eine füllige Brünette Anfang fünfzig. An diesem Spätsommermorgen trug sie Jeans, ein lachsfarbenes Sweatshirt und Gartenclogs. Dieser Kleidungsstil passte zur typischen Borkumer Lässigkeit, die viele Touristen so sehr zu schätzen wussten.

„Er ist gerade zum Frühstück gekommen, ich bringe euch zu ihm."

Die Pensionswirtin schritt voran. Ein Teil der gedeckten Tische stand im sonnendurchfluteten Wintergarten der Pension. Ein hagerer Mann blickte auf, als das Trio an seinen Tisch trat. Er hatte einen Becher Kaffee vor sich, außerdem eine dünn mit Margarine bestrichene Scheibe Graubrot. Und das, obwohl das Frühstücksbüfett äußerst reichhaltig war und für jeden Geschmack eine große Auswahl bot.

Doch nach Monas Meinung sah Johannes Gruner so aus, als ob er sich vorzugsweise von Graubrot mit Margarine ernähren würde. Ein Genussmensch war er zweifellos nicht.

„Was gibt es?", fragte er mit einem gereizten Unterton.

Doris Uhland öffnete den Mund, doch Mona kam ihr zuvor.

„Wir sind von der Borkumer Polizei, Oberkommissar Moll und Kommissarin Sander. Es geht noch einmal um die Ruhestörung während der letzten Nacht."

„Haben Sie diese Schwefelbande endlich dingfest machen können?"

„Wir benötigen noch ein paar Angaben von Ihnen", erwiderte Mona ausweichend.

„Und das hat keine Zeit bis nach meinem Frühstück?", fragte Gruner inquisitorisch.

„Leider nicht."

Er seufzte und warf mit einer großen Geste seine Serviette auf den Tisch.

„Wenn man sich ein einziges Mal beschwert, wird man dafür auch noch bestraft. Nun gut, ich muss mich wohl oder übel fügen."

Mona hatte Gruner schon nach wenigen Augenblicken als einen Querulanten abgestempelt, der sich gern aufspielte, aber ansonsten wenig zu sagen hatte. Manchmal war sie mit ihrem Urteil etwas vorschnell, doch meist lag sie auf die Dauer richtig.

„Sie können in den Aufenthaltsraum gehen, da sind Sie um diese Tageszeit ungestört", schlug die Pensionswirtin vor.

Gruner folgte ihr und den Ermittlern grummelnd.

Der Aufenthaltsraum erinnerte Mona an einen Partykeller früherer Jahrzehnte. Allerdings gab es hier zusätzlich noch eine Kunstleder-Couchgarnitur sowie ein Regal mit zerfledderter Urlaubslektüre und uralten Brettspielen.

Gruner verschränkte die Arme vor seiner schmalen Hühnerbrust. Er war mit einem karierten Hemd, einer Cordhose sowie Sandalen bekleidet. Mona musste keine Expertin für Körpersprache sein, um seine ablehnende Haltung zu erkennen.

„Also, was wollen Sie von mir?"

Mona wartete, bis die Pensionswirtin sich entfernt hatte. Dann sagte sie: „Es geht um Ihren Anruf bei der Polizei. Wir haben uns gefragt, wie Sie von hier aus den Lärm am Strand hören konnten."

„Ist das wichtig? Konnten Sie die Strolche etwa nicht erwischen?"

„Ja, es ist wichtig", beharrte sie. „Sie sprechen von Strolchen. Dann haben Sie also mehrere männliche Personen unterscheiden können? Anhand der Stimmen, nehme ich an? Oder war es Ihnen möglich, sie von Ihrem Zimmer in der Pension aus zu sehen? Man hat hier nämlich nirgendwo einen freien Blick Richtung Strand, deshalb wundere ich mich über Ihre Angaben."

Gruner kniff die Augen zusammen.

„Muss die Polizei sich wirklich an solchen Kleinigkeiten festbeißen? Wenn Sie es unbedingt wissen wollen: Ich war noch kurz spazieren, auf dem Weg unterhalb der Aussichtsdüne. Da habe ich im Mondlicht ein paar betrunkene Chaoten am Strand gesehen. Es waren vielleicht vier oder fünf Leute, so sicher bin ich mir nicht. Ich fand das nicht in Ordnung. Also kehrte ich zur Pension zurück und rief bei Ihnen an. Wollen Sie mir daraus einen Strick drehen?"

„Das haben wir nicht vor", beschwichtigte Enno.

Mona ließ nicht locker. Sie schaute Gruner direkt ins Gesicht.

„Und eine Frau ist Ihnen bei dieser Gruppe nicht aufgefallen?"

„Ich weiß es nicht, die Meute war zu weit von mir entfernt. Es wäre möglich, dass auch ein junges Mädchen dabei war. Was soll diese Fragerei überhaupt?"

„Wir benötigen möglichst genaue Informationen, weil diese Frau heute Morgen am Strand ermordet aufgefunden wurde."

Mit diesen Worten zeigte Mona Gruner das Foto der Leiche.

Er riss die Augen weit auf, erbleichte und rang nach Luft.

Dann brach er in Tränen aus.

Kapitel 2

Diese Reaktion traf die Ermittler völlig unvorbereitet. Gab es eine gefühlsmäßige Bindung des Zeugen an das Opfer? Oder war Gruner so feinfühlig, dass ihn das Foto einer toten Frau sofort zum Weinen brachte?

Er schluchzte jedenfalls so geräuschvoll, dass nun die Pensionswirtin wieder ihren Kopf durch die Türöffnung steckte.

Mona scheuchte sie sofort zurück.

„Wir kommen hier schon zurecht, vielen Dank!"

Sie warteten, bis Gruner sich wieder einigermaßen beruhigt hatte. Ein Seitenblick auf Enno bewies Mona, dass er sich ebenso wenig wohl in seiner Haut fühlte wie sie selbst. Wäre der Zeuge eine Frau gewesen, dann hätte Mona sie vielleicht schwesterlich in den Arm genommen. Doch bei Gruner kam ihr dieser Gedanke nicht. Selbst wenn sie ihn sympathisch gefunden hätte, wirkte er trotzdem reserviert und distanziert. Sein hemmungsloses Weinen bildete einen umso stärkeren Kontrast zu dem ersten Eindruck, den Mona von ihm gewonnen hatte.

Der Zeuge putzte sich geräuschvoll die Nase.

„Verzeihen Sie mir", stieß er mit brüchiger Stimme hervor.

„Keine Ursache", sagte Mona. „Sie kennen die Tote, nicht wahr?"

Die Kommissarin war bekannt dafür, dass sie den Stier am liebsten bei den Hörnern packte. Und diesmal hatte sie mit ihrer direkten Art Erfolg.

Gruner nickte.

„Allerdings. Die junge Frau ist meine Tochter, sie heißt Eske Tadden. – Was ist mit ihr geschehen? Ist sie einem Gewaltverbrechen zum Opfer gefallen? Hat einer dieser Krawallbrüder sie getötet?"

Er schien seinen kurzen Gefühlsausbruch bereits überwunden zu haben. Je länger Gruner sprach, desto lauter und schneidender wurde seine Stimme.

Mona hob abwehrend die Hände.

„Wir gehen von einer Straftat aus, mehr dürfen wir Ihnen zum jetzigen Zeitpunkt noch nicht sagen. Und Sie sind sicher, dass es sich bei der Toten um Ihre Tochter handelt? Trauen Sie es sich zu, sie offiziell zu identifizieren?"

Außenstehenden wäre es vielleicht unnötig grausam vorgekommen, dass Mona Gruner jetzt bereits mit dem Anblick der Leiche konfrontieren wollte. Doch bei einer Mordermittlung zählte jede Minute. Die Tat war vermutlich erst vor wenigen Stunden begangen worden, die Leiche sah noch sehr frisch aus. Je mehr die Ermittler innerhalb von kurzer Zeit herausfanden, desto größer war die Chance auf eine schnelle Aufklärung des Falls.

„Selbstverständlich", schnarrte Gruner. „Das ist wohl das Mindeste, was ich noch für meine Tochter tun kann."

Es war, als ob Mona einen Mann mit zwei Gesichtern vor sich hätte. Jetzt war Gruner wieder völlig selbstbeherrscht und kontrolliert. Und doch hatte er noch vor wenigen Minuten seinen Gefühlen völlig freien Lauf gelassen.

Nun schaltete Enno sich in das Gespräch ein.

„Sie tragen einen anderen Nachnamen als das Opfer", stellte er fest. „Sind Sie von Eskes Mutter geschieden worden? Oder hat Ihre Tochter geheiratet und trägt deshalb nicht mehr ihren Mädchennamen?"

„Nein, Marieke und ich sind niemals vor den Traualtar getreten. Ich habe die Vaterschaft aber anerkannt und bin im Rahmen der gesetzlichen Vorschriften stets meinen Unterhaltsverpflichtungen nachgekommen", antwortete Gruner im besten Beamtendeutsch. „Und meine Tochter hatte keinen Ehemann, davon hätte ich gewusst."

„Haben Sie sich gar nicht gewundert, dass Ihre Tochter nicht zum Frühstück erschien?", wollte Mona wissen.

„Das ist ein Missverständnis, Frau Kommissarin. Eske und ich haben nicht gemeinsam Urlaub gemacht. Ich wusste gar nicht, dass sie sich ebenfalls auf Borkum befand. Deshalb war ja mein Schock so groß, als Sie mir das Foto zeigten."

Mona glaubte nicht an Zufälle. Es kam ihr sehr merkwürdig vor, dass ausgerechnet der Vater des Opfers die Polizei verständigte und dann von Eskes Aufenthalt auf der Insel nichts wissen wollte. Doch um diesen Punkt wollte sie sich später kümmern.

Mona wandte sich an Enno.

„Könntest du bitte Herrn Gruner zur Identifizierung begleiten? Ich will noch ein paar Zeugenaussagen wegen der nächtlichen Ruhestörung aufnehmen. Wir treffen uns dann später auf der Wache."

18

„Wird gemacht", erwiderte der wuchtige Ostfriese. Dann machte er eine einladende Geste in Gruners Richtung: „Kommen Sie?"

Er nickte.

Gruner marschierte, als ob er einen Stock verschluckt hätte. Wie viele kleine Männer hielt er sich sehr aufrecht. Trotzdem reichte er dem hünenhaften Enno nur bis zur Schulter. Von der Breite ganz zu schweigen.

Die Kommissarin wartete, bis die beiden Männer in den Dienstwagen gestiegen waren. Der Leichnam war mittlerweile vom Strand abgeholt und ins Borkumer Stadtkrankenhaus geschafft worden, wo er bis zum Eintreffen der nächsten Fähre zwischengelagert wurde.

Es dauerte nicht lange, bis Mona die Pensionswirtin gefunden hatte. Frau Uhland konnte ihre Neugier kaum noch im Zaum halten.

„Ist etwas Schlimmes geschehen? Herr Gruner war ja völlig außer sich. Und beim Frühstück hat er die ganze Zeit über den ruhestörenden nächtlichen Lärm auf Borkum geschimpft, dabei kommt so etwas nun wirklich nicht oft vor."

„Es hat ein Verbrechen gegeben, wir haben Herrn Gruner als Zeugen vernommen. Was haben Sie für einen Eindruck von ihm? Ist er ein Stammgast?"

„Zum Glück nicht!", platzte Frau Uhland heraus. „Wenn ich ausschließlich solche Gäste wie ihn hätte, würde ich meinen Betrieb lieber schließen."

Mona musste sich ein Grinsen verkneifen.

„Ist Gruner ein kleinkarierter Pedant?"

Die Pensionswirtin lachte.

„Sie haben den Nagel auf den Kopf getroffen, Frau Kommissarin! Ich muss ja von Berufs wegen immer freundlich bleiben, doch bei solchen Menschen wie Gruner stoße ich an meine Grenzen. Man kann ihm nichts recht machen. Beim Frühstück ist der Kaffee zu kalt, der Schinken zu trocken, die Marmelade zu süß, die Brötchen zu weich, die Tischdecke zu bunt …"

Mona unterbrach mit einer Handbewegung den Redefluss der Pensionswirtin.

„Vielen Dank für die bildhafte Darstellung. Ich kann es mir lebhaft ausmalen. Hat Gruner sich nach anderen Personen erkundigt, seit er auf Borkum weilt? Ist womöglich einmal der Name Eske Tadden gefallen?"

Frau Uhland legte die Stirn in Falten. Sie schien angestrengt nachzudenken.

„Nein, daran könnte ich mich bestimmt erinnern. Herr Gruner schien sich für keinen Menschen zu interessieren, außer für sich selbst. Meine anderen Pensionsgäste kommen oftmals untereinander ins Gespräch, doch dafür ist er nicht der Typ. Ich erkenne einen Eigenbrötler, wenn ich ihn sehe."

Mona nickte langsam. Wer in der Inselgastronomie arbeitete, entwickelte mit der Zeit oft eine sehr gute Menschenkenntnis.

„Ich muss auch noch die übrigen Personen in Ihrem Haus befragen. Sind jetzt alle beim Frühstück versammelt?"

„Zumindest die meisten", entgegnete Frau Uhland. „Ein paar Langschläfer gibt es ja immer."

Die Kommissarin kehrte in den Frühstücksraum zurück und gesellte sich zu den Urlaubern, wobei sie ihre Dienstmarke präsentierte. Sie erkundigte sich zunächst nach der nächtlichen Ruhestörung.

Keiner der Anwesenden war durch Lärm von Krakeelern aus dem Schlaf gerissen worden. Das wunderte Mona nicht. Von der Pension aus konnte man unmöglich den Lärm am Strand auf der Höhe des Jugendbades gehört haben.

Mona kam auf Gruner zu sprechen.

„Hatte dieser Mann zu anderen Personen Kontakt? Es hat ein Verbrechen am Strand gegeben. Er ist ein Zeuge und kein Verdächtiger."

Den letzten Satz schob Mona schnell hinterher, weil sie keine Gerüchte in die Welt setzen wollte.

Ein älterer Mann mit Hornbrille meldete sich nach kurzem Zögern.

„Ich habe gestern auf der Promenade bemerkt, dass dieser Herr stundenlang auf einer Bank saß. Er schien jemanden zu beobachten, jedenfalls war das unser Eindruck. – Nicht wahr, Sabine?"

Die Frage war an seine Ehefrau gerichtet, die ihm gegenüber am Frühstückstisch saß. Die füllige Sabine mit der Dauerwellen-Frisur nickte.

„Ja, wir haben einen Spaziergang Richtung Ostland gemacht. Das hat ein paar Stunden gedauert, weil wir im Dünenbudje noch einen Tee getrunken haben. Als wir auf die Promenade zurückkehrten, saß dieser Herr immer noch in derselben Position auf der Bank. Er schien sich keinen Zentimeter bewegt zu haben."

„Sie beide sind gute Beobachter", lobte Mona. Wenn die Zeugenaussagen stimmten: Wen hatte Gruner nicht aus den Augen gelassen? Seine Tochter? Wenn er sowieso schon wusste, dass Eske Tadden auf der Insel war, dann hatte er sich logischerweise nicht nach ihr erkundigen müssen.

Ob Gruner geahnt hatte, dass jemand seiner Tochter nach dem Leben trachtete? Aber warum hatte er dann nur eine simple Ruhestörung gemeldet, anstatt auf ein Gewaltverbrechen hinzuweisen? Eskes Tod schien ihn jedenfalls überrascht zu haben. Andernfalls hätte er auf den Anblick des Fotos gefasster reagiert. So schätzte Mona ihn zumindest ein.

Die übrigen Pensionsgäste konnten keine brauchbaren Aussagen über Gruner machen. Abgesehen davon, dass er sich durch seine pedantische Art keine Freunde gemacht hatte.

Mona verabschiedete sich von Frau Uhland und gab ihr ihre Visitenkarte.

„Bitte rufen Sie mich sofort an, falls Ihnen noch etwas Ungewöhnliches auffällt. Jede Kleinigkeit kann wichtig sein."

„Das werde ich tun, Frau Kommissarin. – Muss ich mir wegen Herrn Gruner Sorgen machen? Ich meine, er ist doch nicht gefährlich, oder?"

Mona lächelte.

„Wir haben mit unseren Ermittlungen gerade erst begonnen. Rufen Sie einfach die Polizei, wenn Sie sich bedroht fühlen. Dafür sind wir da."

Mit dieser vagen Antwort musste sich die Pensionswirtin vorerst zufriedengeben. Wie hätte Mona ausschließen können, dass Gruner selbst verdächtig war? Sein Gefühlsausbruch bewies noch lange nicht seine Unschuld. Und selbst wenn er mit dem Tod seiner Tochter nichts zu schaffen hatte, fand sie sein gesamtes Verhalten doch höchst verdächtig.

Sie nahm sich vor, Gruner so gründlich wie möglich zu durchleuchten.

Mona verließ die Pension.

Zu Fuß war es von dort aus nicht allzu weit bis zur Polizeistation. Die Kommissarin schlenderte am Neuen Leuchtturm vorbei, vor dem sich schon eine Ausflüglergruppe versammelt hatte. Der Aufstieg zur Spitze gehörte zu den Erlebnissen, die sich kaum ein Borkum-

Urlauber entgehen ließ. Vorausgesetzt, er hatte nichts gegen ausgiebiges Treppensteigen.

Mona folgte einer spontanen Eingebung und bog in die Viktoriastraße ab. Wenn die Krawallbrüder nachts am Strand ihr Unwesen getrieben hatten, dann waren sie womöglich schon vorher unangenehm aufgefallen.

Sie steuerte auf die Bude von Wilko Efken zu. Der alte Strandkorbverleiher grinste breit, als er seine Besucherin erkannte.

„Moin, meine Mona! Heute mal nicht im Schatten deines wuchtigen Kollegen unterwegs?"

Sie lachte.

„Ich muss ja auch mal ein bisschen Sonne abkriegen, Wilko. – Scherz beiseite, ich brauche deine Hilfe. Sind dir gestern Abend hier am Strand ein paar Leute unangenehm aufgefallen?"

Das wettergegerbte Gesicht des Alten nahm einen nachdenklichen Ausdruck an.

„Woran genau denkst du denn? Es wird am Strand immer ein paar Spinner geben, die sich nicht benehmen können. Aber so schlimm, dass ich deine Kollegen alarmieren musste, war es dann doch nicht."

„Das klingt, als sei etwas vorgefallen", stellte Mona fest.

Efken wiegte seinen weißhaarigen Kopf.

„Na ja, da waren ein paar junge Bengel, die zu viel Bier getrunken haben. Einer von ihnen hatte einen gewaltigen Sonnenbrand, sah aus wie ein gekochter Krebs. Das fanden die anderen Kerlchen lustig und haben Bier auf ihn geschüttet. Daraufhin fing er an, seinen Kumpels die Badehosen runterzuziehen. Das war eine Rangelei, die mehreren Badegästen aufgefallen ist. Die anderen Strandbesucher schimpften und drohten mit der Polizei. Daraufhin hat sich die Rasselbande verzogen. Ihre Bierdosen haben sie natürlich liegen gelassen. Jedenfalls waren alle froh, dass die Typen abgehauen sind."

„Um welche Uhrzeit war das?"

„Ich hatte gerade Feierabend gemacht, also zwanzig Uhr. In der Hauptsaison habe ich ja länger auf, wie du weißt."

Mona überlegte. Im Sommer blieb es nach acht Uhr abends noch mehrere Stunden lang hell. Was hatten die Kerle getrieben, bevor sie in der Dunkelheit sturzbetrunken erneut über den Strand gezogen waren? Vorausgesetzt, es handelte sich um die gleiche Gruppe, von der sich Gruner gestört gefühlt hatte.

„In welche Richtung sind die Personen verschwunden?"

Efken deutete mit einer Kopfbewegung zum Jugendbad.

„Dort entlang."

„Kannst du mir die Leute näher beschreiben, Wilko? War womöglich auch ein Mädchen dabei?"

„Nein, daran könnte ich mich erinnern. Es waren vier Bengels, vielleicht neunzehn oder zwanzig Jahre alt. Einer von ihnen hatte rote Haare. Das war derjenige mit dem schlimmen Sonnenbrand. Seine Kumpane meinten, dass seine Hautfarbe jetzt gut zu seinem Schopf passen würde. Er fand das nicht besonders witzig."

„Kann ich verstehen", murmelte Mona. Sie selbst hatte rotblondes Haar und von Natur aus einen sehr hellen Teint. Aber da sie nun schon einige Jahre auf Borkum lebte und sich sehr viel an der frischen Luft aufhielt, verfügte sie über eine gleichmäßige Sonnenbräune.

Sie dankte dem Strandkorbvermieter für die Auskunft und schlug nun den Weg zur Dienststelle ein. Zwar hätte Mona auch noch nach weiteren Zeugen suchen können, doch sie wollte sich zunächst mit Enno abstimmen.

Als sie den Büroraum betrat, saß ihr Kollege hinter seinem Schreibtisch und biss gerade in ein Matjesbrötchen.

„Guten Appetit, Enno. Wie ging die Identifizierung über die Bühne?"

„Die verlief problemlos", gab der Oberkommissar kauend zurück. „Ich befürchtete zuerst, dass Gruner zusammenklappen würde. Doch er hielt sich tapfer, das muss man ihm lassen. Er hat die weibliche Leiche eindeutig als seine Tochter Eske Tadden erkannt. Ich ließ mir von ihm noch die Telefonnummer ihrer Mutter geben, dann ging er davon. Ich bat Gruner, sich in den nächsten Tagen zu unserer Verfügung zu halten."

„Und was sagte er darauf?"

„Seine staatsbürgerlichen Pflichten wären ihm geläufig. Außerdem will er angeblich darauf achten, dass wir bei der Fahndung nach dem Mörder seiner Tochter nicht nachlässig sind."

„Das hat uns gerade noch gefehlt!", stöhnte Mona. „Ein Besserwisser, der uns erklären will, wie Polizeiarbeit funktioniert."

„Ja, diesen Gedanken hatte ich auch", stimmte Enno zu. „Daraufhin musste ich mich erst einmal stärken. – Was denkst du über Gruner?"

„Seine Trauer um sein Kind scheint echt zu sein. Aber ich kann nicht glauben, dass er zufällig auf der Insel ist und von Eskes

Anwesenheit nichts gewusst haben will. – Womöglich hat Wilko uns einen Hinweis auf die Randalierer geliefert."

Mona berichtete, was sie von dem alten Strandkorbverleiher erfahren hatte. Währenddessen aß Enno sein Brötchen auf. Er leckte sich genüsslich die Finger ab.

„Wenn dieser junge Mann wirklich so schlimme Verbrennungen erlitten hat, dann wird er gewiss zum Arzt oder ins Krankenhaus gehen, sobald er aus dem Alkohol-Koma erwacht ist", meinte der ostfriesische Oberkommissar. „Wir sollten uns in den medizinischen Einrichtungen umschauen. Wilko hat dir ja eine gute Beschreibung von dem Knaben geliefert."

„Ja, das ist eine gute Idee. – Soll ich die Mutter der Ermordeten verständigen?"

„Das kann ich auch machen", bot Enno an.

Mona schüttelte den Kopf.

„Du hast schon oft genug den Angehörigen eine Todesbotschaft übermitteln müssen. Am Ende denkst du noch, ich würde mir bei unserer Arbeit immer nur die Rosinen rauspicken."

„Das käme mir nicht in den Sinn", entgegnete Enno. Und sein Gesichtsausdruck bewies Mona, dass er es ernst meinte. Er schob ihr einen Zettel hinüber, auf dem eine Telefonnummer und der Name Marieke Tadden notiert waren.

Mona rief an.

„Tadden", sagte eine resolute Frauenstimme. Sie erinnerte Mona an das Organ ihrer eigenen Mutter, die als Lehrerin tätig war.

Die Kommissarin stellte sich mit Namen und Dienstgrad vor. Dann sagte sie: „Ich muss Ihnen leider mitteilen, dass Ihre Tochter Eske hier auf Borkum heute Morgen tot aufgefunden wurde."

Schlagartig herrschte Stille in der Leitung. Nur ein monotones Rauschen war zu vernehmen. Es dauerte einen Moment, bis Mona begriff, dass sie ihr eigenes Blut in ihren Ohren brausen hörte. An manche polizeiliche Aufgaben würde sie sich niemals gewöhnen.

Nun klang Frau Taddens Stimme nicht mehr selbstsicher, sondern brüchig.

„E-ein Irrtum ist ausgeschlossen, Frau Kommissarin?"

„Ja, leider. Eske wurde von Johannes Gruner bereits identifiziert. Er …"

Die Mutter des Opfers fiel Mona ins Wort.

Diesmal klang sie nicht traurig oder verzagt, sondern wütend und hasserfüllt.

„Haben Sie den Mistkerl schon verhaftet? Er hat meine Tochter auf dem Gewissen, nicht wahr?"

„Wie kommen Sie darauf?"

„Johannes war mit Eskes Lebenswandel nicht einverstanden! Wäre es nach ihm gegangen, dann hätte sie ein Lehramtsstudium begonnen. Damit sie in seine Fußstapfen tritt. Doch meine Tochter hat ihren eigenen Kopf, da kommt sie ganz nach mir. Das konnte mein Ex-Mann nicht ertragen. Er hat uns schon während der Trennungsphase die Hölle heißgemacht."

„Scheidungen verlaufen selten konfliktfrei. Aber weshalb sollte Herr Gruner sein eigenes Kind töten?"

Marieke Tadden ging auf die Frage nicht ein. Stattdessen sagte sie: „Ich kann Ihrer Stimme anhören, dass Sie noch sehr jung sind, Frau Sander. Es fehlt Ihnen an Lebenserfahrung, um Johannes durchschauen zu können. Wahrscheinlich ist es am besten, wenn ich selbst nach Borkum komme. Aber lassen Sie diesen Mörder nicht entwischen, verstanden?"

„Ich …"

Bevor Mona ihren Satz beenden konnte, hatte die Mutter des Opfers aufgelegt. Die Kommissarin starrte den Telefonhörer in ihrer Hand an, als ob er ein toter Fisch wäre. Sie konnte es nicht ausstehen, wenn man sie wie ein unmündiges Schulmädchen behandelte. Und wenn jemand Mona erklären wollte, wie sie ihre Arbeit zu erledigen hatte, machte er sich damit bei ihr ebenfalls nicht beliebt.

Die Kommissarin stieß langsam die Luft aus den Lungen und wartete darauf, dass sich ihr Pulsschlag beruhigte.

Sie hielt Marieke Tadden zugute, dass sie soeben ihre Tochter verloren hatte.

Jeder Mensch ging mit Trauer anders um. Und es konnte gewiss nicht schaden, möglichst viel über das Mordopfer zu erfahren. Mona hatte ohnehin den Eindruck, dass Gruner ihr etwas verschwiegen hatte. Womöglich würde Eskes Mutter ihr ganz andere Dinge mitteilen.

Enno war während Monas Telefonat nicht untätig gewesen. Er hatte ebenfalls Anrufe getätigt. Obwohl die Schreibtische der Ermittler einander gegenüberstanden, störten die Kommissare sich nicht gegenseitig. Sie konnten beim Telefonieren ausblenden, wenn der jeweils andere ebenfalls redete.

„Ich habe mit ein paar Beherbergungsbetrieben gesprochen", berichtete Enno. „Und im Hotel *Teutonia* bin ich prompt fündig geworden. Dort hat Eske Tadden vor drei Tagen eingecheckt."

Mona hob ihre Augenbrauen.

„Einzelzimmer?"

„Ja. Ob Eske Tadden Herrenbesuch hatte, konnte die Rezeptionistin nicht sagen."

„Dann sollten wir uns am besten direkt vor Ort umschauen", schlug Mona vor.

Die Kriminalisten meldeten sich ab. Sie nahmen den Dienstwagen. Zwar war es von der Polizeistation in der Strandstraße nicht allzu weit bis zum Hotel Teutonia in der Jann-Berghaus-Straße, doch sie wollten später noch dem städtischen Krankenhaus einen Besuch abstatten.

Diesmal setzte Mona sich ans Lenkrad.

„Ich frage mich, ob es nicht sinnvoller wäre, zuerst zum Hospital zu fahren", dachte sie laut nach.

Enno schüttelte den Kopf.

„Ich kenne meine Pappenheimer. Wenn die Bengel noch am frühen Morgen zu tief ins Glas geschaut haben, dann werden sie um diese Uhrzeit gewiss noch in Sauer liegen. Es würde mich wundern, wenn der Knabe mit dem Sonnenbrand jetzt schon im Krankenhaus aufgekreuzt ist."

„Es sei denn, die Schmerzen haben ihn nicht schlafen lassen", entgegnete Mona.

Das Hotel Teutonia gehörte zu den Borkumer Traditionshäusern. Die weißen Fassaden dieser Gebäude waren typisch für die Seebad-Architektur des neunzehnten Jahrhunderts. Und auch die Namensgebung des Teutonia erinnerte an die Kaiserzeit.

Die Ermittler betraten den komplett renovierten Beherbergungsbetrieb. Die Rezeptionistin nickte ihnen zu. Sie kannte Mona und Enno bereits von früheren Einsätzen her. Mona kam sofort zur Sache.

„Wir haben Eske Tadden am Strand tot aufgefunden. Können Sie uns sagen, wann Sie die Frau zum letzten Mal gesehen haben?"

Die Angestellte in der Hotel-Uniform erbleichte.

„Tot? D-das ist ja schrecklich! – Ich glaube, dass Frau Tadden zum letzten Mal gestern Nachmittag hier gewesen ist. Mein Dienst ging allerdings nur bis achtzehn Uhr. Sie müssten sich noch bei meiner Kollegin vom Nachtdienst erkundigen, ob Frau Tadden später noch einmal hier war."

„Das werden wir tun", gab Mona zurück. „War sie in Begleitung?"

Die Rezeptionistin nickte.

„Ja, ein gut aussehender junger Mann war bei ihr. Ich habe die beiden nur kurz aus dem Augenwinkel gesehen, weil gerade ein Kegelklub aus Wanne-Eickel eincheckte. Da hatte ich alle Hände voll zu tun."

„Das kann ich mir vorstellen", meinte Mona. „Wäre es möglich, den Begleiter genauer zu beschreiben?"

„Er war einen Kopf größer als ich, schlank und sehnig. Sein lockiges Haar hatte die Farbe von Haselnüssen, er trug es kinnlang. Der Mann wirkte lässig, aber gepflegt. Er trug dunkle Bermuda-Shorts und ein violettes T-Shirt mit Aufdruck."

Der Typ muss ihr ja besonders gut gefallen haben, wenn sie sich mit einem einzigen flüchtigen Blick so viele Details gemerkt hat, dachte Mona. Dann wandte sie sich an Enno.

„Könntest du bitte schon mal Kontakt mit der Rezeptionistin von der Nachtschicht aufnehmen? Ich gehe hoch in Eske Taddens Zimmer, um mir einen Überblick zu verschaffen."

Das Teutonia gehörte zu den Hotels, in denen die Gäste den Zimmerschlüssel bei sich behielten und nicht an der Rezeption abgeben mussten. Die Kommissarin ließ sich von der Angestellten einen Generalschlüssel geben.

„Wurde das Zimmer bereits geputzt?", fragte sie.

Die Rezeptionistin schaute auf die Uhr.

„Ich weiß es nicht, unser Reinigungspersonal ist jedenfalls schon bei der Arbeit. Frau Tadden hat Zimmer 202."

Die Angestellte gab nun Enno die Telefonnummer ihrer Kollegin.

„Ich komme gleich nach", sagte er zu Mona.

Die Kommissarin ging über die breite Treppe hoch in das zweite Stockwerk. Der Kokosläufer knirschte unter ihren Schritten. Das Treppenhaus war mit maritimem Krimskrams dekoriert: Rettungsringe, Sextanten aus Messing und sogar geschnitzte Statuen, die den Klabautermann oder alte Seebären darstellen sollten.

Mona vernahm das Geräusch von Staubsaugern, mitten auf dem Korridor befand sich ein Wäschewagen. Einige Zimmertüren standen weit offen, während die von Zimmer 202 nur angelehnt war. Ob dieser Raum auch schon geputzt wurde?

Sie drückte die Tür langsam auf.

„Hier ist die Polizei", sagte Mona laut.

Im nächsten Moment wurde ihr eine Ladung Reizgas ins Gesicht gesprüht.

Kapitel 3

Mona schrie auf.

Die Attacke hatte sie völlig überrumpelt. Und es war nicht das erste Mal in ihrem Berufsleben, dass sie es mit Pfefferspray, einer chemischen Keule, Reizgas oder einem ähnlichen Kampfmittel zu tun bekam.

All diese Substanzen hatten eine Gemeinsamkeit: Sie taten hundsgemein weh und machten das Opfer für den Moment kampfunfähig.

Monas Augen schmerzten, sie blickte nun durch einen Tränenschleier. Trotzdem wollte sie den Täter nicht entkommen lassen.

Eine dunkle Gestalt kam auf Mona zu. Es war unmöglich, Einzelheiten zu erkennen. Sie schlug wild in seine Richtung und hoffte, ihn zu treffen. Und wirklich konnte Mona einen Treffer landen.

Leider blieb es bei diesem Erfolg.

Im nächsten Moment wurde sie am Kragen gepackt und zur Seite gestoßen. Ihr Hinterkopf knallte gegen den Türrahmen. Mona sah Sterne, war aber nicht k. o. Sie fischte ihr Handfunkgerät aus der Tasche. Tastend setzte sie es in Betrieb.

„Ja, Mona?"

„Enno, ich bin angegriffen worden! Ein einzelner Täter, bewaffnet mit Reizgas. Lass ihn nicht entkommen!"

„Ich bin sofort bei dir!"

Während des Funkkontakts hörte Mona im Hintergrund ängstliche Schreie aus Frauenkehlen. Vermutlich waren es Zimmermädchen oder weibliche Gäste, die den Mistkerl abhauen sahen. Die Kommissarin konnte nur hoffen, dass ihr Kollege den Verbrecher noch erwischte.

Und dann vernahm Mona den tiefen Bass ihres Kollegen. Sie sah die Umrisse seiner imposanten Gestalt vor sich auftauchen. Er fasste sie sanft an den Oberarmen.

„Was ist geschehen?"

„Die Zimmertür war angelehnt, ich gab mich als Polizistin zu erkennen. Im nächsten Moment wurde ich mit Reizgas geduscht. Du konntest den Täter nicht festnehmen?"

„Nein, auf der Treppe ist mir niemand entgegengekommen."

„Er kann auch durch den Notausgang oder per Fahrstuhl geflohen sein", wütete Mona. „Vielleicht kann eines der Zimmermädchen ihn genauer beschreiben. Ich bin jetzt leider keine brauchbare Zeugin."

„Ich bringe dich ins Krankenhaus, damit deine Augen behandelt werden", entschied Enno.

„Gute Idee, da wollten wir ja sowieso hin", witzelte Mona düster. „Gib der Dienststelle Bescheid, ein Kollege soll sich vor Eskes Zimmer postieren. Der Reizgassprüher muss etwas gesucht haben. Oder er wollte Spuren beseitigen, die auf seine Anwesenheit im Hotel hindeuten. Womöglich hat mich dieser Schönling angegriffen, der gestern das Mordopfer begleitete."

„Laut der Nacht-Rezeptionistin ist Eske nicht noch einmal ins Teutonia zurückgekehrt. – Ich hätte dich wirklich nicht allein lassen dürfen. Während du attackiert wurdest, habe ich in der Hotellobby gemütlich telefoniert."

„Niemand konnte ahnen, dass in Eskes Zimmer so ein hinterhältiger Schurke lauert", murmelte Mona. Die Tränen liefen ihr immer noch über das Gesicht, doch die Schmerzen ließen etwas nach. Ihre Nase war verstopft, sie musste durch den Mund Atem holen.

Während ihres Wortwechsels blieben die Ermittler nicht vor dem Hotelzimmer stehen. Enno führte die halb blinde Mona zum Lift, während er gleichzeitig die aufgeregt durcheinanderredenden Zimmermädchen beruhigte.

Der wuchtige Ostfriese half Mona auf den Beifahrersitz des Opel Vectra. Er funkte die Zentrale an und berichtete von den Ereignissen. Oltbeck versprach, sofort einen uniformierten Kollegen ins Hotel Teutonia zu schicken.

Während Enno Richtung Gartenstraße brauste, sortierte Mona ihre Gedanken.

Ob sie soeben von Eskes Mörder kampfunfähig gemacht worden war? Das würde zumindest erklären, woher der Täter den Zimmerschlüssel hatte. Die Kommissarin vergegenwärtigte sich, dass beim Leichnam keine persönlichen Gegenstände gefunden worden waren. Eske würde wohl kaum ohne Badetasche an den Strand gegangen sein. Sie war also nicht nur erwürgt, sondern auch bestohlen worden. Ob es sich um einen simplen Raubmord handelte?

Die Ermittler durften keine Variante unberücksichtigt lassen.

„Ich hoffe, dass ich bald wieder den Durchblick habe", sagte sie zu Enno.

Als er antwortete, konnte sie seiner Stimme die Erleichterung anhören.

„Solange du deinen Humor nicht verloren hast, besteht noch Anlass zur Hoffnung."

„Unkraut vergeht nicht, das weißt du doch."

Enno geleitete seine Kollegin ins städtische Krankenhaus von Borkum. Als Notfall wurde sie sofort ins Behandlungszimmer geführt. Mona machte sich keine allzu großen Sorgen, da ihre Augen nicht zum ersten Mal Bekanntschaft mit einem Kampfstoff gemacht hatten.

Dr. Siemers diagnostizierte eine akute Bindehautreizung und verpasste ihr eine Augenspülung. Der junge glatzköpfige Arzt kannte Mona, die schon öfter als Patientin sowie wegen Zeugenbefragungen im Hospital gewesen war.

„Benötigen Sie eine Krankschreibung, Frau Sander?"

„Nicht nötig, das Verbrechen schläft nicht."

Als Mona den Behandlungsraum verließ, war ihr Sehvermögen schon wieder fast vollständig hergestellt. Sie öffnete die Tür des Wartezimmers, in dem sie Enno vermutete.

Sie fand den Oberkommissar, doch er saß nicht allein dort. Neben ihm hockte ein rothaariger dicklicher Bursche, der sich in seiner Haut nicht sehr wohlzufühlen schien.

Und das lag gewiss nicht nur an seinem fürchterlichen Sonnenbrand.

„Ich bin wieder fit", versicherte Mona und richtete ihren Blick auf den Unbekannten. „Hast du mit dem jungen Herrn schon gesprochen?"

Enno nickte, wobei er den Rothaarigen nicht aus den Augen ließ.

„Ja, wir haben ein wenig geplaudert. Ich nannte meinen Namen und erzählte, dass ich Oberkommissar bei der Borkumer Polizei bin. Und ich erwähnte auch den Mordfall, an dem wir gerade arbeiten."

Der Bengel trug ein gestreiftes Polohemd und Khaki-Shorts. Er blickte zu Boden, wobei er sich seine wulstige Unterlippe leckte.

„Ich habe nichts gemacht", beteuerte er mit leiser und undeutlicher Stimme.

Mona baute sich vor ihm auf. Sie war nach der Attacke ohnehin gereizt.

„Das hat auch niemand behauptet, oder? Ich bin übrigens Kommissarin Sander. Und ich habe Ihren Namen noch nicht richtig verstanden."

„Warum wollen Sie wissen, wie ich heiße? Ich habe nichts getan, das sagte ich doch schon."

Die Kommissarin kam noch einen Schritt näher. Der Rothaarige konnte nun nicht weglaufen, weil er zwischen der Wand und Enno saß, während Mona nur noch eine Armlänge weit von ihm entfernt stand.

„Hören Sie, wir haben keine Zeit für Spielchen!", fauchte Mona. „Es gibt eine Zeugenaussage, dass Sie gemeinsam mit einigen Freunden vorige Nacht am Strand waren. Und dabei soll es ziemlich feuchtfröhlich zugegangen sein."

Genau genommen hatte Wilko Efken die Clique nur tagsüber bemerkt. Mona kam es darauf an, den Jungen aus der Reserve zu locken. Und das gelang ihr auch.

„Na gut, ich heiße Dennis Scheepker. Ich habe mit meinen Kumpels unten an der Wasserlinie ein paar Biere gezischt. Das ist doch nicht verboten."

„Wie lange waren Sie am Strand, Herr Scheepker?", fragte Mona.

„Keine Ahnung, ziemlich lange."

„Ungefähr bis vier Uhr morgens?"

„Schon möglich", nuschelte er.

Die Kommissarin vermutete, dass Scheepker immer noch einen messbaren Restalkoholgehalt im Blut hatte. Insofern waren seine Aussagen mit Vorsicht zu genießen. Doch momentan fand ja noch kein offizielles Verhör statt.

„Und Ihnen ist am Strand nichts Ungewöhnliches aufgefallen?" Scheepker schüttelte heftig den Kopf.

„Nein, was denn?"

„Eine weibliche Leiche."

Mit diesen Worten zog Mona ihr Smartphone hervor und hielt dem Zeugen das Foto der toten Eske unter die Nase. Scheepker zuckte zusammen.

„Die habe ich noch nie gesehen", behauptete er. Die Kommissarin hätte schwören können, dass er log. Nur beweisen ließ es sich momentan nicht.

„Wie heißen denn Ihre Freunde?", wollte Enno wissen. „Wir benötigen auch von ihnen ein paar Angaben."

Mona konnte Scheepker deutlich ansehen, dass er am liebsten die Klappe gehalten hätte. Doch er begriff anscheinend, dass er durch Verstocktheit seine Lage nicht verbessern konnte.

„Ich mache mit Mark Rehberg, Kevin Müller und Jannik Lehmann Urlaub", brachte Scheepker mürrisch hervor. „Wir haben gemeinsam ein Ferienhaus gemietet, in der Hindenburgstraße 11."

Die Tür wurde geöffnet, und eine Krankenschwester schaute in den Warteraum.

„Herr Scheepker zur Behandlung bitte."

Mona trat zur Seite. Der mit Sonnenbrand geplagte junge Mann konnte der Pflegekraft gar nicht schnell genug nacheilen.

„Wir sehen uns noch, Herr Scheepker!", rief Mona ihm nach.

Enno stand auf und warf ihr einen prüfenden Blick zu.

„Was hat der Arzt gesagt?"

Die Kommissarin grinste.

„Mir geht es gut. Und die Tatsache, dass wir unsere Trunkenbolde von letzter Nacht schon aufgespürt haben, lässt meine Stimmung gleich enorm steigen. – Hast du Scheepkers Gesicht gesehen, als ich ihm das Foto von Eske gezeigt habe?"

Der Oberkommissar nickte.

„Ja, er kennt die Tote. Da gehe ich jede Wette ein. Ich bin gespannt, was seine Freunde sagen."

„Du hattest jedenfalls mal wieder recht, mein Lieber. Die übrigen Jungmänner halten gewiss noch ihren Schönheitsschlaf. Scheepker wird von seinen Sonnenbrand-Schmerzen aus dem Haus getrieben worden sein."

Bevor die Ermittler losfuhren, nahm Mona Funkkontakt mit der Dienststelle auf. Sie versicherte Oltbeck, dass sie wieder einsatzbereit wäre. Außerdem erkundigte sie sich nach Eskes Hotelzimmer.

„Ich habe umgehend Herrn Lammer angewiesen, vor der Tür Wache zu halten", erklärte der Chef. „Benötigen Sie ein Spurensicherungsteam aus Oldenburg?"

„Ja, das wäre gut. Herr Moll und ich schauen uns später in dem Hotelzimmer selbst etwas um. Zunächst wollen wir mit einigen Verdächtigen sprechen."

„Halten Sie mich auf dem Laufenden", mahnte Oltbeck. „Dieser Fall muss so schnell wie möglich aufgeklärt werden, andernfalls traut sich keine allein reisende Frau mehr an den Strand."

„Wir tun, was wir können", versicherte Mona. Sie beendete den Funkkontakt. Die Ermittler fuhren zu ihrem nächsten Ziel.

Die Hindenburgstraße erstreckte sich vom Inselbahnhof bis hinauf zum Café Sturmeck. Das von der Clique angemietete Ferienhaus war aus roten Backsteinen errichtet worden, nach Monas Schätzung in den Fünfzigerjahren des vorigen Jahrhunderts. Von den grünen hölzernen Fensterläden blätterte teilweise schon die Farbe ab, die Fußmatte vor der Tür war uralt und zerzaust. Wahrscheinlich hatte das Quartett nicht viel Geld für diese Unterkunft ausgeben müssen.

Enno klingelte an der Tür.

Er wartete einige Augenblicke lang, dann versuchte er es noch mal. Doch nun ließ er seinen dicken Zeigefinger auf dem Klingelknopf.

„Ist ja gut!!!", zeterte eine genervt klingende Jungmännerstimme. „Dennis, du Spacken! Hast du wieder deinen Schlüssel vergessen?"

Die Tür wurde aufgerissen.

Ein verkatert aussehender schlaksiger Typ blinzelte die Kommissare aus blutunterlaufenen Augen an. Er war nur mit Boxershorts bekleidet. Mona schätzte ihn auf Anfang zwanzig. Offensichtlich kapierte er nicht sofort, dass nicht sein Kumpel Dennis Scheepker vor ihm stand. Dann wollte er die Tür wieder schließen.

„Wir kaufen nichts", sagte er.

„Und wir haben nichts zu verkaufen", entgegnete Enno und präsentierte seinen Dienstausweis. „Ich bin Oberkommissar Moll, das ist Kommissarin Sander. Wir möchten Ihnen ein paar Fragen stellen."

„Ich habe nichts gemacht", behauptete der Boxershorts-Träger.

Diesen Satz bringt jeder junge Mann verflixt schnell über die Lippen, dachte Mona. Sie sagte: „Könnten Sie uns Ihren Namen nennen? Und würde es Ihnen etwas ausmachen, sich etwas anzuziehen? Es wurde heute bereits einmal versucht, mich blind zu machen."

„Häh? – Ich heiße Kevin Müller."

Mona hatte nicht ohne Grund auf die Reizgas-Attacke angespielt. Sie wollte den jungen Mann testen. Doch falls Müller kein begnadeter Schauspieler war, konnte er nicht der Angreifer gewesen sein. Erstens hatte er kein Anzeichen des Wiedererkennens gezeigt, als Mona in sein Blickfeld gelangt war. Und zweitens wirkte er äußerst überzeugend in seiner Rolle als verkaterter junger Mann, der sich bis in die frühen Morgenstunden die Kante gegeben hatte.

Seine trägen Bewegungen passten einfach nicht zu der Person, die Mona blitzartig und sehr wirkungsvoll ausgeschaltet hatte.

Müller war durch die offen stehende Tür in einem der Schlafzimmer verschwunden und kehrte nun vollständig bekleidet zurück. Er trug eine Jeans und ein ärmelloses schwarzes WACKEN-T-Shirt.

„Was ist los?", murmelte ein anderer mit nikotingebeizter Stimme. Er hatte auf dem Sofa geschlafen.

„Die Bullen sind da", gab Müller zurück.

„Dennis Scheepker haben wir bereits im Krankenhaus getroffen", erklärte Mona. „Wo ist der Vierte im Bunde? Kriegen Sie Ihren Freund wach und bringen Sie ihn hierher, wir müssen mit Ihnen allen reden."

Nachdem Müller einige Male tief durchgeatmet hatte, schien er nüchtern genug zu sein. Jedenfalls klopfte er an die Tür eines weiteren Schlafzimmers und kehrte gleich darauf mit einem anderen jungen Mann zurück.

Mona erstarrte.

Dieser Typ war zwar durch seinen Alkoholkonsum genauso lädiert wie seine Kumpels. Und doch sah er genauso aus, wie Eskes Begleiter von der Rezeptionistin im Hotel beschrieben worden war!

Müller hatte inzwischen sogar so viel Energie, dass er in die Küche schlurfte und Kaffee kochte.

Die Ermittler brachten in Erfahrung, dass der Couchschläfer Jannik Lehmann hieß. Der attraktive Verdächtige mit den kinnlangen braunen Haaren hörte auf den Namen Mark Rehberg.

Die jungen Männer waren nun alle mehr oder weniger angezogen. Gähnend ließen sie sich auf Sessel fallen. Lehmann bequemte sich immerhin dazu, seine Beine vom Sofa zu schwingen. Da er in seinen Kleidern geschlafen hatte, musste er sich nicht mehr ankleiden.

„Was sollen wir denn angestellt haben?", fragte er.

Mona ging nicht darauf ein. Stattdessen zeigte sie das Smartphone-Bild der toten Eske.

„Diese junge Frau wurde heute Morgen tot am Strand auf der Höhe des Jugendbades aufgefunden. Wir haben Grund zu der Annahme, dass sie ermordet wurde. Sie alle sind in der vorigen Nacht dort gewesen, nicht wahr? Wir müssen wissen, ob Sie das Opfer getroffen haben oder ob Ihnen eine verdächtige Person aufgefallen ist."

Mona hatte laut und sehr ernst gesprochen. Enno stand wie ein riesiger Leibwächter neben ihr, die Arme vor der breiten Brust verschränkt.

Die Worte der Kommissarin wirkten auf das Trio ernüchternder als eine kalte Dusche.

Lehmann fand als Erster die Sprache wieder.

„Sie heißt – hieß – Eske. Komischer Name, oder? Wir haben mit ihr herumgealbert."

Rehberg warf Lehmann einen gereizten Blick zu. Oder kam es Mona nur so vor? Jedenfalls schien er nicht begeistert davon zu sein, dass sein Freund die Bekanntschaft einräumte.

Und Scheepker hatte geleugnet, Eske zu kennen. Darauf wollte Mona den Rothaarigen festnageln, sobald sie ihn wieder zu fassen bekam.

„Könnten Sie etwas genauer werden?", bat Enno freundlich. „Vielleicht ist ja der Kaffee bald fertig, der wird Ihnen allen guttun."

Und wirklich signalisierte die Maschine wenig später durch ein Gurgeln, dass das Wasser durchgelaufen war. Müller ging in die Küche und kehrte mit Bechern für sich und seine Freunde zurück. Die Ermittler bekamen nichts angeboten.

Aber das war Mona egal. Sie wollte keine gemütliche Plauderei abhalten, sondern die Wahrheit erfahren.

„Erzählen Sie uns mehr über die Begegnung mit der jungen Frau", forderte Mona. „Und machen Sie sich klar, dass es um eine Mordermittlung geht. Wenn Sie uns anlügen, dann werden wir es früher oder später herausfinden. Und dann rücken Sie sich selbst in ein sehr schlechtes Licht."

Daraufhin breitete sich Stille aus. Jeder dieser jungen Männer schien seinen Gedanken nachzuhängen. Mona fragte sich im Stillen, ob wohl einer von ihnen der Mörder war. Das einzige Geräusch wurde durch Müller verursacht, der sich an seinem mit Hornhaut bewachsenen Fußballen kratzte. Er war es auch, der schließlich den Mund öffnete.

„Da gibt es gar nicht so viel zu berichten, Frau Kommissarin. Wir haben Eske am Strand kennengelernt. Wir hatten einen Ball und warfen ihn ein wenig hin und her. Dennis zielte schlecht, und Eske bekam ihn an den Kopf. Sie war aber nicht sauer, sondern gab ihn uns zurück. Dennis bot ihr ein Eis an, sozusagen als Schmerzensgeld. Eske ließ sich darauf ein. Er holte ein Eis von der nächsten

Milchbude. Wir quatschten mit ihr, sie war locker drauf. Wie das eben so ist am Strand."

Mona nickte. Sie arbeitete schon lange genug als Polizistin auf Borkum, um das Strandleben gut zu kennen. Es war einfach, mit wildfremden Menschen ins Gespräch zu kommen. Vor allem, wenn man jung und in Flirtlaune war. Nach Monas Meinung war Eske sehr attraktiv gewesen. Sie konnte sich gut vorstellen, dass diese vier Burschen sich ausnahmslos in sie verschossen hatten.

Die Kommissarin hakte nach.

„Und wann war das?"

„Gestern Vormittag", erwiderte Müller. Die anderen Bengel sagten nichts, ließen sich aber immerhin zu einem Nicken herab. Ansonsten schlürften sie ihren Kaffee.

„Wie ging es dann weiter?", wollte Mona wissen.

„Na ja, man konnte mit Eske gut abhängen. Sie verstand Spaß. Wir holten uns Bier, weil es ja ziemlich warm war. Sie trank ein paar Runden mit uns."

„Das war alles?", bohrte Mona. „Denken Sie daran, dass Sie nicht die einzigen Leute am Strand waren."

Müller wand sich wie ein Sandaal. Die Kommissarin vermutete bereits, dass er nicht die ganze Wahrheit sagte. Schließlich wandte er sich an Rehberg.

„Sag doch auch mal was! Ich muss hier das ganze Verhör durchstehen, obwohl ich gar nicht …"

„Halt bloß deine Klappe!", fauchte der attraktive junge Mann.

Nun hatte er die volle Aufmerksamkeit der Kommissarin. Sie ging zu ihm hinüber und schaute ihm direkt in die Augen. Es dauerte nicht lange, bis er ihrem Blick auswich.

„Das hier ist kein Spaß, haben wir uns verstanden? Wenn Sie wichtige Informationen zurückhalten, dann können wir dieses Gespräch gern auf der Dienststelle fortsetzen."

Rehberg brach bemerkenswert schnell ein. Trotzig schob er die Unterlippe vor.

„Ich spreche nicht gern über mein Liebesleben. Schon gar nicht mit fremden Frauen. Aber wenn Sie es unbedingt wissen wollen: Ich hatte Sex mit Eske! Doch sie wollte es mindestens genauso sehr wie ich. Sie hat mir schöne Augen gemacht, seit wir sie kennenlernten. Irgendwann im Lauf des Tages wollte sie mir dann ihr Hotelzimmer zeigen. Ich meine, das Teutonia ist ja nur einen Steinwurf von dem

Strandabschnitt entfernt, wo wir uns niedergelassen hatten. – Und ich habe sie ganz bestimmt nicht getötet. Wir sind später gemeinsam zum Strand zurückgekehrt."

Nun öffnete Lehmann zum ersten Mal den Mund.

„Das stimmt, Frau Kommissarin. Eske flirtete gern, mit jedem von uns. Es gab allerdings nur einen, der wirklich Chancen bei ihr hatte: dieser Schleimer da drüben."

Mit diesen Worten knuffte er Rehberg freundschaftlich gegen den Oberarm. Der Schönling zuckte mit den Schultern.

„Ich kann auch nichts dafür, dass die Frauen auf mich stehen. Eske wollte es so, das wisst ihr genau."

Müller lachte.

„Na ja, das haben wir auch alle akzeptiert. Vielleicht bis auf …"

Rehberg warf ihm einen warnenden Blick zu.

„Bis auf wen?", fragte Enno, der den größten Teil der Befragungen üblicherweise Mona überließ.

Müller schüttelte den Kopf.

„Es ist nicht weiter wichtig."

Da war Mona völlig anderer Meinung. Doch sie wollte auf diesem Punkt nicht herumhacken, nicht jetzt. Es war schon ein großer Fortschritt, dass die drei Jungmänner nun mehr oder weniger frei von der Leber weg plauderten.

Sie wandte sich wieder an Rehberg.

„Sie haben also Eske besser kennengelernt, als Ihre Freunde es taten. Hat sie Ihnen etwas anvertraut?"

Der junge Mann blinzelte verständnislos.

„Wie meinen Sie das?"

„Wurde Eske womöglich verfolgt? Gab es jemanden, vor dem sie sich gefürchtet hat? Weshalb war sie überhaupt auf Borkum?"

Rehberg legte die Stirn in Falten. Er schien angestrengt nachzudenken und bei den Ermittlungen wirklich helfen zu wollen. Mona musste zugeben, dass er mit seinem scharf geschnittenen Profil und seinen ausdrucksvollen dunklen Augen wirklich gut aussah. Sie selbst stand allerdings nicht auf ihn. Ganz abgesehen davon, dass sie ungefähr zehn Jahre älter war als dieser Milchbubi.

Monas Frage zielte in eine bestimmte Richtung. Sie musste an Gruners merkwürdiges Verhalten denken. Trotz seiner bitteren Tränen wollte sie ihn als Täter noch nicht völlig ausschließen.

Nach einigen Momenten, die ihr wie eine halbe Ewigkeit vorkamen, schüttelte der Schönling den Kopf.

„Nein, bedaure. Da fällt mir überhaupt nichts ein. Für mich war Eske ein total positives Mädchen. Sie schien das Leben in vollen Zügen zu genießen. Wir haben sie ja nicht lange gekannt, und während dieser kurzen Zeit war sie immer gut drauf. Ich habe mit ihr keine tiefschürfenden Dinge besprochen oder Probleme gewälzt. Wir wollten einfach Spaß zusammen haben."

Die anderen jungen Männer nickten. Sie machten nun alle einen betretenen Eindruck. Womöglich begriffen sie erst jetzt so richtig, dass die hübsche und fröhliche Eske nicht mehr lebte. Das war zumindest Monas Eindruck.

Und falls einer von ihnen die Frau wirklich getötet hatte, konnte er sich sehr gut verstellen.

Es gab Täter, die von der Anwesenheit zweier Kriminalisten höchst nervös gemacht wurden und sich dadurch schon selbst verdächtig machten. Das traf weder auf Müller noch auf Rehberg oder Lehmann zu. Es war natürlich möglich, dass der Mörder seine wahren Gefühle besonders gut verbergen konnte.

Mona stellte ihre nächste Frage.

„Dass das spätere Opfer Ihnen ihr Hotelzimmer gezeigt hat, wird durch eine Zeugenaussage bestätigt. Und was geschah danach?"

„Eske und ich sind an den Strand zurückgekehrt, zu meinen Freunden", berichtete Rehberg. „Wir haben uns an einer Milchbude etwas zum Essen geholt. Eske wollte eine Bratwurst und Pommes mit Mayo, das weiß ich noch genau. Sie sagte, die Liebe würde sie immer so hungrig machen …"

Seine Augen schimmerten plötzlich feucht. Rehbergs Unterlippe zitterte, sein Adamsapfel bewegte sich auf und ab.

Mona fragte sich, ob sie dem Zeugen noch etwas mehr Zeit geben sollte. Doch dann sprach Rehberg mit brüchiger Stimme unaufgefordert weiter.

„Wir haben also etwas gegessen und noch mehr getrunken. Bei dem schönen Wetter gestern herrschte ja eine tolle Stimmung. Eske hat bestimmt sechs oder sieben Flaschen Bier getrunken, mitgezählt habe ich allerdings nicht. Wir vergaßen die Zeit, es wurde später und später. Irgendwann am Abend sagte sie, dass sie noch eine Verabredung hätte. Eske meinte, dass wir uns heute am Strand bestimmt wiedersehen würden."

Rehberg begann erneut zu weinen. Seine Freunde blickten zu Boden, Lehmann klopfte ihm auf die Schulter. Die Kommissarin wandte sich an Müller und Lehmann.

„Können Sie diese Angaben bestätigen? Wissen Sie noch, um welche Uhrzeit die junge Frau verschwand?"

„Ich glaube, es war gegen einundzwanzig Uhr", meinte Müller. „Es war jedenfalls noch ziemlich hell."

Mona überlegte. Um diese Jahreszeit war der Sonnenuntergang auf Borkum wirklich um diese Zeit zu bewundern. Wenig später wurde es dann stockdunkel. Sie hakte weiter nach.

„Können Sie sich noch daran erinnern, welche Richtung Eske einschlug?"

Lehmann verzog das Gesicht.

„Ehrlich gesagt war keiner von uns noch wirklich nüchtern. Ich bin mir aber sicher, dass sie hoch zur Promenade und dann auf die Bismarckstraße zu ging."

Die Kommissarin nickte. Wenn Eske wirklich verabredet gewesen war, dann womöglich in einem der Lokale an der Bismarckstraße. Falls das zutraf, wurden die Ermittlungen dadurch erleichtert. Das Servicepersonal vom *Pferdestall*, der *Black Pearl* und den anderen Gastrobetrieben verfügte nämlich über eine gute Beobachtungsgabe.

Fest stand, dass das Opfer später an den Strand zurückgekehrt war. Aus welchen Gründen auch immer. Natürlich war es auch möglich, dass die jungen Männer Mona anlogen. Doch momentan kamen ihr die Aussagen plausibel vor.

„Was für Kleidung trug Eske, als sie sich von Ihnen verabschiedet hat?", wollte die Kommissarin wissen. „Hatte sie irgendwelche Gegenstände dabei?"

Die Zeugen schauten Mona verblüfft an. So, als ob sie Selbstverständliches infrage stellen würde.

Müller öffnete den Mund.

„Eske hatte einen bunten gemusterten Bikini an. Darüber trug sie so eine offene weite Bluse, weiß-blau gestreift. Und ihr Badelaken verstaute sie in einer großen Tasche."

„Die war aus Stroh geflochten", ergänzte Lehmann. „Sie hatte ein Smartphone, das wird auch in der Tasche gewesen sein."

Mona nickte und wandte sich nun wieder an Rehberg.

„Sollte das Zusammensein mit Eske eine einmalige Sache bleiben oder haben Sie mit ihr Mobilfunknummern ausgetauscht?"

„Ich hätte sie gern wiedergesehen", entgegnete der junge Mann traurig. „Ich kann Ihnen Eskes Nummer geben."

Er fischte sein eigenes Smartphone aus der Tasche seiner Bermuda-Shorts. Gleich darauf hatte Mona die Zahlenfolge notiert.

Sie nahm sich vor, umgehend eine Handyortung zu veranlassen. Mit etwas Glück konnte der Mörder auf diese Weise gefunden werden.

Die Tür wurde aufgeschlossen.

Dennis Scheepker betrat das Ferienhaus.

„Na, hast du dich verarzten lassen?", fragte Müller.

Der Rothaarige mit dem Sonnenbrand antwortete nicht. Als er Mona und Enno bemerkte, machte er auf dem Absatz kehrt und rannte davon.

Kapitel 4

„Den schnappe ich mir!", rief Mona und sprintete los. „Enno, nimmst du den Wagen?"

Sie wartete nicht auf eine Antwort. Das war auch nicht nötig, denn sie und ihr Dienstpartner hatten als eingespieltes Team schon oft genug Verdächtige verfolgt. Enno konnte in seinem Alter und mit seinem Übergewicht nicht so schnell laufen wie Mona. Doch er kannte die gesamte Insel wie seine Westentasche und würde den Flüchtenden mit dem Auto überholen und ihm den Weg abschneiden.

Wer schon beim Anblick der Polizei die Beine in die Hand nahm, würde sich ein paar unbequeme Fragen gefallen lassen müssen. Schon im Krankenhaus war Scheepker der Kommissarin verdächtig vorgekommen. Doch beim Polizeiberuf kam es nicht auf Gefühle, sondern auf Fakten an. Diesen Satz hatte sie von ihrem Vorgesetzten Oltbeck schon oft genug zu hören bekommen.

Scheepker stürmte auf die Hindenburgstraße hinaus und bewegte sich Richtung Campingplatz. Er hatte viel längere Beine als Mona. Das bedeutete allerdings nicht, dass er viel schneller laufen konnte. Der Rothaarige schien nicht besonders trainiert zu sein, dafür besaß sie einen Blick. Abgesehen davon brachte er ein paar überflüssige Pfunde auf die Waage, was man von der Kommissarin nicht behaupten konnte.

„Polizei! Stehen bleiben!", rief Mona mit gellender Stimme. Einige Touristen auf Fahrrädern hielten an und beobachteten kopfschüttelnd die Verfolgungsjagd. Wenigstens begann keiner von ihnen, mit seinem Handy zu filmen. Außerdem war die Kommissarin erleichtert darüber, dass kein Zivilist den Helden spielen wollte. Sie wusste nicht, wie Scheepker reagieren würde. Der Rothaarige war offensichtlich in Panik. Und wenn er wirklich etwas mit Eskes Tod zu tun hatte, dann war Vorsicht geboten.

Nun ertönte eine Polizeisirene. Enno hatte das Blaulicht des Zivilfahrzeugs aktiviert und brauste an Scheepker und Mona vorbei. An der Einmündung zur Richthofenstraße stieg er in die Eisen und stellte den Opel Vectra quer.

Der Flüchtende keuchte. Mona war jetzt nur noch wenige Meter hinter ihm. Sie konnte seinen Schweiß riechen. Er warf ihr über die Schulter hinweg einen Blick zu. Seine Augen waren weit aufgerissen, das Gesicht verzerrt.

„Geben Sie auf, Scheepker!", blaffte Mona.

Er hörte nicht auf sie, sondern lief weiter.

Mona stieß sich ab und sprang ihn von hinten an. Obwohl sie viel leichter als ihr Widersacher war, konnte sie ihn zu Boden bringen.

„Aua, das tut weh!", jammerte er.

Die Kommissarin hatte ihn bisher noch nicht allzu hart angefasst. Doch dann führte sie sich vor Augen, dass er unter einem heftigen Sonnenbrand litt. Jede noch so sachte Berührung musste ihm sehr unangenehm sein. Scheepker schlug nun wild und unkontrolliert um sich. Damit machte er es für sich selbst allerdings nur noch schlimmer.

Mona drehte ihm den rechten Arm auf den Rücken.

„Jetzt ist Schluss mit lustig, Freundchen! Wenn Sie weiterhin ausflippen, gibt es die Handschellen!"

Scheepker erschlaffte. Ob es daran lag, dass nun Enno zur Unterstützung herbeieilte? Oder daran, dass er schlicht und einfach keine Energie mehr hatte? Mona wusste es nicht. Für sie zählte nur, dass er jeden Widerstand aufgab.

Enno half dem Verdächtigen auf die Beine und nahm mit ihm gemeinsam auf dem Rücksitz des Dienstwagens Platz, während Mona das Lenken übernahm.

Es dauerte nicht lange, bis sie die Polizeiwache an der Strandstraße erreichten. Enno führte Scheepker in einen fensterlosen Raum, um ihn gründlich zu durchsuchen. Mona wollte schon das Verhörzimmer vorbereiten, als sie von ihrer Kollegin Britt Mölders beiseitegenommen wurde.

„Moin, Mona. Ihr wolltet doch Bescheid bekommen, wenn jemand den Verlust einer wertvollen Armbanduhr meldet."

Monas Pulsschlag hatte sich nach der Verfolgungsjagd und der Festnahme gerade beruhigt. Nun schoss er wieder in die Höhe.

„Erzähl mir mehr, Britt", bat sie.

„So viel gibt es gar nicht zu berichten", antwortete die junge Polizeimeisterin. „Vor zwanzig Minuten kam ein Melder herein und fragte, ob hier eine Armbanduhr abgegeben worden sei. Ich notierte mir zunächst seinen Namen und seine Hoteladresse auf Borkum. Die Mobilfunknummer habe ich auch."

„Gut gemacht, Britt. Ich werde mir den Herrn später persönlich vorknöpfen", versprach Mona.

Zunächst übertrug sie die Angaben aus der Verlustanzeige in ihr Notizbuch. Der Uhrbesitzer hieß Harry Lüpsen. Er residierte im *König von Holland*, einem renommierten Fünf-Sterne-Hotel in der Nähe des Inselbahnhofs.

Die Kommissarin bedankte sich bei ihrer Kollegin und ging zum Verhörraum hinüber.

Enno und Scheepker waren noch nicht da. Vermutlich machte der Oberkommissar eine ausführliche Leibesvisitation. Wer einen verdächtigen Gegenstand vor Enno verstecken wollte, musste schon verflixt ausgekocht sein. Für so clever hielt Mona den rothaarigen jungen Mann nicht.

Sie kochte zunächst einen Tee, lud die Kanne sowie Kluntjes, Sahne und drei Tassen auf ein Tablett und ging damit nach nebenan. Diesmal musste sie nicht mehr lange warten, bis ihr Dienstpartner und der Verdächtige hereinkamen.

Scheepker ließ sich auf einen Stuhl fallen. Er hielt den Kopf gesenkt wie ein geschlagener Boxer.

Mona schaute Enno fragend an. Er präsentierte zwei Tüten für Beweisstücke, in denen sich jeweils ein Smartphone befand.

„Hier, das Gerät habe ich bei Herrn Scheepker sichergestellt."

Enno gab Mona eine der Tüten. Sie zog sich Latexhandschuhe über und aktivierte vorsichtig das Smartphone.

Auf dem Display erschien ein Foto von Eske Tadden, die lachend eine andere junge Frau umarmte. Vermutlich war das eine gute Freundin von ihr.

„Das Telefon habe ich gefunden", murmelte Scheepker.

„Gefunden, soso. Und Sie haben es nicht für nötig befunden, es bei der Polizei oder bei der Touristinformation abzugeben?", fragte Mona. Darauf bekam sie keine Antwort.

Die Kommissarin hatte am Tisch gegenüber von Scheepker Platz genommen. Enno setzte sich neben sie.

„Möchten Sie einen Tee?"

Ihre Frage wurde mit einem Kopfnicken beantwortet. Mona goss die bernsteinfarbene Flüssigkeit in eine Tasse und schob sie zu dem

Rotschopf hinüber. Er starrte immer noch auf den Fußboden oder auf die Tischplatte.

„Wir befragen Sie als Beschuldigten einer Straftat. Möchten Sie einen Rechtsbeistand hinzuziehen?"

„Ich habe nichts gemacht", beteuerte er.

Mona fragte sich im Stillen, wie oft sie diesen Satz bis zu ihrer Pensionierung wohl noch zu hören bekommen würde.

Sie beugte sich vor.

„Es ist nie klug, die Polizei anzulügen, Herr Scheepker. Sie hätten sich doch denken können, dass wir auch Ihre Freunde befragen würden. Sie behaupteten, die Frau auf dem Foto nicht zu erkennen. Und das entsprach nicht der Wahrheit."

„Doch!", erwiderte Scheepker trotzig. „Auf dem Bild war Eske nicht richtig zu erkennen. Da war sie so … so …"

„So tot", beendete Mona seinen Satz. „War es das, was Sie uns sagen wollten?"

„Ich habe Eske nicht umgebracht", flüsterte der Verdächtige.

Mona ging nicht darauf ein. Stattdessen fragte sie: „Und wie kommt das Smartphone der Toten in Ihren Besitz?"

„Das habe ich gefunden."

Die Kommissarin atmete tief durch.

„Wir haben im Krankenhaus bereits mit Ihnen über das Mordopfer gesprochen. Da behaupteten Sie noch, Eske nicht zu kennen. Nun gut, vielleicht ist die Aufnahme meiner Handy-Kamera wirklich nicht so gut. Aber Sie hätten uns das Smartphone übergeben können."

„Da hatte ich es noch nicht."

Der lügt ja wie gedruckt, dachte Mona grimmig.

„Wo haben Sie das Smartphone denn gefunden, Herr Scheepker? Auf dem Weg vom Hospital zu Ihrem Ferienhaus kommt man nicht am Strand vorbei. Doch genau dort wurde die Leiche von Eske Tadden entdeckt."

Scheepker befeuchtete seine dicke Unterlippe mit der Zungenspitze.

„Ich habe es trotzdem am Wegesrand gefunden. Ich weiß nicht mehr, wie die Straße hieß."

Mona schüttelte den Kopf.

„Soll ich Ihnen sagen, was ich denke? Meiner Meinung nach haben Sie sich spontan in Eske verknallt, als Sie die junge Frau am Strand kennenlernten. Das kann ich verstehen, sie war ja wirklich hübsch. Und sie flirtete mit Ihnen und Ihren Freunden, nicht wahr? Doch sie hatte nur an Mark Rehberg Interesse."

„Das stimmt nicht", behauptete Scheepker. Doch sein Satz klang Monas Meinung nach sehr stark nach Wunschdenken.

Sie fuhr fort: „Ihr Freund Rehberg ist ein Frauenschwarm, daran gibt es keinen Zweifel. Eske wurde bei ihm schwach. Sie ging mit ihm auf ihr Hotelzimmer. Und Sie konnten sich an allen fünf Fingern ausrechnen, dass die beiden dort nicht die Briefmarkensammlung anschauen würden."

Scheepker ballte nun die Fäuste.

„Dieser Mistkerl!", stieß er hervor. „Mark kriegt immer alle Weiber ab. Und wir haben das Nachsehen!"

„Sie wurden wütend", mutmaßte Mona. „Ihre Freunde haben sich über Ihren Sonnenbrand lustig gemacht, was Ihre Stimmung nicht gerade verbessert haben dürfte. Vielleicht haben Sie ein paar Biere zu viel getrunken, um ihren Frust herunterzuspülen. Abends ging Eske dann zu einer Verabredung. Ich stelle es mir so vor, dass Sie sich nach der munteren Trinkerei von Ihrer Clique absonderten. Womöglich horchten Ihre Kumpane schon an der Matratze, was weiß ich. Auf jeden Fall kehrten Sie zum Strand zurück und trafen dort erneut auf Eske. Ihre Gefühle brachen wieder hervor. Vielleicht wollten Sie die Frau zum Sex zwingen. Eske drohte zu schreien, da drückten Sie ihr die Kehle zu und …"

„Hören Sie auf!", rief Scheepker mit heiserer Stimme. „Ich war es nicht! Sie – sie lebte schon nicht mehr!"

Während die Kommissarin gesprochen hatte, war der Verdächtige auf seinem Stuhl hin und her geschwankt. So, als ob ihre Worte ihn wie Hammerschläge treffen würden.

„Also geben Sie zu, die Leiche am Strand entdeckt zu haben?", hakte Mona nach. „Und warum haben Sie nicht die Polizei verständigt?"

„Weil … weil ich ahnte, dass Sie mich verdächtigen würden! Meine Kumpels hatten auch gemerkt, dass mir Eske gefiel. Die haben Ihnen bestimmt schon was über mich erzählt."

„Was denn?", warf Enno ein.

„Ich bin noch Jungfrau", flüsterte Scheepker kaum hörbar. „Damit ziehen sie mich bei jeder Gelegenheit auf."

Über das Liebesleben ihres rothaarigen Freundes hatten die drei jungen Männer zwar nichts verlauten lassen, doch Mona fand Scheepker nach wie vor höchst verdächtig. Dennoch war ihr bewusst, dass sie sich vom ersten Eindruck nicht täuschen lassen durfte.

Sie machte eine auffordernde Handbewegung.

„Wenn Sie die Tat nicht begangen haben, müssen Sie sich vor der Polizei nicht fürchten. Berichten Sie uns davon, wie Sie die Tote gefunden haben. Jede Kleinigkeit kann wichtig sein."

Scheepker nickte und fuhr sich mit den Handflächen über sein schweißnasses Gesicht. Nachdem er sich einen Moment lang gesammelt hatte, begann er zu sprechen.

„Ich war an dem Abend ziemlich voll, genau wie Mark, Kevin und Jannik. Wir landeten irgendwann in unserem Ferienhaus. Ich weiß nicht mehr, wie viel ich getrunken habe. Ich fiel ins Bett und pennte sofort ein. Dann wachte ich wieder auf, weil ich Durst hatte und mein Sonnenbrand höllisch wehtat. Außerdem war es in meinem Schlafzimmer zu heiß. Also trank ich in der Küche einen Schluck Cola. Es war schon nach Mitternacht. Da dachte ich mir, dass ich bei den kühlen nächtlichen Temperaturen einen Spaziergang machen könnte. Um mich zu beruhigen und müde zu werden."

„Hat es funktioniert?"

Scheepker beantwortete Monas Frage mit einem Nicken.

„Ich ging wieder runter zum Strand. Es war bewölkt, doch plötzlich zerriss der Wind die Wolkendecke. Da sah ich im fahlen Mondlicht eine Frau. Zuerst erkannte ich Eske nicht. Ich kam näher heran, weil ich dachte, dass sie vielleicht Hilfe braucht."

Oder weil du gehofft hast, dass sie volltrunken ist und du an ihr herumfummeln kannst?

Diesen Satz sagte die Kommissarin nur in Gedanken zu dem Verdächtigen. Den Wahrheitsgehalt seiner Aussage konnte sie später immer noch checken. Jetzt kam es darauf an, dass er weiterredete. Und das tat er auch.

„Als ich direkt vor ihr stand, erkannte ich Eske. Ich berührte sie an der Schulter, aber sie war schon eiskalt. Und ich sah, dass sie jemand gewürgt haben musste."

„Um welche Uhrzeit ist das gewesen?", wollte Mona wissen.

„Ich glaube, dass es schon nach ein Uhr morgens war", murmelte Scheepker.

Die Kommissarin runzelte die Stirn.

„Und Sie sind nicht später noch einmal mit Ihren Freunden singend am Strand entlanggezogen?", vergewisserte sie sich. Der Rotschopf schaute sie an, als ob sie den Verstand verloren hätte.

„Glauben Sie, ich hätte nach dem Leichenfund noch Spaß haben können? Im ersten Moment wollte ich sogar bei der Polizei anrufen, das müssen Sie mir glauben. Doch dann hatte ich Angst, dass Sie mir das Verbrechen in die Schuhe schieben würden. Also machte ich mich so schnell wie möglich davon. Ein paar Schritte von der Toten entfernt stieß ich mit dem Schuh gegen das Smartphone. Es lag einfach da im Sand. Ich habe es aufgehoben und mitgenommen."

„Haben Sie eine Tasche, eine Bluse oder andere Gegenstände bemerkt?"

„Nein, Frau Kommissarin. Aber ich habe auch nicht lange gesucht, sondern bin dann möglichst schnell zum Café Sturmeck und von da zu unserem Ferienhaus gelaufen."

Einen Moment lang herrschte Stille im Verhörraum.

„Sagen Sie uns doch bitte, wann Sie die Sauftour mit Ihren Freunden beendet haben", forderte Enno.

„Das muss kurz vor Mitternacht gewesen sein."

Mona stand auf.

„Warten Sie bitte einen Moment. – Enno, kommst du?"

Der Oberkommissar nickte. Das Reden musste Scheepker durstig gemacht haben. Er trank gierig seinen kalt gewordenen Tee, während die Ermittler hinausgingen und sich in ihrem Dienstzimmer berieten.

„Die Aussagen passen nicht zusammen", stellte Mona fest. „Gruner meldete um kurz vor vier Uhr morgens eine Ruhestörung. Da hat unser munteres Quartett aber schon an der Matratze gehorcht. Abgesehen vielleicht von Scheepker, der nach seinem grausigen Fund kein Auge zubekommen konnte."

Mona hob die Augenbrauen.

„Glaubst du seine Geschichte, Enno?"

„Zumindest wüsste ich keinen Grund, weshalb der Mörder das Smartphone des Opfers bei sich behalten sollte. Jeder TV-Zuschauer weiß doch heutzutage, dass wir diese Mobilgeräte orten können. Dadurch musste er geradezu zwangsläufig unsere Aufmerksamkeit auf sich ziehen."

„Da stimme ich dir zu, allerdings würde ich Scheepker nicht gerade als eine Geistesgröße bezeichnen. Diese Folgen seines Handelns wird er sich nicht überlegt haben. Der ganze Mord kommt mir wie ein spontaner Gewaltausbruch vor."

Enno nickte.

„Einverstanden, doch was hat er mit der Bluse und der Tasche gemacht? Hat Scheepker das Smartphone als Trophäe behalten und den Rest weggeworfen?"

„Wir sollten sein Zimmer im Ferienhaus durchsuchen", schlug Mona vor. „Seine Freunde haben ja angeblich schon gepennt, als er zu seinem Nachtspaziergang aufbrach. Also konnte er ohne Risiko seine Beute mit nach Hause nehmen."

„Ja, das sollten wir machen", meinte der Oberkommissar. „Es ist übrigens auch möglich, dass andere Randalierer am Strand Krawall gemacht haben."

„Die Rolle von Eskes Vater kommt mir immer noch dubios vor, doch wir sollten uns jetzt zunächst um Scheepker kümmern."

Sie gingen ins Verhörzimmer zurück. Mona fragte den Verdächtigen, ob er mit einem freiwilligen DNA-Test einverstanden wäre. Nach kurzem Zögern stimmte er zu. Enno entnahm ihm mit einem Wattestäbchen etwas Speichel. Die Probe würde später ins kriminaltechnische Labor in Oldenburg geschickt werden. Falls es einen Kampf zwischen dem Opfer und dem Mörder gegeben hatte, konnte dieser genetische Fingerabdruck den entscheidenden Beweis liefern.

„Wir müssen noch Ihr Zimmer im Ferienhaus durchsuchen", sagte die Kommissarin. Scheepker zuckte mit den Schultern.

„Meinetwegen. Außer dem Smartphone habe ich nichts mitgenommen."

Die Ermittler traten mit dem Verdächtigen in den Vorraum der Wache, um sich abzumelden.

In diesem Moment trat Gruner ein. Er musterte Mona, Enno und Scheepker, wobei er misstrauisch die Augen zusammenkniff.

„Ist das der Mörder meiner Tochter?"

Enno hob beschwichtigend die Hand.

„Herr Gruner, wir befinden uns in den Ermittlungen und dürfen nicht ..."

Eskes Vater ließ den hünenhaften Ostfriesen nicht ausreden.

„Ich verlange auf der Stelle eine Antwort! Ich lasse Sie nicht aus dem Gebäude, bis ich Klarheit habe."

Gruner baute sich vor der Tür auf, verschränkte die Arme vor der Brust und streckte herausfordernd das Kinn vor.

„Wie Sie meinen, dann nehmen wir eben den Hinterausgang", entgegnete Mona trocken. „Britt, wir gehen kurz weg."

Der letzte Satz war an die uniformierte Polizeikollegin im Wachlokal gerichtet. Gruner konnte es offenbar nicht ausstehen, wenn man ihn nicht beachtete. Er packte Mona am Arm.

„Ich fordere ..."

Sie bemerkte aus dem Augenwinkel, dass Enno eingreifen wollte. Doch mit Gruner konnte Mona problemlos allein fertigwerden. Sie riss sich von ihm los.

„Fassen Sie mich nicht noch einmal an!", fauchte Mona. „Ich verstehe Ihren Schmerz, doch Sie dürfen sich nicht in unsere kriminalistische Arbeit einmischen. Es ist doch ganz in Ihrem Sinn, dass wir den Mörder Ihrer Tochter so schnell wie möglich verhaften."

„Dann tun Sie das auch", gab Gruner zurück. Er klang nun schon kleinlauter als zuvor, wenn auch nur ein wenig.

„Gehen Sie in Ihre Pension, an den Strand oder an einen anderen Ort auf unserer schönen Insel", bat Enno freundlich. „Wir haben Erfahrung mit Mordfällen, verlassen Sie sich einfach auf uns."

„Na gut, aber ich werde Sie im Auge behalten", drohte Gruner. Dann warf er Scheepker noch einen unheilverkündenden Blick zu und verschwand durch die Vordertür.

„Das war Eskes Vater?", murmelte der Rotschopf. „Sie hat uns erzählt, dass sie ihn nicht mag. Nun kann ich das viel besser verstehen."

Mona wurde hellhörig.

„Ach, wirklich? Was hat sie denn gesagt?"

„Als wir am Strand waren, haben wir über Gott und die Welt gequatscht, auch über unsere Familien. Eske meinte zu uns, dass ihr alter Herr ein richtiger Kontrollfreak wäre. Ihre Eltern sind nicht mehr zusammen, und sie hat mehr Kontakt zu ihrer Mutter. Seit ihr Dad dort ausziehen musste, ist er noch unausstehlicher geworden. Das waren Eskes Worte."

Ob Scheepker die Wahrheit sagte? Das konnte Mona leicht überprüfen, indem sie noch einmal mit dem Rest der Clique sprach.

„Nun gut, wir werden sehen", brummte Enno. „Nun schauen wir uns erst einmal in Ihrem Zimmer um, einverstanden?"

Scheepker nickte mürrisch. Sie verließen die Polizeiwache durch den Hinterausgang und fuhren in die Hindenburgstraße zurück. Inzwischen waren auch die Langschläfer unter den Borkum-Besuchern munter geworden. Familien, Paare und Einzelreisende strömten in Richtung des breiten Sandstrandes, andere Touristengruppen machten sich auf Leihfahrrädern zum Ostland auf, das mit gut ausgebauten Wegen in einer wildromantischen Dünenlandschaft lockte.

Auch Rehberg, Müller und Lehmann schienen sich schon zum Sonnenbaden aufgemacht zu haben. Das Ferienhaus war jedenfalls verwaist, die Eingangstür nur angelehnt.

„Was für ein Leichtsinn", meinte Mona kopfschüttelnd. „Unsere Insel ist zwar kein Kriminalitätsschwerpunkt, doch man muss den Einbrechern ja nicht unbedingt eine Extraeinladung schicken."

Scheepker ging voraus, die Ermittler folgten ihm.

Sein Zimmer war spartanisch, aber zweckmäßig eingerichtet. Bett, der Schrank und der kleine Schreibtisch bestanden aus hellem Holz. Die pastellfarbene Tapete hätte nach Monas Meinung besser zu einem Jungmädchenzimmer gepasst. Der einzige Wandschmuck bestand aus dem Foto einer Möwe, die über den typischen Borkumer Strandzelten kreiste.

T-Shirts lagen zerknüllt und unordentlich herum, auf dem Tisch standen zwei offene Coladosen.

Doch all das interessierte Mona nur am Rand.

Ihr Blick war sofort auf die große geflochtene Strandtasche gefallen, die neben dem Bett stand.

Scheepker bemerkte, wohin sie schaute.

Er wurde bleich wie eine Wasserleiche, deutete mit zitterndem Finger auf die Tasche.

„D-die gehört mir nicht!"

Die Kommissarin zog sich Latexhandschuhe über, ging auf das Bett zu und zog eine gestreifte Bluse aus der Strohtasche.

„Nein, natürlich nicht. Diese Dinge haben eindeutig dem Mordopfer gehört."

Enno zog seine Handschellen hervor, mit denen er Scheepker fesselte.

„Ich verhafte Sie unter dem dringenden Tatverdacht des Mordes an Eske Tadden", sagte der Oberkommissar.

Scheepker begann zu weinen.

Kapitel 5

Die Ermittler brachten den jungen Mann zur Dienststelle zurück, wo Enno ihn in die Arrestzelle sperrte. Scheepker sollte so schnell wie möglich mit der Fähre nach Emden gebracht werden, wo ein Richter über die Verhängung von Untersuchungshaft entscheiden sollte.

„Ich rate Ihnen, sich von einem Strafverteidiger vertreten zu lassen", sagte der wuchtige Ostfriese, als Scheepkers Tränen versiegt waren.

„Aber ich kenne keinen Anwalt", gab er schniefend zurück. „Solche Leute sind doch bestimmt furchtbar teuer, oder? Ich bin Gärtner-Azubi im letzten Lehrjahr und verdiene nicht besonders gut."

„Ihnen wird ein Pflichtverteidiger zur Seite gestellt, wenn Sie sich keinen Rechtsbeistand leisten können. Soll ich mich darum kümmern?"

Scheepker nickte.

Mona hatte den Wortwechsel zwischen den beiden so unterschiedlichen Männern nicht kommentiert, was für ihre Verhältnisse eher ungewöhnlich war. Diese Tatsache blieb auch von Enno nicht unbemerkt, nachdem er die Zellentür von außen geschlossen hatte.

„Du bist so schweigsam, Mona. Ist etwas nicht in Ordnung?"

„Ich weiß auch nicht. Für mein Gefühl lief die Suche nach dem Mörder etwas zu glatt ab."

„Lass das nicht den Chef hören", erwiderte Enno schmunzelnd. „Du weißt doch, dass für Oltbeck nur Fakten zählen. Scheepker hatte Motiv und Gelegenheit. Außerdem kann er nicht erklären, wie die Tasche, die Bluse und das Smartphone in seinen Besitz gelangt sind. Zumindest ist die Geschichte vom Zufallsfund am Wegesrand nicht besonders glaubwürdig."

„Du hast ja recht", räumte die Kommissarin ein. „Womöglich wird das Obduktionsergebnis Scheepkers Täterschaft noch bestätigen. Allerdings scheint das rothaarige Riesenbaby keiner Fliege etwas zuleide tun zu können."

„Dieser Eindruck täuscht vielleicht. Wir sind uns doch einig, dass es sich um eine spontane Affekttat gehandelt haben muss?"

Mona nickte.

Sie gingen ins Büro des Dienststellenleiters, wo Oltbeck die Ermittler erwartungsvoll anschaute. Mona und Enno nahmen Platz, dann berichteten sie von der Verhaftung.

Der Hauptkommissar rieb sich die Hände.

„Ausgezeichnete Arbeit, Frau Sander und Herr Moll! Der Staatsanwalt wird hocherfreut sein, dass er schon nach so kurzer Zeit eine Mordanklage auf den Weg bringen kann. Nach Ihrer Schilderung könnte es sich auch nur um Totschlag im Affekt handeln, doch darüber müssen wir nicht entscheiden."

Das wusste Mona natürlich auch.

„Ich bin mir nicht hundertprozentig sicher, ob Scheepker wirklich der Täter ist", gab sie zu.

Der Chef zog die Augenbrauen zusammen.

„Ach, wirklich? Ist Ihnen diese Lösung zu einfach, Frau Sander? Ich habe doch eben von Ihnen gehört, dass es sich um eine klassische Gewalttat aus Eifersucht und Frustration handelt."

„Ja – falls dieser junge Mann das Opfer wirklich erwürgt hat", schränkte Mona ein. „Ihr Vater erscheint mir mindestens ebenso verdächtig. Er soll laut einer Zeugenaussage kontrollsüchtig sein, Eske hat angeblich sehr unter ihm gelitten. Außerdem behauptet er, von der Anwesenheit seiner Tochter auf Borkum nichts gewusst zu haben. Das kann ich nicht glauben."

„Für den Glauben ist unsere Inselkirche zuständig", höhnte Oltbeck. „Bei dem Vater wurden aber keine Besitztümer des Opfers sichergestellt, oder?"

„Das nicht, aber ..."

Der Hauptkommissar schnitt Mona mit einer Handbewegung das Wort ab.

„Ich will nichts mehr hören, Frau Sander! Falls – und ich betone: falls – Sie mir neue Erkenntnisse liefern können, will ich mich nicht dagegen sperren. Doch einstweilen sehe ich diesen Fall als gelöst an. Sie können sich also wieder dem normalen Tagesgeschäft zuwenden."

Mona konnte es nicht ausstehen, von oben herab behandelt zu werden. Doch immerhin gelang es ihr, in diesem Moment keine Widerworte mehr zu geben. Wenn sie sich jetzt auf die Hinterbeine stellte, würde Oltbeck ihr garantiert den Tag verderben. Vielleicht sogar die ganze Arbeitswoche.

Außerdem musste sie selbstkritisch zugeben, dass sie außer einem vagen Unbehagen nichts vorweisen konnte.

Mona war überzeugt davon, etwas Entscheidendes übersehen zu haben. Doch sie hätte nicht sagen können, was es war.

Nach der Besprechung klopfte Enno ihr freundschaftlich auf die Schulter.

„Was hältst du davon, wenn wir erst einmal Mittagspause machen? Ich finde, wir sind heute ein großes Stück weit vorangekommen."

Mona warf ihrem rundlichen Kollegen einen Seitenblick zu. Sie wusste, wie gern Enno aß. Und auch ihre eigene Laune würde sich durch eine anständige Mahlzeit womöglich verbessern.

Sie meldeten sich ab und gingen am Inselbahnhof vorbei hinüber zur Franz-Habich-Straße. In der kleinen Borkumer Fußgängerzone gab es nicht nur zahlreiche Küstenmode- und Souvenir-Geschäfte, sondern auch etliche Lokale. Die Ermittler gingen mittags gern in den legendären Fischimbiss *Knurrhahn*. Obwohl gerade eine Ladung hungriger Touristen eingetroffen war, konnten sie noch einen der hölzernen Stehtische ergattern. Enno bestellte Seelachs mit Kartoffelbrei, während Mona sich für einen Poseidon-Salat entschied. Dazu tranken sie alkoholfreies Bier.

„Wollen wir uns nachher diesen Harry Lüpsen vorknöpfen, Enno?"

Der Oberkommissar nahm einen Schluck Bier.

„Das tut gut! – Wer ist das?"

„Ach so, das habe ich dir noch nicht erzählt. Lüpsen vermisst eine Protzer-Armbanduhr, wie Grietje sagen würde. Er hat sich bei Britt erkundigt, ob ein ehrlicher Finder sie bei der Polizei abgegeben hat."

„Und du meinst, dieser Lüpsen könnte verdächtig sein? Ich finde es schon unfassbar, dass man Tausende für eine Uhr ausgibt. Meine hat fünfzig Euro gekostet. Aber wenn ich so eine teure Armbanduhr hätte, dann würde ich den Verlust doch sofort bemerken."

„Normalerweise ja", stimmte Mona zu. „Doch wir reden ja von einer nicht geplanten spontanen Tat. Wenn Lüpsen – aus was für Gründen auch immer – Eske erwürgt hat, erlitt er womöglich durch seine eigene Tat einen Schock. Er rannte davon, wobei ihm die Uhr abhandenkam. Vergiss nicht, dass sich die Tat in der nächtlichen Finsternis abgespielt haben muss. Womöglich fand es Lüpsen zu riskant, sich auf die Suche nach seinem Kleinod zu machen. Oder er gruselte sich vor dem Anblick seines Opfers."

Der Ostfriese nickte versonnen.

„Weshalb bist du eigentlich nicht von Scheepkers Schuld überzeugt? Zugegeben, er leugnet. Und er hat sich freiwillig dazu bereit erklärt, dass wir sein Zimmer durchsuchen durften."

„Was hätte er denn sonst machen sollen? Eine Verweigerung wäre uns höchst verdächtig vorgekommen, oder? Scheepker schien völlig überrascht davon zu sein, dass sich Eskes Sachen in seiner Bude befanden. Hinzu kommt, dass das Haus nicht abgeschlossen war. Der Mörder konnte einfach hereinspazieren und die Gegenstände in Scheepkers Zimmer hinterlassen, um den Verdacht auf ihn zu lenken."

„Du vergisst dabei bloß, dass dort *vier* junge Männer wohnen", gab Enno zu bedenken. „Es ist reiner Zufall, dass die Sachen in dem richtigen Zimmer gelandet sind."

Mona schüttelte den Kopf so heftig, dass ihre rotblonden Haare flogen.

„Nein, daran habe ich schon gedacht. Falls der Mörder einer von Scheepkers Freunden ist, dann weiß er natürlich, welches Zimmer von seinem molligen Kumpel bewohnt wird. Doch auch ein Außenstehender muss nur einen Blick in die Kleiderschränke werfen, um Bescheid zu wissen."

Enno nickte.

„Es stimmt, Scheepker ist viel größer und dicker als die anderen Burschen. Doch woher sollte der Täter wissen, dass wir den Rothaarigen im Verdacht haben?"

Mona hob die Schultern.

„Womöglich hat er uns gemeinsam mit dem Verdächtigen gesehen. Im ersten Moment dachte ich, dass es Gruner sein könnte. Doch das kommt vom Zeitablauf her nicht hin. Nachdem der Vater uns in der Dienststelle eine Szene gemacht hatte, sind wir mit dem Auto zum Ferienhaus gefahren. Gruner konnte es unmöglich schaffen, vor uns dort zu sein."

„Ja, da man vor der Polizeiwache nicht parken darf, hätte er seinen Wagen erst holen müssen", meinte Enno. „Und selbst der nächstgelegene Parkplatz Goethestraße ist zu weit entfernt, um es rechtzeitig schaffen zu können. – Du meinst also, der wahre Täter hat uns heimlich beobachtet?"

„Weiß man es?", fragte Mona zurück. „Normalerweise merke ich, wenn mich jemand im Auge behält. Vielleicht leide ich ja nur unter

Hirngespinsten, und wir haben den Mörder bereits hinter Schloss und Riegel."

Bevor Enno etwas erwidern konnte, gab der Mann hinter der Imbisstheke ihm ein Zeichen. Der Oberkommissar ging nach vorn und kam gleich darauf mit den Tellern für sich und Mona zurück. Von ihrem Platz aus konnten sie das geschäftige Treiben auf der Franz-Habich-Straße gut beobachten.

Eine Gruppe von Reisenden war mit Rollkoffern in Richtung Inselbahnhof unterwegs. Ihre betrübten Gesichter zeugten davon, dass sie Borkum bis zum nächsten Urlaub den Rücken kehren mussten.

„Wenn du erst etwas Gutes im Magen hast, sieht die Welt wieder ganz anders aus", meinte Enno mit seinem unerschütterlichen Optimismus.

Mona schob sich eine Gabel von ihrem Fischsalat in den Mund. Sie wusste, dass angestrengtes Grübeln sie nicht zum Ziel führen würde. Mona musste zunächst alle Fakten über das Verbrechen aneinanderreihen wie Perlen auf einer Schnur. Als kleines Mädchen war sie von ihrer Mutter dazu angehalten worden, farbige Holzperlen aufzufädeln. Vermutlich hatte Brigitte Sander gehofft, Mona dadurch mehr Geduld beizubringen. Das hatte leider nicht funktioniert.

Trotzdem musste die Kommissarin öfter an die bunten Perlenketten ihrer Kindheit denken, wenn es um die Lösung eines neuen Mordfalls ging.

Nachdem die Ermittler aufgegessen hatten, kehrten sie in die Dienststelle zurück. Mona schnippte mit den Fingern.

„Lass uns Eskes Smartphone checken, einverstanden? Womöglich hatte sie per WhatsApp oder Mail Kontakt zu ihrem späteren Mörder. Oder wir finden andere Hinweise, die uns weiterbringen können."

„Das musst du aber übernehmen", brummte Enno. Der Oberkommissar stand zwar mit der modernen Technik nicht gerade auf Kriegsfuß, doch er stellte sich deutlich ungeschickter an als seine rund zwanzig Jahre jüngere Dienstpartnerin.

„Ein Glück, dass wir das Gerät noch nicht zur kriminaltechnischen Untersuchung nach Oldenburg geschickt haben", sagte Enno.

„Das ist eben der Vorteil, wenn man auf einer abgelegenen Insel arbeitet. Oder der Nachteil – ganz, wie man es nimmt."

Enno blinzelte freundlich.

„Hast du jetzt deine philosophischen fünf Minuten?"

„Nicht, wenn ich es vermeiden kann."

In ihrem Dienstzimmer schaltete Mona das Smartphone des Mordopfers ein. Es war ein gängiges Modell aus südkoreanischer Produktion. Das Display leuchtete auf, zweiunddreißig Prozent Akku-Restlaufzeit wurden angezeigt. Doch dann kamen sie nicht weiter.

„*PIN eingeben*", las Enno. „Das war es dann wohl, die kennen wir nicht. Wir werden uns gedulden müssen, bis die Kriminaltechniker das Gerät geknackt haben."

„Wirf die Flinte nicht so schnell ins Korn", meinte Mona. „Ich will erst etwas versuchen."

Sie tippte auf der Tastatur herum, und gleich darauf war das Smartphone einsatzbereit. Enno war verblüfft.

„Wie hast du das gemacht?"

„Ganz einfach, mein Lieber. Die meisten Menschen sind zu faul, um sich eine komplizierte PIN auszudenken. Sie entscheiden sich für eine Zahlenfolge, die sie sich leicht merken können."

„Ich verstehe. Was hast du denn nun eingegeben?"

„Eins, zwei, drei, vier."

Enno hatte sich hinter Mona gestellt und linste über ihre Schulter, während sie die einzelnen Funktionen des Geräts abrief.

„Sind wir uns einig, dass der Chat-Verlauf am interessantesten ist?"

Der Oberkommissar nickte.

„Auf jeden Fall."

Mona öffnete die entsprechende App. Sie stieß auf einen Dialog mit einem Teilnehmer, der sich *Hengst Harry* nannte.

„Ernsthaft, Hengst Harry?" Enno lachte. „Müssen wir uns jetzt fremdschämen?"

„Das kannst du laut sagen. – Hengst Harry schreibt, dass er auf Borkum eingetroffen ist. ‚Komm am besten sofort in mein Hotel, ich kann es kaum noch abwarten'. Eindeutige Worte, oder?"

„Ja, bei Hengst Harry müssen die Schmetterlinge im Bauch heftig geflattert haben", meinte der Ostfriese trocken. „Woher kannten die Turteltauben sich überhaupt?"

„Warte, ich scrolle etwas weiter herunter."

Mona stellte fest, dass es sich bei Hengst Harry um eine Internet-Bekanntschaft handelte. Sie übertrug die Mobilfunknummer des unbekannten Mannes in ihr eigenes Smartphone, bevor sie weiter recherchierte.

„Eske ist von dem Lüstling erstmals vor zwei Monaten angeschrieben worden", stellte die Kommissarin fest. „Er hat offenbar ihr Foto auf einem ihrer Profile in den sozialen Medien gesehen und war sofort entflammt."

„Ja, er bittet sie ständig um ein Treffen", sagte Enno.

Mona hob die Augenbrauen.

„Bitten nennst du das? Der Kerl gibt sich äußerst dominant. Ich würde eher von Befehlen sprechen."

„Besonders charmant verhält er sich wirklich nicht", stimmte Enno zu.

Vor zehn Tagen wurden die Textnachrichten dann konkreter. Eske erklärte sich endlich bereit, Hengst Harry während seines Urlaubs auf Borkum zu treffen. Allerdings verriet sie ihm nicht, wo sie selbst untergebracht war. Ihr Verehrer hingegen gab bereitwillig seine Hoteladresse preis.

Er wohnte im Fünf-Sterne-Haus König von Holland.

„Man muss nicht Sherlock Holmes sein, um Hengst Harry als den Decknamen von Harry Lüpsen zu erkennen", meinte Mona. „Am Abend vor Eskes Ermordung hat sie sich laut Chat-Protokoll mit ihm im *Borkum Riff* verabredet."

„Und daraufhin hat Hengst Harry nicht mehr zurückgeschrieben", stellte Enno fest. „Die Preisfrage lautet nun, ob er sie überhaupt getroffen hat. Womöglich war er frustriert, weil sie nicht gleich mit ihm ins Bett gehen wollte."

„Diese Frage möchte ich Lüpsen liebend gern selbst stellen", sagte Mona. „Aber vorher sollten wir das Smartphone noch etwas genauer durchforsten."

Es gab noch mehr Chats, die Eske mit Männern geführt hatte. Allerdings schien sie auf Borkum keine weiteren Verabredungen gehabt zu haben. Doch die Ermittler fanden noch etwas anderes heraus.

„Wir wissen bisher noch nicht, was das Opfer beruflich gemacht hat", sagte Mona stirnrunzelnd. „Und diese Textnachrichten sind nicht gerade erhellend. Gegenüber diesem David Kreienboom gibt sie sich als Schmuckdesignerin aus, für Ansgar Golten ist sie ein Fotomodell, und Paul Dreyer sieht in ihr sogar eine Schriftstellerin."

„Wenigstens benutzt keiner von den Kerlen so ein peinliches Pseudonym wie Hengst Harry", erwiderte Enno. „Es klingt ganz so, als ob diese Männer unter ihren normalen bürgerlichen Namen geschrieben hätten."

Mona nickte.

„Da stimme ich dir zu. Fest steht, dass Eske mehr oder weniger intensiv mit ihnen allen geflirtet hat. Aber zu welchem Zweck?"

Enno hob die Schultern.

„Entweder suchte sie wirklich eine Liebesbeziehung oder sie wollte einfach nur im Internet die Zeit totschlagen. Frauen scheinen ja ständig eindeutige Angebote zu bekommen, wenn sie im Internet unterwegs sind."

„Ja, das hört man öfter", murmelte Mona. Sie selbst besaß kein Profil in den sozialen Medien. Ihrer Meinung nach musste sie berufsbedingt schon mehr Zeit vor dem Computer verbringen, als ihr lieb war. In ihrer Freizeit ging Mona lieber laufen oder verabredete sich in der wirklichen Welt.

Sie fuhr fort: „Falls Scheepker unschuldig sein sollte, kommt in meinen Augen jeder dieser Verehrer als Täter infrage. Das schließt auch Hengst Harry ein. Eske hat ihnen allen geschrieben, dass sie sich auf Borkum befindet. So groß ist unsere Insel nicht. Also war es gar nicht nötig, dass der Täter ihre genaue Adresse kannte. Und womöglich haben wir es mit einem Sexualdelikt zu tun."

„Wenn das Obduktionsergebnis vorliegt, wissen wir mehr", brummte Enno. „Und falls Scheepker doch noch ein Geständnis ablegt, sind diese Chatpartner sowieso aus dem Schneider."

Mona befasste sich noch etwas länger mit den Textnachrichten, doch die älteren Einträge erwiesen sich als nicht ergiebig. Fest stand, dass Eske es mit der Wahrheit nicht so genau nahm. Mal war sie angeblich im Waisenhaus aufgewachsen, bei anderen Gelegenheiten gab sie sich als uneheliche Tochter eines österreichischen Diplomaten aus.

„Küss die Hand", kommentierte Enno, wobei er ein breites Grinsen sehen ließ. Doch dann wurde er schnell wieder ernst. „Das Opfer hat offenbar gelogen, dass sich die Balken bogen. Aber welchen Zweck hat sie damit verfolgt?"

„Es gibt auch noch die Möglichkeit, dass Eske unter zwanghaftem Lügen litt, also psychisch krank war", murmelte Mona. „Das ist ihr womöglich zum Verhängnis geworden. – Schau dir das an, Enno!"

Während die Kommissarin weitersprach, hatte sie den Chatverlauf geschlossen und den Fotospeicher geöffnet. Zunächst waren einige harmlose Schnappschüsse zu sehen, die Eske mit Scheepker, Rehberg und den anderen Jungmännern am Strand zeigten. Doch dann wurde es brisant.

Es gab drei Bilder von einem nackten Mann, der auf einem zerwühlten Hotelbett lag und schlief. Auf den Fotos war deutlich der Ehering an seiner Hand zu erkennen.

Enno runzelte die Stirn.

„Sollte Eske ihren Verehrer Hengst Harry doch erhört haben?", dachte er laut nach.

„Wir werden diesen Herrn schon bald persönlich kennenlernen, dann wissen wir mehr. – Bei dem Raum handelt es sich doch um Eskes Hotelzimmer, oder?"

„Ja. Die Tapete wird die gleiche wie in den anderen Zimmern sein, doch die Reisetasche der Toten steht genau in der Position, wie wir es selbst gesehen haben."

Mona war aufgestanden, während sie den Satz beendete.

„Ich habe jetzt richtig Lust auf einen heißen Flirt mit Hengst Harry. Was sagst du dazu?"

Enno blinzelte.

„Klar. Und ich komme als Anstandswauwau mit."

Kapitel 6

Die Ermittler brachen auf. Von der Polizeiwache aus waren es nur wenige Gehminuten bis zum Inselbahnhof, neben dem sich das Traditionshaus *König von Holland* befand.

Inzwischen war es Nachmittag geworden, und die ersten Touristen waren vom Strand zurückgekehrt und bummelten durch die Fußgängerzone. Ein Zug mit den bunten Waggons der Inselbahn traf aus Richtung Fährhafen ein und brachte mehrere hundert Erholungssuchende ins Zentrum des Ortes.

Mona und Enno mussten sich ihren Weg zwischen den Urlaubern bahnen, die meist mit großen Rollkoffern bestückt waren.

Im Hotel König von Holland hatte einst der deutsche Kaiser Wilhelm II. für eine Nacht logiert, was dem Familienunternehmen eine Bronzetafel im Eingangsbereich wert war. Die Fassade des Beherbergungsbetriebs war so liebevoll restauriert worden, dass man sich einhundert Jahre in der Zeit zurückversetzt fühlen konnte.

Die Kriminalisten betraten die Hotelhalle.

Der Rezeptionist hinter dem Empfangstresen aus Eichenholz sah Monas Ansicht nach so aus wie ein englischer Lord in einer TV-Romanze.

„Sie wünschen?", fragte er mit einem kühlen Unterton, denn die Kriminalisten sahen nicht wie gut betuchte Touristen aus. Wäre der Angestellte schon länger auf Borkum gewesen, dann hätte er Mona und Enno zumindest vom Sehen gekannt. Die meisten Übernachtungsstätten hatten einen guten Draht zur Polizei.

Mona zeigte ihren Dienstausweis.

„Moin, wir müssten mit einem Ihrer Gäste sprechen. Sein Name lautet Harry Lüpsen."

Der Mann hinter dem Empfangstresen seufzte. Er musste noch nicht einmal in seinen Computer schauen, um die Person einordnen zu können.

„Ach … *dieser* Herr. Ich dachte mir gleich, dass mit ihm etwas nicht in Ordnung ist."

„Wieso?", hakte Enno nach. „Hat er sich etwas zuschulden kommen lassen?"

„Das nicht, aber … nun ja, er passt einfach nicht zum Flair unseres Traditionshauses."

Genauso wenig wie Enno und ich, dachte Mona. Sie sagte: „Wo können wir Herrn Lüpsen finden?"

„Sie müssten gerade an ihm vorbeigekommen sein", antwortete der Rezeptionist. „Er sitzt auf unserer Caféterrasse. Es handelt sich um den Herrn mit dem Schnurrbart."

Der Angestellte deutete mit einer Kopfbewegung auf die fünf oder sechs Marmortischchen, die zum Hotelrestaurant gehörten und bei dem schönen Wetter ausnahmslos besetzt waren. Weder Mona noch Enno hatten auf die dort verweilenden Leute geachtet, als sie das König von Holland betreten hatten.

Die Kommissarin bedankte sich für die Auskunft und ging wieder hinaus, gefolgt von ihrem Kollegen.

Harry Lüpsen war nach Monas Einschätzung zwischen Mitte vierzig und fünfzig Jahre alt. Er trug ein pastellfarbenes Freizeithemd, das über seinem Kugelbauch spannte, außerdem eine Cargohose und Tennisschuhe. Sein flächiges Gesicht verzog sich zu einem Lächeln, als Mona auf ihn zutrat. Enno ignorierte er.

„Was kann ich für Sie tun, schöne Frau?"

Sie zeigte erneut ihren Dienstausweis.

„Ich bin Kommissarin Sander, das ist Oberkommissar Moll. Wir sind von der Borkumer Polizei. Sie haben den Verlust Ihrer Armbanduhr angezeigt …"

Lüpsen fiel Mona ins Wort, wobei er ihre Figur mit seinem Blick taxierte und mit großer Geste auf die freien Stühle an seinem Tisch deutete.

„Nehmen Sie doch Platz bitte! Wenn ich gewusst hätte, dass es auf dieser Insel so hübsche Polizistinnen gibt, würde ich mich doch glatt mal verhaften lassen, hähähä."

Plumper geht es wohl nicht, dachte Mona, während sie und Enno sich hinsetzten. Sie war froh, ihren Dienstpartner bei sich zu haben. Und zwar nicht etwa, weil sie sich vor Lüpsen gefürchtet hätte. Solche aufgeblasenen Wichtigtuer jagten Mona keine Angst ein. Es war vielmehr ihr eigenes Temperament, das ihr Probleme machte. In der Vergangenheit hatte Mona sich schon oftmals durch unbedachte Äußerungen in Teufels Küche gebracht.

Und auch jetzt hätte sie dem Kerl zu gerne an den Kopf geworfen, was sie von ihm hielt.

Mona zog ihr Smartphone hervor und zeigte Lüpsen ein Foto, das sie von der am Strand gefundenen Protzeruhr gemacht hatte.

„Ist das Ihre Uhr, Herr Lüpsen?"

Seine Augen leuchteten.

„Sie haben das gute Stück also wirklich gefunden! Starke Leistung, das muss ich schon sagen! Soll ich sie abholen – oder bringen Sie mir die Uhr auf mein Hotelzimmer?"

Er zwinkerte Mona zu.

Träum weiter!, dachte die Kommissarin. Sie sagte: „Weder noch, Herr Lüpsen. Die Uhr verbleibt einstweilen bei der Polizei, sie ist eventuell ein Beweisstück in einem Mordfall."

Lüpsen wirkte verblüfft. Er beugte sich vor, sodass sein teures und aufdringlich duftendes After Shave Monas Nase reizte. Sie hätte beinahe niesen müssen.

„Was für ein Mordfall?"

„Sagt Ihnen der Name Eske Tadden etwas?"

Mit dieser Frage schaltete Enno sich in den Wortwechsel zwischen Mona und dem Verdächtigen ein.

Lüpsen schüttelte den Kopf.

„Nie gehört."

Mona hatte insgeheim gehofft, dass er die Bekanntschaft leugnen würde. So war es viel einfacher, ihn festzunageln. Sie griff erneut zu ihrem Smartphone. Aber diesmal zeigte sie kein Bild, sondern wählte die Nummer aus Eskes Chatverlauf.

Lüpsens Handy klingelte.

Mona schaute ihm direkt in die Augen.

„Wollen Sie nicht rangehen, Herr Lüpsen – oder soll ich lieber Hengst Harry zu Ihnen sagen?"

Sie hatte absichtlich so laut gesprochen, dass die Touristen an den anderen Cafétischen herüberschauten. Lüpsen errötete, was Mona einem Mann wie ihm gar nicht zugetraut hätte.

„Könnten Sie aufhören, mich anzurufen? – Na gut, ich wollte mich mit einer jungen Frau treffen. Das ist wohl nicht verboten, oder?"

„Nein, das ist nicht verboten. – Aber wenn diese Frau ermordet wird und Sie die Bekanntschaft leugnen, dann machen Sie sich dadurch höchst verdächtig", betonte Mona.

Lüpsen machte eine abwehrende Handbewegung.

„Ich leugne gar nichts! Mit Namen habe ich allerdings so meine Probleme, besonders mit friesischen. Eske, Elke, Ebba, Eevke, Elsabe – das klingt für mich alles gleich."

„Soso." Mona glaubte Lüpsen kein Wort. „Sie waren also gestern Abend mit dem späteren Mordopfer zusammen?"

Nun holte sie das Foto von Eske aus ihrem Smartphone-Speicher und hielt es dem Verdächtigen unter die Nase. Lüpsen warf einen kurzen Blick darauf, schaute dann aber sofort weg.

„Die ist ja tot", brachte er röchelnd hervor. Nach ihrem ersten Eindruck hatte Mona diesen Mann nicht für besonders sensibel oder feinfühlig gehalten. Es schien ihm an die Nieren zu gehen, dass sie ihn mit dem Bild konfrontierte. Ob es daran lag, dass er an seine eigene Mordtat erinnert wurde?

„Selbstverständlich lebt Eske Tadden nicht mehr", stellte die Kommissarin fest. „Wir ermitteln wegen eines Tötungsdelikts, das sagte ich doch schon."

Lüpsen rang die Hände.

„Hören Sie, damit habe ich nichts zu schaffen! Ja, ich war mit Eske verabredet. Der Laden heißt *Borkum Riff.* Ich bin pünktlich dort gewesen. Wer nicht erschien, war dieses Mädel. Eine halbe Stunde lang wartete ich auf sie. Dann hatte ich die Nase voll und bin zurück ins Hotel gegangen."

„Sie haben nicht versucht, Eske anzurufen oder ihr eine Textnachricht zu schicken", warf Enno ein. „Warum nicht?"

Lüpsen versuchte, sich in die Brust zu werfen. Doch er streckte nur seinen Bauch vor.

„Ich habe auch meinen Stolz, Herr Oberkommissar! Ich lasse mir doch von den Weibern nicht auf der Nase herumtanzen. Das habe ich überhaupt nicht nötig."

Hält der uns für komplett bescheuert?, dachte Mona. Sie hakte nach.

„Sie sind also in Ihr Hotel gegangen, nachdem Sie im Borkum Riff vergeblich auf Eske Tadden gewartet haben?"

„Das sagte ich doch gerade, Frau Kommissar."

Monas Tonfall wurde härter, als sie wieder den Mund öffnete.

„Richtig, das sagten Sie. Ich frage mich jetzt natürlich, wie Ihre Armbanduhr an den Strand gelangen konnte, wenn Sie im Hotel gewesen sind. Übrigens fanden wir Ihr Eigentum nur wenige Meter von der Leiche entfernt."

Auf Lüpsens Stirn erschienen unzählige kleine Schweißtropfen. „Ach so … ja! Jetzt fällt es mir wieder ein. Nachdem ich ins Hotel zurückgekehrt war, habe ich an der Bar noch ein paar Biere gezischt. Schließlich bekam ich eine richtige Schlagseite. Da beschloss ich, noch einen kleinen Nachtspaziergang am Strand zu machen, um wieder einigermaßen nüchtern zu werden. Wozu bin ich auf Borkum, wenn ich nicht diese wunderbare Natur genieße?"

„Und Ihnen ist nichts Verdächtiges aufgefallen?", wollte Mona wissen. Lüpsen saß auf seinem Kaffeehausstuhl wie auf einem Arme-Sünder-Bänkchen. Er schien sich zunehmend unwohl in seiner Haut zu fühlen.

„Es war ja dunkel, Frau Kommissarin."

„Um welche Uhrzeit haben Sie Ihren *Strandspaziergang* unternommen?"

Mona betonte das Wort voller Ironie. Sie hatte inzwischen eine Vorstellung vom Tathergang, die ihrer Meinung nach sehr realistisch war.

„Das muss so kurz nach Mitternacht gewesen sein, weil um zwölf Uhr die Hotelbar schließt. Ich bin dann die Bismarckstraße bis zur Promenade runtergegangen. Ein paar andere Nachtschwärmer sind mir entgegengekommen, aber ich habe nicht weiter auf sie geachtet."

Mona lehnte sich zurück. Eine Kellnerin kam, um die Bestellung aufzunehmen. Während ihr Kollege sich für einen Eiskaffee entschied, wollte Mona nur ein Wasser. Sie wartete, bis die Bedienung wieder fort war. Dann schaute sie Lüpsen erneut direkt ins Gesicht.

„Ich werde Ihnen sagen, was ich glaube: Sie waren mit dem späteren Opfer verabredet, und es kam nicht. So weit stimmt Ihre Geschichte. Dass Sie sich bei Eske nicht telefonisch meldeten, wissen wir auch. Allerdings nehme ich Ihnen nicht ab, dass Sie die Sache auf sich beruhen ließen. Sie sind kein Mann, der ein Nein akzeptiert. Immerhin kannten Sie ja Eskes Foto aus den sozialen Medien. Sie brachen also auf, um sie zu suchen. Am frühen Abend war es noch hell, dann konnte man auch die Badenden am Strand noch deutlich erkennen. Uns Sie sahen Eske, wie sie mit ein paar jungen Bengels herumalberte."

Lüpsen riss die Augen weit auf und schüttelte den Kopf. Mona hätte das Verhör eigentlich auf der Dienststelle führen müssen, außerdem war der Verdächtige nicht über seine Rechte belehrt worden. Doch das konnte man immer noch nachholen. Mona war jetzt so im Schwung, es gab kein Zurück mehr. Da nützte es auch nichts, dass Enno seine Hand beschwichtigend auf ihren Unterarm legte.

„Vielleicht war sie auch nicht mehr am Strand, sondern schlenderte mit einem anderen Mann über die Promenade", fuhr Mona fort. „Fest steht, dass sie Ihnen die kalte Schulter zeigte. Das konnten und wollten Sie nicht akzeptieren."

„Ich bin in der Hotelbar gewesen, das kann der Barkeeper bezeugen", gab Lüpsen verzweifelt von sich.

„Das ist kein Widerspruch zu meinen Annahmen", sagte Mona. „Dann haben Sie sich dort eben Mut angetrunken. Sie merkten sich, an welcher Stelle des Strandes Eske ihr Badelaken ausgebreitet hatte. Inzwischen war sie allein dort, aus was für Gründen auch immer. Sie gingen zu ihr und …"

„Nein, ich habe ihr nichts getan!" Lüpsen schrie so laut, dass sich alle Passanten in Hörweite ihm zuwandten. „Ich habe sie ja noch nicht einmal gesehen. Aber mir ist gerade noch etwas eingefallen, Frau Kommissarin! Ich hörte das Weinen einer Frau am Strand!"

Mona kniff die Augen zusammen.

„Ach, wirklich? Und was haben Sie daraufhin unternommen?"

Ich rief: ‚Ist alles in Ordnung bei Ihnen?' Es kam keine Antwort. Da glaubte ich, mich getäuscht zu haben. Ich meine, die Geräusche der Brandung und das Heulen des Windes – da kann man sich schon mal irren, oder? Doch zuerst war ich sicher, dass eine Frau oder ein Mädchen schluchzte."

Die Kommissarin überlegte. War es möglich, dass dieser Schleimbeutel die Wahrheit sagte? Wenn Lüpsen kurz vor dem Mord aufgetaucht war, hatte der Täter sich vielleicht schon auf Eske gestürzt. Als Lüpsen rief, war das womöglich der Auslöser für das eigentliche Tötungsdelikt gewesen. Der Verbrecher hatte Eske erwürgt, damit sie sich nicht bemerkbar machen konnte.

Immer vorausgesetzt, dass Lüpsens Angaben überhaupt stimmten. Mona traute ihm ganz und gar nicht.

„Was geschah dann?", fragte sie.

„Nichts weiter. Ich hielt mein Gesicht noch ein paar Minuten lang in den frischen Wind, dann stieg ich wieder die Treppe zur Promenade hoch. Irgendwann muss ich meine Armbanduhr verloren haben. – Glauben Sie mir, ich habe Eske kein Haar gekrümmt!"

Mona schaute nachdenklich auf die großen Hände des Verdächtigen.

„Wie lange sind Sie noch auf Borkum, Herr Lüpsen?"

„Eine Woche, Frau Kommissarin."

Mona stand auf.

„Ich muss Sie bitten, sich zu unserer Verfügung zu halten. Ihre Uhr wird noch kriminaltechnisch untersucht. Es kann sein, dass wir noch weitere Fragen an Sie haben."

Lüpsen senkte den Blick auf die Marmorplatte des Tischchens. Von seiner selbstherrlichen Art war nichts übrig geblieben. Enno erhob sich ebenfalls und legte Geld für den Eiskaffee und Monas Mineralwasser auf den Tisch.

Dann gingen die Ermittler unter den neugierigen Blicken der übrigen Gäste davon.

„Wir hätten Lüpsen mit auf die Wache nehmen und dort befragen sollen", gab der Oberkommissar zu bedenken.

„Wie man es macht, ist es falsch!", regte Mona sich auf. „Es ist kein Verbrechen, seine Uhr zu verlieren. Das weißt du selbst. Verhaften konnten wir diesen selbst ernannten Hengst jedenfalls nicht. Falls er uns ein falsches Alibi geliefert hat, sieht die Sache schon anders aus."

„Warum bist du eigentlich so gereizt?"

Die Kommissarin seufzte. Es war sinnlos, Enno gegenüber ihre Empfindungen zu verbergen. Dafür kannte der erfahrene Kollege sie inzwischen einfach zu gut.

„Solche Typen wie Lüpsen kann ich nicht ausstehen, doch das ist gar nicht das Hauptproblem. Ich habe die ganze Zeit das Gefühl, etwas Naheliegendes zu übersehen. Und falls Lüpsen uns gerade die Wahrheit gesagt hat, finde ich das ganz besonders dramatisch, Enno. Stell dir vor: Eske wird bedrängt, weint vor Angst. Dieser Unglücksrabe Lüpsen kommt in der Finsternis angetorkelt und fragt, ob alles in Ordnung sei. Daraufhin bekommt der Täter Panik und erwürgt die Frau, was er ursprünglich vielleicht gar nicht vorgehabt hatte."

Der Ostfriese nickte versonnen.

„Ja, das wäre wirklich eine tragische Entwicklung. Dann hältst du also Lüpsen nicht für den Täter?"

„Wenn ich das wüsste! Aus meiner Sicht hatten sowohl Lüpsen als auch Scheepker Motiv und Gelegenheit. Wir sollten das Alibi von dem dicken Hengst überprüfen. Außerdem setze ich große Hoffnungen auf das Obduktionsergebnis."

„Und dann ist da auch noch die kriminaltechnische Untersuchung der Protzeruhr", erinnerte Enno. „Falls Lüpsen selbst der Mörder ist, wäre es gut möglich, dass an dem Metallarmband DNA-Spuren von Eske nachzuweisen sind. Dann hätten wir ihn am Kanthaken, Mona."

„Ja, angeblich ist er seinem Internet-Schwarm ja niemals persönlich begegnet."

Die Ermittler befragten zunächst das Personal im *Borkum Riff*. Später besorgten sie sich die Telefonnummer des Barkeepers aus der Hotelbar und klingelten ihn aus dem Bett. Doch die Zeugen bestätigten Lüpsens Angaben. Er hatte zunächst eine halbe Stunde lang allein im *Borkum Riff* gesessen und dann später die Hotelbar gegen Mitternacht verlassen.

„Trotzdem könnte Lüpsen Eske umgebracht haben", meinte Mona, als die Ermittler zur Dienststelle zurückkehrten. „Sicher, am Strand ist es nach Einbruch der Dunkelheit ziemlich finster. Aber wenn Lüpsen das spätere Opfer nun oben auf der Promenade gesehen hat? Dort befinden sich überall Lampen. Er erkennt Eske und folgt ihr an den Strand. Es kommt zum Streit und später zum Mord, wobei er seine Uhr verliert."

Enno nickte langsam.

„Ja, auch diese Variante wäre möglich."

Sie betraten wieder ihr gemeinsames Dienstzimmer. Mona schnippte mit den Fingern. Dann legte sie sich auf ihren Schreibtisch.

Der Oberkommissar warf ihr einen verständnislosen Blick zu.

„Was soll das denn werden?"

„Ich möchte etwas ausprobieren. Dafür brauche ich aber deine Hilfe. – Ich bin jetzt Eske, du bist der Mörder. Leg deine Hände um meinen Hals."

Enno zögerte.

„Mach schon!", drängte Mona. „Du musst mich ja nicht richtig würgen."

„Das habe ich auch nicht vor", brummte er. Dann platzierte er seine großen Pranken vorsichtig links und rechts von Monas Kehlkopf.

In diesem Moment kam Grietje hereingeplatzt – wie üblich, ohne anzuklopfen.

„Gibt es hier jetzt SM-Praktiken in der Teepause?", spottete sie. „*Fifty Shades of Borkum?*"

„Das hier ist ein kriminalistisches Experiment", sagte Mona. „Wolltest du nur Sprüche klopfen oder hast du uns auch etwas Dienstliches mitzuteilen?"

„Eben ist eine gewisse Marieke Tadden im Wachlokal erschienen, die unbedingt mit dir sprechen will, Mona", gab Grietje kaugummikauend zurück.

„Das ist die Mutter des Mordopfers. Sag ihr, dass ich gleich bei ihr bin."

„Wird gemacht. Ich habe übrigens aus meiner Pferdemädchenphase noch eine Reitgerte, Mona. Also, wenn du Bedarf hast …"

„Raus!"

Gleich darauf schloss die freche Polizeimeisterin die Tür von außen.

„Du kannst mich jetzt wieder loslassen, Enno."

Der Ostfriese trat zurück, und Mona schwang ihre Beine von der Tischplatte. Er schaute sie fragend an.

„Hat der Versuch etwas gebracht?"

„Wie man es nimmt", entgegnete sie. „Ich überlege schon die ganze Zeit, was wir übersehen haben. Jetzt weiß ich es: Die Würgemale an Eskes Hals können nicht von großen Männerhänden stammen! Sowohl Scheepker als auch Lüpsen und du haben richtige Pranken. Die passen niemals zu den Druckpunkten auf ihrer Haut. Das kommt schon vom Abstand zwischen den Fingern her nicht hin."

„Verflixt, du hast recht! Also wurde die Tat entweder von einem Mann mit kleineren Händen oder von einer Frau begangen."

„Und wir stehen nun ohne einen Mordverdächtigen da", stellte Mona ernüchtert fest. „Oltbeck wird im Dreieck springen. – Na ja, wenigstens verschwenden wir keine Zeit mit Unschuldigen. Man muss Lüpsens und Scheepkers Finger bloß richtig vermessen. Dann lässt sich beweisen, dass die Würgemale nicht von ihnen stammen können."

„Und auch nicht von mir", meinte Enno trocken. „Brauchst du mich bei der Befragung der Mutter, Mona? Ich will heute mal pünktlich Feierabend machen. Birte und ich besuchen meinen Bruder in Emden."

„Dann müsst ihr die Fähre kriegen, schon klar. – Fahr ruhig, und einen schönen Gruß an deine Frau und dein Bruderherz."

Enno eilte davon.

Mona rief schnell noch in Emden an. Ihre Kollegen mussten unbedingt erfahren, dass Scheepkers Hände für die Würgemale zu groß waren. Unter diesen Umständen würde er beim Haftprüfungstermin garantiert auf freien Fuß gesetzt werden.

Nachdem die Kommissarin das Telefonat erledigt hatte, ging sie nach vorn ins Wachlokal. Dort saß eine Frau auf der Holzbank für Wartende. Sie war schätzungsweise Anfang fünfzig und hatte ein paar Pfund zu viel auf den Rippen, was sie durch weit geschnittene sandfarbene Baumwollkleidung kaschierte. Um den Hals trug sie ein Tuch in schreiend bunten Farben, das besser zu einem jungen Mädchen gepasst hätte. Ihre Armreifen und Ringe waren gewiss nicht billig gewesen, für so etwas hatte die Kommissarin einen Blick.

Marieke Tadden hatte offensichtlich geweint, jedenfalls waren ihre Augen gerötet. Die Anspannung stand ihr ins Gesicht geschrieben. Mona trat auf sie zu, stellte sich mit Namen und Dienstgrad vor.

Marieke Tadden warf ihr einen prüfenden Blick zu.

„Dann habe ich also mit Ihnen telefoniert, Frau Sander. Sind Sie sicher, dass Sie diese Mordermittlung in den Griff bekommen? Offensichtlich sind Sie noch sehr jung, Sie könnten meine Tochter sein."

Mona konnte es nicht ausstehen, wenn jemand ihre beruflichen Fähigkeiten anzweifelte. Normalerweise hätte ihr Gegenüber eine gepfefferte Antwort bekommen. Aber sie biss sich auf die Zunge, denn diese Frau hatte gerade ein Kind verloren.

Mona schaffte es sogar, ein freundliches Lächeln auf ihre Lippen zu bekommen.

„Ich arbeite mit einem erfahrenen Kollegen zusammen, Frau Tadden. Gemeinsam haben wir schon einige Mordfälle aufklären können."

Marieke Tadden kniff die Augen zusammen.

„War das dieser voluminöse Herr, der gerade an mir vorbei nach draußen gestürmt ist? Er sollte dringend abnehmen. Bisher hatte ich immer geglaubt, dass bei der Polizei großer Wert auf Fitness gelegt wird."

Mona hatte die Erfahrung gemacht, dass gerade Leute mit eigenen Gewichtsproblemen den Körperumfang ihrer Mitmenschen besonders kritisch sahen.

„Oberkommissar Moll hat bisher alle Dienstsporttests gut bestanden", sagte sie. „Ich möchte mit Ihnen gern über Eske sprechen. Was halten Sie davon, wenn wir uns eine angenehmere Umgebung suchen? Sie sind gewiss direkt von der Fähre hierher gekommen und möchten etwas essen oder trinken."

„Ich bekomme keinen Bissen herunter", behauptete Eskes Mutter. „Wenn ich Sie bei der Aufklärung dieses scheußlichen Verbrechens unterstützen kann, will ich das gern tun. – Haben Sie denn schon einen Verdächtigen?"

„Wir verfolgen mehrere Spuren, mehr darf ich Ihnen zum jetzigen Zeitpunkt nicht mitteilen. – Grietje, ich bin weg."

Der letzte Satz war an die sommersprossige Polizeikollegin gerichtet. Grietje winkte ihr zu und beugte sich dann wieder über Akten.

Aber vielleicht schaute sie auch nur ein YouTube-Video an.

„Es gibt ein nettes Café ganz hier in der Nähe, dort können wir hingehen", sagte Mona im Plauderton zu der Mutter des Mordopfers. Marieke Tadden nickte und folgte der Kommissarin.

Die Frauen bogen von der Strandstraße in den Bahnhofspfad ein. *Oma's Borkumer Teestübchen* war mit gemütlichen alten Möbeln ausgestattet worden. Die zahlreichen Bilder an den Wänden zeigten Segelschiffe und andere Motive aus Borkums Anfangszeiten als Seebad.

Nachdem sie an einem freien Tisch Platz genommen hatten, bestellte Mona eine große Kanne Sanddorntee.

„Den müssen Sie unbedingt probieren, Frau Tadden", sagte die Kommissarin. Sie wollte eine Wohlfühl-Atmosphäre schaffen, damit es der Zeugin leichter fiel, über ihre ermordete Tochter zu sprechen.

Marieke Tadden wollte außerdem noch einen Windbeutel haben, der wenig später von der Bedienung gebracht wurde. Als sie wieder ungestört waren, fragte Mona: „Können Sie mir sagen, weshalb Ihre Tochter nach Borkum gereist ist?"

Sanddornduft durchströmte das kleine Café, als Marieke Tadden Tee über die Kluntjes in ihrer Tasse goss. Mona hatte schon aufgrund ihres Namens vermutet, dass sie es mit einer echten Ostfriesin zu tun hatte.

Also wusste Marieke Tadden auch, wie man den Tee hierzulande trank.

Die Augen der Mutter leuchteten stolz.

„Eske war für ein Fotoshooting gebucht! Es ging um Strandmode für die nächste Saison. Das Licht soll auf Borkum ja so fantastisch gut sein, das hat sie mir gesagt."

Marieke Tadden kämpfte mit den Tränen und widmete sich ihrem Windbeutel. Mona wartete einen Moment, bevor sie nachhakte.

„Kennen Sie den Namen des Fotografen oder der Agentur, die Eske gebucht hat?"

Die Mutter hob das Kinn und warf der Kommissarin einen tränenverschleierten Blick zu.

„Fotograf? Für diesen Auftrag konnte Cynthia Norman gewonnen werden, eine Weltklasse-Fotografin aus den Staaten. Das wäre für meine Tochter der große Durchbruch geworden. Womöglich müssen Sie auch in den Kreisen von neidischen Konkurrentinnen nach dem Täter suchen, Frau Sander."

Darauf erwiderte Mona nichts. Sie war hundertprozentig sicher, dass der Name Cynthia Norman nicht im Telefonverzeichnis von Eskes Smartphone stand. Er wäre ihr bestimmt aufgefallen. Obwohl Mona nicht besonders modebewusst war, hatte sogar sie schon von der Star-Fotografin gehört. Sie schoss Motive für internationale Magazine, die in New York, Mailand oder Paris erschienen.

Am Borkumer Strand konnte Mona sich Cynthia Norman beim besten Willen nicht vorstellen.

Ob die Geschichte vom Model-Job nur eine von Eskes vielen Lügen war?

„Ihre Tochter arbeitete also als Fotomodell?", vergewisserte Mona sich.

Marieke Tadden hatte inzwischen ihren Windbeutel vertilgt und bestellte sich einen zweiten.

Dafür, dass sie angeblich keinen Bissen herunterbekommt, hat sie einen gesunden Appetit, dachte Mona.

„Ja, Eske ist nach dem Abitur ein halbes Jahr in Amerika gewesen. Dort hat ihre steile Karriere begonnen. Zum Glück kehrte sie danach nach Deutschland zurück. Ich lebe in Jever, meine Tochter hat sich hingegen ein schickes Apartment in Hamburg gemietet. Doch gelegentlich führt ihr Beruf sie immer noch an die Nordseeküste und auf die ostfriesischen Inseln."

Mona musterte ihr Gegenüber. Marieke Tadden schien Eskes Fantasiewelt nicht durchschaut zu haben. Oder spielte sie der Kommissarin eine Komödie vor? Das erschien Mona unwahrscheinlich, denn die Trauer dieser Frau sowie der Stolz auf ihre Tochter waren anscheinend echt.

Mona fühlte sich miserabel. Sollte sie Marieke Tadden unter die Nase reiben, dass ihr ermordetes Kind eine notorische Lügnerin gewesen war?

Sie verschob diese Entscheidung und fragte: „Haben Sie Eske einmal in ihrer Hamburger Wohnung besucht?"

„Nein, dafür hatte sie leider keine Zeit. Aber ich treffe sie regelmäßig, wenn sie an der Küste zu tun hat. Sie wollte mich auch besuchen, wenn der Model-Job auf Borkum erledigt war …"

Ihre Augen füllten sich mit Tränen. Mona gab ihr Zeit, bis sie sich etwas beruhigt hatte.

„Sind Sie in den sozialen Medien unterwegs, Frau Tadden?"

„Nein, damit konnte ich mich nie anfreunden. Dafür bin ich wohl zu altmodisch. Doch meine Tochter hat schon viele Fotoshootings mithilfe des Computers für sich entscheiden können, das hat sie mir erzählt."

„Wie sieht es mit Kontakten aus? Hatte Eske einen festen Freund?"

„Nein, davon ist mir nichts bekannt. Sie sagte einmal, dass sie in ihrem Beruf keine Zeit für Männerbekanntschaften erübrigen könnte."

Dazu hätten Hengst Harry sowie die anderen Kerle aus Eskes Chatverlauf gewiss einiges sagen können. Doch Mona verkniff sich einen Kommentar. Nichts deutete darauf hin, dass die Ermordete wirklich ein Model gewesen war. Trotzdem fragte die Kommissarin weiter. Sie konnte später sortieren, welche Informationen der Wahrheit entsprachen.

Es war ja auch denkbar, dass die Mutter einfach die Augen vor der Wirklichkeit verschloss.

„Wie war das Verhältnis zwischen Ihrer Tochter und Johannes Gruner?"

Marieke Tadden rang nach Luft, als Mona diesen Namen fallenließ.

„Johannes entwickelte sich mit der Zeit immer mehr zu einem Tyrannen. Seit er aus dem Schuldienst entfernt wurde …"

Mona fiel ihr ins Wort.

„Warum ist das geschehen?"

Eskes Mutter schnaubte ironisch.

„Davon hat er Ihnen nichts erzählt, nicht wahr? Ich kann mir vorstellen, dass er darauf nicht besonders stolz ist. Obwohl –

73

Johannes fühlt sich ja grundsätzlich immer im Recht. Er sieht sich als Opfer finsterer Mächte. Ein Quertreiber, wie er im Buche steht."

„Jetzt weiß ich immer noch nicht, warum Herr Gruner seinen Job verloren hat."

Marieke Tadden beugte sich vor und senkte ihre Stimme, obwohl sich keiner der anderen Gäste für das Gespräch der beiden Frauen zu interessieren schien.

„Johannes soll eine seiner Schülerinnen bedrängt haben. Beweise gab es dafür nicht, es stand Aussage gegen Aussage. Das Mädchen war wohl nicht sehr glaubwürdig. Trotzdem folgte ein jahrelanger Rechtsstreit mit dem Dienstherrn. Johannes vermutete, dass jemand die Schülerin bestochen hätte, damit sie ihn ans Messer liefert. Das klingt nach Verfolgungswahn, oder?"

Darauf erwiderte die Kommissarin nichts. Sie fragte: „Kam es zu einer Verurteilung?"

„Nein. Johannes wurde in den vorzeitigen Ruhestand versetzt. Seitdem beschäftigt er sich hauptsächlich mit dem Schreiben von Leserbriefen an Zeitungen, um vermeintliche Missstände irgendwo auf der Welt anzuprangern."

„Halten Sie es für möglich, dass Ihr ehemaliger Lebensgefährte gegenüber Ihrer Tochter übergriffig geworden ist?"

Marieke Tadden antwortete nicht sofort. Nach einer kleinen Pause sagte sie: „Darüber habe ich auf der Fahrt hierher auch schon nachgedacht, Frau Sander. Ehrlich gesagt weiß ich es nicht. Als wir drei noch unter einem Dach gewohnt haben, wäre mir dieser Verdacht niemals gekommen. Doch Johannes scheint sich nicht damit abfinden zu können, dass Eske jetzt so ein freies und erfolgreiches Leben führt. Es passt zu ihm, dass er ihr nach Borkum folgt und sie zu kontrollieren versucht."

„Sie sprechen jetzt sehr negativ über Herrn Gruner, und doch ist er der Vater Ihrer Tochter", stellte Mona fest.

Ihr Gegenüber seufzte.

„Als ich Johannes kennenlernte, war er charmant und humorvoll. Deshalb verliebte ich mich in ihn. Wir heirateten bewusst nicht, weil wir keinen Trauschein für unser Glück brauchten. Doch je länger Johannes unterrichtete, desto rechthaberischer wurde er mit der Zeit. Vielleicht war er als Lehrer einfach eine Fehlbesetzung. Doch mit diesem Gedanken durfte man ihm nicht kommen, denn in seinen Augen trugen ja immer nur andere Personen die Verantwortung für seine Misere. Unsere Beziehung war schließlich so zerrüttet, dass nur noch die Trennung möglich war. Immerhin zahlt Johannes Unterhalt, obwohl Eske sein Geld nun wirklich nicht nötig hat. In dieser Hinsicht ist er korrekt, das muss man ihm lassen."

Es fiel Mona schwer, sich Gruner als einen charmanten und humorvollen Menschen vorzustellen. Doch viel entscheidender fand sie die Frage, ob er seine eigene Tochter hätte töten können. Dank einer Zeugenaussage wusste sie, dass er von der Promenade aus am Strand jemanden intensiv beobachtet hatte. Wahrscheinlich war es Eske gewesen.

Marieke Tadden schien zu ahnen, worüber die Kommissarin nachdachte.

„Eigentlich kann ich mir nicht vorstellen, dass Johannes unserer Tochter auch nur ein Haar krümmen könnte", sagte sie. „Allerdings neigt er manchmal zum Jähzorn."

Mona nickte. Sie nahm sich vor, gemeinsam mit Enno den Vater des Opfers noch einmal intensiv zu befragen. Doch zuvor musste sie eine andere Sache klarstellen.

„Frau Tadden", begann sie vorsichtig. „Unsere Ermittlungen deuten darauf hin, dass Eske nicht diejenige war, die sie zu sein vorgab."

Marieke Tadden riss die Augen auf.

„Was wollen Sie damit sagen?"

„Wir konnten das Smartphone Ihrer Tochter sicherstellen. Offenbar pflegte sie sehr wohl Kontakte zu Männern, und Hinweise auf einen Model-Job konnten wir nicht finden."

Die Frau sprang auf.

„Dann müssen Sie Ihre Arbeit eben besser machen, Frau Sander! Mir war vom ersten Moment an bewusst, dass Sie mit einer Mordermittlung überfordert sind. Ich werde mich über Sie beschweren!"

Marieke Tadden wandte sich dem Ausgang zu. Mona warf Geld für den Tee und die Windbeutel auf den Tisch und folgte ihr. Im Grunde tat die Mutter des Opfers ihr leid, deshalb wollte sie einige Dinge richtigstellen.

„Warten Sie, Frau Tadden!"

Eskes Mutter trat auf die Straße hinaus. In diesem Moment wehte eine plötzliche Windbö durch den Bahnhofspfad. Das bunte Halstuch wurde zur Seite gerissen.

Marieke Tadden hatte schwarzblaue Druckpunkte am Hals, die den Würgemalen ihrer Tochter zum Verwechseln ähnlich sahen.

Mona packte sie am Handgelenk und schaute ihr direkt in die Augen.

„Möchten Sie mir erklären, woher diese Verletzungen stammen?"

Kapitel 7

Marieke Tadden kam der Kommissarin vor wie eine ertappte Sünderin. Die ältere Frau errötete und wich Monas Blick aus. Obwohl ihr das Schuldbewusstsein deutlich ins Gesicht geschrieben stand, war ihr Tonfall aggressiv: „Das geht Sie überhaupt nichts an! Kümmern Sie sich nicht um meine harmlosen blauen Flecken, sondern fangen Sie lieber den Mörder meines Kindes. Und nun lassen Sie mich endlich los!"

Mona öffnete ihren Griff, und Marieke Tadden trat einen Schritt zurück. Die Kommissarin begriff, dass sie jetzt nichts mehr erreichen würde. Sie musste der Frau Gelegenheit geben, sich zu beruhigen.

„Es war ein langer Tag, Frau Tadden", sagte sie daher. „Im Smartphone Ihrer Tochter steht auch Ihre Mobilfunknummer. Darf ich Sie morgen anrufen?"

„Tun Sie, was Sie nicht lassen können! Ich werde sowieso zur Polizeistation kommen, um Ihren Vorgesetzten über Ihre Unfähigkeit zu informieren."

Sie wandte sich ab und rauschte davon.

Mona schaute ihr nachdenklich hinterher.

Die Drohung ließ sie kalt. Oltbeck hatte sich schon oft genug Beschwerden über seine ungestüme Mordermittlerin anhören müssen, und sie war immer noch auf ihrem Posten.

Jedenfalls ließen sich die Spuren an Marieke Taddens Hals nicht wegdiskutieren. Ob sie den Mörder kannte und ihn deckte?

Oder verschloss die Mutter des Opfers die Augen vor der Realität?

Sie hatte ja auch nicht wahrhaben wollen, dass Eske eine Lügnerin war.

Mona beschloss, ihrem Gehirn eine Pause zu gönnen und sich erst am nächsten Morgen wieder mit dem Fall zu befassen.

Sie kehrte zur Polizeistation zurück, holte ihr Fahrrad und düste nach Hause, in die Walfangerstrate.

Mona war innerlich völlig überdreht. Sie musste jetzt dringend abschalten, wenn sie Entspannung finden wollte. Daheim schlüpfte sie schnell in ihre Joggingklamotten und lief los.

In einem gemächlichen Tempo folgte sie der Ostfriesenstraße in nördlicher Richtung. An den Bantjedünen wandte sie sich nach rechts und gab mehr Gas. Am Flugplatz kehrte sie um und rannte auf das *Strandcafé Seeblick* an der Waterdelle zu.

Mona hatte auf dem letzten Stück bewusst einen Sprint eingelegt, um sich richtig auszupowern. Sie blieb neben der Aussichtsterrasse des beliebten Familienbetriebs stehen, die Hände auf die Knie gestützt. Gierig sog sie die frische Seeluft in ihre Lungen.

„Guten Abend, Frau Sander!"

Die Kommissarin drehte sich um. Klaas Manning saß allein an einem der Tische und prostete ihr mit seiner Kaffeetasse zu. Sie kannte den pensionierten Hobby-Vogelkundler, der sich schon in mehreren Kriminalfällen als zuverlässiger Zeuge erwiesen hatte.

Es stand der Verdacht im Raum, dass Manning sich weniger für die gefiederte Fauna der Insel als für leicht bekleidete oder völlig nackte Touristinnen am Strand interessierte. Doch vielleicht war das nur ein böswilliges Gerücht. Solange Manning nicht auf frischer Tat beim Spannen erwischt und angezeigt wurde, galt auch für ihn die Unschuldsvermutung.

Tatsache war jedenfalls, dass er sich zu fast jeder Tages- und Nachtzeit in den Dünen oder am Strand herumtrieb. Mona kam eine Idee. Und sie verabschiedete sich gleichzeitig von der Vorstellung, nach Feierabend ihre aktuelle Mordermittlung innerlich ausblenden zu können.

Sie betrat die Terrasse und kam zu dem Vogelkundler.

„Darf ich mich zu Ihnen setzen, Herr Manning?"

Er lächelte.

„Es wäre mir ein Vergnügen, Frau Sander. So eine charmante Gesellschaft hat man schließlich nicht jeden Tag."

Als Mona Platz nahm, entging es ihr nicht, dass er ihre Figur in den Laufshorts und dem Thermo-T-Shirt taxierte. Doch wenn sie eine brauchbare Information von ihm bekommen konnte, nahm sie das Angaffen in Kauf.

Manning winkte der Bedienung.

„Was möchten Sie trinken? Sie sind eingeladen."

„Ein Mineralwasser wäre schön", erwiderte Mona.

Der Alte gab die Bestellung auf, und wenig später brachte die Kellnerin das Gewünschte.

„Waren Sie in den letzten Tagen wieder viel auf der Insel unterwegs, Herr Manning?"

Er nickte, wobei er versonnen lächelte.

„Ja, ich konnte im Ostland ein paar Goldregenpfeifer und Alpenstrandläufer beobachten. Die sieht man um diese Jahreszeit nicht oft!"

Mona zog ihr Smartphone hervor, das sie auch beim Laufen immer bei sich hatte.

„Für unsere Ermittlungen wäre es wichtig, ob Sie diese Frau gestern Abend am Strand oder in der unmittelbaren Umgebung gesehen haben."

Mit diesen Worten zeigte sie Manning das Foto der Leiche.

Das Erschrecken stand ihm sichtlich ins Gesicht geschrieben.

„Diese Frau ist tot, nicht wahr?"

„Ja, sie wurde ermordet. Deshalb ist es so wichtig, die Umstände ihres Todes möglichst lückenlos aufzuklären."

Manning runzelte die Stirn, setzte seine Brille auf und betrachtete das Bild noch etwas länger. Schließlich nickte er.

„Ja, ich habe diese schöne junge Frau gestern Abend am Strand bemerkt. Da bin ich mir hundertprozentig sicher."

Monas Pulsschlag beschleunigte sich.

„Erzählen Sie mir mehr darüber", bat sie.

„Ich war gestern vor dem Sonnenuntergang am Strand, ungefähr auf der Höhe des Jugendbades. Es muss so gegen einundzwanzig Uhr gewesen sein. Da galt meine Aufmerksamkeit ein paar Raubmöwen, die über die Wasserlinie hinwegglitten. Mir kam ein junges Paar entgegen, sie gingen eng umschlungen. Und ich dachte so bei mir, dass sie doch gut zueinander passen. Und die Frau war eindeutig der Leichnam auf Ihrem Foto. Glauben Sie, dass der Mann sie ermordet hat?"

„Das wird sich zeigen", erwiderte Mona. „Können Sie den Begleiter der Frau genauer beschreiben?"

Manning nickte.

„Ja, er war nur wenige Zentimeter größer als sie. Auf hohen Absätzen würde sie ihn gewiss überragen. Das war aber nicht der Fall, weil beide barfuß gingen. Ich schätze den Mann auf Anfang dreißig, er war also schätzungsweise zehn Jahre älter als die Frau. Er hatte kurze dunkle Haare und einen Kinnbart."

Mona überlegte. Diese Beschreibung traf auf kein Mitglied der Jungmänner-Clique zu, die zuvor mit Eske herumgealbert hatte. Womöglich irrte Manning sich bei der Alterseinschätzung der Person. Doch den Kinnbart würde er gewiss nicht erfunden haben.

Mona schätzte den alten Vogelkundler als einen zuverlässigen Zeugen ein. So war es jedenfalls in der Vergangenheit immer gewesen.

„Wie war das Paar gekleidet, Herr Manning?"

„Die Frau hatte einen Bikini an, außerdem eine offene helle Bluse mit Streifen. Der Mann trug eine beige Bermuda-Shorts und ein orangefarbenes T-Shirt mit einem Bild der Golden-Gate-Brücke."

Mona schrieb mit, indem sie die Notizbuch-Funktion ihres Smartphones benutzte.

„Sehr gut beobachtet", lobte sie. „Das Paar kam Ihnen also entgegen, als Sie Richtung Ostland spazierten?"

Manning nickte. Monas Anerkennung tat ihm sichtlich gut. Er strahlte über sein ganzes wettergegerbtes Gesicht.

„Ja, die beiden waren in Richtung Promenade und Ortskern unterwegs. Natürlich kann ich Ihnen nicht sagen, bis wohin ihr Weg sie geführt hat."

Im Zweifelsfall bis zu der Stelle, wo wir den Leichnam fanden, dachte Mona düster. Mit dem dunkelhaarigen Kinnbartträger war ein neuer Verdächtiger in Erscheinung getreten, von dessen Existenz sie bisher noch nichts gewusst hatte.

Fest stand, dass bei Eske an Männerbekanntschaften kein Mangel geherrscht hatte. Wenn sie ihrem Begleiter schon zuvor in den sozialen Medien begegnet war, müssten sein Name und sein Bild leicht zu ermitteln sein. Andererseits hatte die junge Frau durch den Spontan-Sex mit Mark Rehberg bewiesen, dass sie für ihre Flirts das Internet gar nicht unbedingt brauchte.

Während Mona diese Überlegungen durch den Kopf spukten, schaute Manning sie erwartungsvoll an. Sie trank das Mineralwasser aus und stand auf.

„Vielen Dank für die Einladung, Herr Manning. Kommen Sie bitte morgen zur Polizeistation und geben Ihre Aussage schriftlich zu Protokoll. Ich wünsche Ihnen einen guten Abend."

Der Vogelkundler blinzelte sie irritiert an. Mona konnte seine Miene nicht richtig deuten. War er enttäuscht? Hatte Manning von ihr vielleicht einen Gutenachtkuss oder etwas in der Art erwartet?

Er öffnete noch einmal den Mund.

„Ich weiß nicht, ob das wichtig ist, Frau Sander … mir ist gestern Abend noch etwas aufgefallen."

„Nämlich?", hakte Mona nach.

„Kurz nach der Begegnung mit dem Pärchen traf ich noch einen älteren Mann, der in dieselbe Richtung wie die beiden ging. Vielleicht war er ja nur ein harmloser Spaziergänger. Doch in dem Moment kam es mir so vor, als ob er sie verfolgen würde. Tut mir leid, dass es mir erst jetzt wieder eingefallen ist."

Die Kommissarin wischte die Entschuldigung mit einer Handbewegung beiseite.

„Das ist überhaupt nicht schlimm, Herr Manning. Ich vermute, dass Sie sich auch gemerkt haben, wie diese Person aussah?"

„Selbstverständlich", gab der Vogelkundler zurück.

Er lieferte Mona eine genaue Beschreibung eines Mannes, der sie sehr stark an Johannes Gruner erinnerte.

Kapitel 8

Nach dem Abschied von Manning begab Mona sich in einem gemächlichen Trab zu ihrer Wohnung zurück. Trotz des anstrengenden Trainings fand sie nicht schnell in den Schlaf.

Womit hatte sich Eske tatsächlich ihren Lebensunterhalt verdient? Ob sie sich von den Männern bezahlen ließ, mit denen sie Kontakt suchte? Doch weshalb hatte sie dann Hengst Harry einen Korb gegeben? War ihr strenger Vater gleichzeitig auch ihr Mörder, weil er ihre flatterhafte Art nicht ertragen konnte? Doch warum hatte Gruner wegen der angeblichen Ruhestörung die Polizei verständigt? Und wer hatte Mona an Eskes Hotelzimmertür mit Reizgas angegriffen?

Es kam Mona so vor, als ob dieser Fall stündlich neue Fragen aufwerfen würde. Irgendwann schlummerte sie ein und hatte einen widerlichen Alptraum, in dem eine dunkle Gestalt ihren Mund ständig mit Sand vollstopfte. Kaum hatte sie die Körner ausgespuckt, als auch schon die nächste Ladung folgte. Sie glaubte, ersticken zu müssen.

Als der Wecker ertönte, klebte ihr das schweißnasse Nachthemd am Körper.

Nach dieser Nacht kann es nur noch besser werden, dachte die Kommissarin verdrossen, während sie unter die Dusche ging. Sie kochte sich einen starken Kaffee, um ihre Lebensgeister wieder zu wecken. Etwas essen konnte sie nicht. Ihr Mund fühlte sich immer noch sandig an, obwohl das bedrückende Erlebnis nur im Traum geschehen war.

Plötzlich musste sie an das Mordopfer denken.

Sie, Mona, konnte sehr gut zwischen Wirklichkeit und Traum unterscheiden. Aber wenn Eske nun ihre eigenen Lügen oder Illusionen für bare Münze genommen hatte? Lag bei der Ermordeten womöglich eine Geistesstörung vor, die nicht erkannt worden war? Wurde sie dadurch zu einer leichten Beute für einen Mann, der es nicht gut mit ihr meinte?

Die Kommissarin wollte diese Möglichkeit unbedingt mit ihrem Kollegen besprechen. Sie kippte den Rest ihres Kaffees herunter. In ihrer üblichen Zivilkleidung – Jeans, Sweatshirt, Anorak und Tennisschuhe – stieg sie aufs Fahrrad und fuhr zur Dienststelle.

Morgens war es jetzt manchmal empfindlich kalt. Das hinderte manche Touristen nicht daran, barfuß und in kurzen Hosen beim Bäcker Brötchen zu holen. Doch Mona als ganzjährige Insulanerin wusste, dass das Wetter auf Borkum sehr plötzlich umschlagen konnte. Auf der Hochseeinsel weit draußen in der Nordsee herrschte eben ein ganz besonderes Klima.

Als sie das gemeinsame Büro betrat, war Enno schon da.

„Moin, mein Lieber! Du wirst nie erraten, wen ich gestern Abend beim Joggen getroffen habe."

„Ich hoffe darauf, dass du es mir verrätst."

„Klaas Manning."

„Manning joggt neuerdings?", fragte Enno schmunzelnd nach. „Das hätte ich zu gern gesehen."

Mona ließ sich auf ihren Bürostuhl fallen.

„Nein, er ... ach, ich erzähle dir die Geschichte von Anfang an."

Sie berichtete dem Oberkommissar von Mannings Begegnung mit Eske und dem unbekannten Liebhaber, erwähnte auch die mutmaßliche Verfolgung durch Gruner.

Enno zog seine buschigen Augenbrauen zusammen.

„Es kommt mir so vor, als ob dieser saubere Herr uns von Anfang an gründlich verschaukelt hat."

„Ja, und das kann ich überhaupt nicht ausstehen, wie du weißt. – Aber es kommt noch besser. Oder schlimmer, wie man es nimmt."

Der Ostfriese faltete seine Hände auf der Schreibtischplatte, als ob er beten wollte.

„Ich bin ganz Ohr."

Mona schilderte das Gespräch mit Eskes Mutter. Dabei unterstrich sie besonders die zufällige Entdeckung der Würgemale an Marieke Taddens Hals. Enno stieß langsam die Luft aus den Lungen.

„Das haut den stärksten Eskimo vom Schlitten! Sollte der Täter also auch die Mutter angegriffen haben?"

„Zumindest liegt diese Schlussfolgerung nahe", meinte Mona. „Ich glaube nicht an Zufälle. Und ich bin lange genug im Polizeidienst, um derartige Verletzungen zu erkennen."

„Daran zweifle ich nicht. Wenn ich dich richtig verstanden habe, dann will Marieke Tadden nicht darüber sprechen, dass sie gewürgt wurde. Mit anderen Worten: Sie deckt den Täter."

„Würde eine Mutter wirklich den mutmaßlichen Mörder ihrer Tochter verteidigen?", dachte die Kommissarin laut nach. „Wenn ja, dann gibt es dafür nur zwei plausible Erklärungen. Entweder ist sie bis über beide Ohren in den Mann verliebt …"

„… oder sie hat so große Angst vor ihm, dass sie bei einem Verrat um ihr eigenes Leben fürchtet", ergänzte Enno.

„Ich kann es zwar normalerweise nicht ausstehen, wenn jemand meine Sätze beendet, aber bei dir mache ich mal eine Ausnahme", sagte Mona lächelnd.

Es klopfte, und Britt Mölders kam herein.

„Moin, hier ist die Dienstpost", verkündete die uniformierte Kollegin und verschwand wieder.

Mona bekam große Augen, als sie die Mappe vom gerichtsmedizinischen Institut Oldenburg erblickte.

„Wir kriegen den Obduktionsbericht schon heute? Dann muss Oltbeck ja mächtig Druck gemacht haben. Oder die Pathologen müssen gerade nicht so viele Leichen sezieren."

Enno stand auf.

„Du kannst ja schon mal mit dem Lesen anfangen, während ich mir ein Brötchen hole. Möchtest du auch etwas?"

„Ja, ein Mandelhörnchen", erwiderte Mona zerstreut. Sie schlug den Schnellhefter auf. Die Kommissarin liebte dieses süße Gebäck.

Enno würde nun zu der Inselbäckerei gehen, die sich schräg gegenüber der Polizeiwache befand.

Stirnrunzelnd überflog Mona die Obduktionsbefunde. Sie merkte gar nicht, dass ihr Dienstpartner wenig später zurückkehrte und ihr eine Bäckertüte auf den Schreibtisch legte.

„Was steht denn drin?", fragte er.

„Die Todesursache besteht in der massiven Gewalteinwirkung auf Hals und Kehlkopf, was uns ja nicht überrascht. Der Mistkerl hat ihr buchstäblich die Luft abgedreht. Eske konnte sich nicht gut wehren, weil sie zum Todeszeitpunkt einen Blutalkoholgehalt von schätzungsweise eins Komma fünf Promille hatte."

„Wann ist der Tod denn eingetreten?"

„Laut dem ärztlichen Befund zwischen Mitternacht und ein Uhr morgens", erwiderte Mona.

„Also deutlich vor dem Zeitpunkt, an dem Gruner die Radaubrüder am Strand gehört haben will."

„Von dieser Geschichte glaube ich inzwischen sowieso kein Wort mehr", knurrte Mona. „Die Obduktion hat übrigens auch ergeben, dass Eske sieben bis acht Stunden vor ihrem Tod Geschlechtsverkehr hatte. Es gibt zum Glück keine Hinweise auf ein Sexualdelikt."

„Das kommt vom Zeitablauf her hin", meinte Enno. „Da war sie mit Mark Rehberg im Hotel."

„Es konnte männliche Fremd-DNA unter den Fingernägeln des Opfers nachgewiesen werden", fuhr Mona fort. „Allerdings sind sich die Mediziner nicht sicher, ob es einen Kampf gegeben hat. Die Spuren könnten auch vom Liebesspiel stammen. Typische Abwehrverletzungen gibt es nicht."

„Kein Wunder", warf Enno ein. „Wenn Eske so stark alkoholisiert war, konnte sie sich nicht mehr effektiv verteidigen. Außerdem könnte ich mir gut vorstellen, dass der Angriff sie wie ein Blitz aus heiterem Himmel getroffen hat. Eine plötzliche Attacke ohne Vorwarnung."

Mona drehte nachdenklich ihren Teebecher in der Hand.

„Ja, wahrscheinlich hat Eske mit ihrem späteren Mörder am Strand gesessen. Sie haben sich womöglich gestritten, deshalb hat sie auch geweint. Lüpsen kommt angetorkelt und fragt, ob alles in Ordnung sei. Daraufhin verliert der Täter die Nerven und drückt Eskes Kehle so fest zu, bis sie keinen Laut mehr von sich gibt."

Enno nickte langsam.

„Ja, das ist ein plausibler Tatablauf."

Mona griff zum Smartphone.

„Und genau deshalb will ich jetzt der Mutter des Opfers auf den Zahn fühlen. Diesmal kommst du bitte mit, Enno. Womöglich wird sie sich dir eher anvertrauen als mir."

Der Oberkommissar lächelte.

„Du meinst, ältere Damen fühlen sich zu mir hingezogen?"

„Das ist die eine Variante. Die andere besteht darin, dass sie sich von deiner imposanten Gestalt eingeschüchtert fühlt."

Enno hob die Schultern.

„Hauptsache, wir kriegen die Wahrheit aus ihr heraus."

Mona rief Marieke Tadden an. Das Freizeichen ertönte dreimal, bis die frostige Stimme von Eskes Mutter zu hören war.

„Ja, bitte?"

„Moin, hier spricht Kommissarin Sander von der Borkumer Polizei. Ich möchte an unser gestriges Gespräch anknüpfen."

„Ich habe Ihnen nichts weiter zu sagen", lautete die patzige Antwort. „Und Sie können sicher sein, dass ich Ihren Vorgesetzten über Ihr unmögliches Verhalten informieren werde. Das war keine leere Drohung."

„Wie Sie wünschen", erwiderte Mona unbeeindruckt. „Zuvor werden Sie noch einmal mit meinem Kollegen und mir sprechen müssen. Zwingen kann ich Sie dazu nicht. Doch Sie sollten selbst das größte Interesse an der Aufklärung des Mordes an Eske haben."

Einen Moment lang herrschte Stille. Im Hintergrund waren Gesprächsfetzen und Geschirrklappern zu hören. Vermutlich saß Marieke Tadden gerade in ihrem Hotel oder ihrer Pension beim Frühstück.

„Dann kommen Sie in Gottes Namen vorbei", sagte sie mit belegter Stimme. „Sonst geben Sie ja doch keine Ruhe."

Die Kommissarin erfuhr noch, dass Eskes Mutter in der Pension *Oude Hus* untergekommen war. Dann beendete Marieke Tadden das Telefonat.

„Mit dieser Frau ist etwas oberfaul", mutmaßte Mona. „Es muss einen Grund dafür geben, dass sie so verschlossen wie eine Auster ist. Ich wette, dass sie den Täter kennt und er sie ebenfalls gewürgt hat."

„Wir müssen ihr deutlich machen, dass so ein Strolch nicht frei herumlaufen darf und ihm auch andere Frauen zum Opfer fallen können", sagte Enno.

„Ich gebe dir recht. Doch falls sie in den Mörder verliebt ist, dürfte es schwierig werden. Wie lautet noch die Redensart? *Wenn alte Häuser brennen, dann brennen sie lichterloh.*"

Enno grinste.

„Dieser Spruch hätte nicht von mir kommen dürfen, sonst wäre er frauenfeindlich gewesen."

„Wieso? Kerle mit grauen Schläfen können sich davon genauso angesprochen fühlen. – Wie war es eigentlich gestern Abend bei deinem Bruder?"

„Schön, aber man sieht sich doch leider viel zu selten. Birte und ich sind heute Morgen mit der ersten Fähre zurückgekehrt."

Die Ermittler gingen zu Fuß von der Polizeistation zur Pension hinüber. Das Oude Hus befand sich ebenfalls in Bahnhofsnähe, war aber viel kleiner und bescheidener als das Hotel König von Holland. Mona gefiel es dort trotzdem besser – und zwar nicht nur, weil die gemütliche Familienpension einer Schulfreundin von Enno gehörte. Im König von Holland kam sie sich immer so vor, als ob man von ihr einen Hofknicks erwartete und Anstoß daran nahm, dass sie in Jeans und Anorak auftrat.

Und nicht mit einem Reifrock und einem Diamanten-Diadem auf dem Kopf.

Enno stieß die knarrende hohe Eingangstür zur Pension auf. Der Duft von Tee, Kaffee und gebratenen Eiern begrüßte sie. Da die Kriminalisten schon öfter dort zu tun gehabt hatten, kannten sie sich aus.

Der ostfriesische Oberkommissar betrat als Erster den kleinen Frühstücksraum.

Marieke Tadden saß allein an einem Tisch in Fensternähe.

Es kam Mona so vor, als ob sie seit dem gestrigen Abend um Jahre gealtert wäre. Oder waren der Kommissarin im künstlichen Licht die tiefen Falten ihres Gegenübers einfach nicht aufgefallen?

Erneut hatte Marieke Tadden ein farbenfrohes seidenes Halstuch umgelegt. Doch diesmal war es ganz besonders sorgfältig geknotet, um die Würgemale nicht noch einmal versehentlich freizugeben.

Jedenfalls kam es Mona so vor.

Sie war innerlich hin und her gerissen, was diese Frau anging.

Einerseits tat Eskes Mutter ihr leid, denn sie hatte schließlich gerade erst ein Kind durch einen brutalen Mord verloren. Andererseits wurde Mona den Verdacht nicht los, dass Marieke Tadden mehr über den Mord wusste, als sie zugab. Womöglich hatte der Täter Borkum schon wieder verlassen und dann seine Hände um Marieke Taddens Hals gelegt, aus was für Gründen auch immer. Trotzdem hielt sie mit der Wahrheit hinter dem Berg, wie Mona befürchtete. Und das durften die Ermittler natürlich auf gar keinen Fall zulassen.

Eskes Mutter blickte auf, als die Kommissare vor ihr standen.

„Moin, Frau Tadden", grüßte Enno freundlich. „Wir haben uns gestern auf der Dienststelle ja nur im Vorbeilaufen gesehen. Ich bin Oberkommissar Moll."

Sie nickte sparsam und rümpfte die Nase, als sie Mona anschaute.

„Guten Morgen, Herr Moll. Meinen Namen kennen Sie ja bereits. Und ich hatte bereits das zweifelhafte Vergnügen, mit Ihrer Kollegin zu sprechen."

„Ich erwarte nicht, dass Sie meinem Fanklub beitreten", gab Mona zurück. „Wir möchten gern irgendwo ungestört mit Ihnen reden."

„Dann lassen Sie uns in den Garten gehen", sagte Marieke Tadden, während sie sich erhob.

Sie ging voraus, und die Ermittler folgten ihr. Hinter dem Oude Hus befanden sich eine gepflasterte Terrasse sowie ein schmaler Grünstreifen. Die Rückfront der Pension war zum Teil mit Heckenrosen überwuchert. Es gab einen Tisch sowie mehrere altmodische Gartenstühle. Ein großer Aschenbecher zeugte davon, welche Art von Gästen sich hier vorzugsweise aufhielten.

Auch Eskes Mutter zog eine Packung Zigaretten und ein Feuerzeug hervor, während sie sich auf einen der Stühle niederließ.

„Ich hatte eigentlich schon vor Jahren aufgehört", murmelte sie, während sie eine Zigarette anzündete und tief inhalierte. „Aber in meiner momentanen Situation … na ja."

Die Kriminalisten nahmen ebenfalls Platz. Diesmal führte Enno das Gespräch, ohne dass sie sich vorher darüber abgestimmt hatten. Das war Mona nur recht, denn ihr gegenüber würde Marieke Tadden sich vermutlich nicht öffnen.

Die tiefe Stimme des Ostfriesen klang warm und beruhigend.

„Frau Tadden, wir müssen möglichst viel über das persönliche und berufliche Umfeld Ihrer Tochter erfahren. – Gibt es eine Person, der Sie eine Gewalttat gegen Eske zutrauen würden?"

Marieke Tadden stieß langsam den Qualm aus und blickte dem blaugrauen Rauch nach.

„Ich sagte bereits gestern zu Ihrer unverschämten Kollegin, dass Eskes Vater gelegentlich unkontrollierbare Wutanfälle hat. Trotzdem kann ich mir eigentlich nicht vorstellen, dass er seine eigene Tochter erwürgt."

Mona beschränkte sich momentan auf die Rolle der passiven Zuhörerin. Sie musste an ihre allererste Begegnung mit Gruner denken.

War er in Tränen ausgebrochen, weil er die Folgen seines Handelns begriffen hatte? Durch Klaas Mannings Aussage war Monas Verdacht gegen Eskes Vater erneut befeuert worden.

Ob er auch die Mutter seines Opfers angegriffen hatte?

Enno senkte seinen Blick auf sein Notizbuch.

„Gibt es weitere Kontakte Ihrer Tochter, die Ihnen verdächtig erscheinen?"

Marieke Tadden richtete sich auf und streckte ihr Kinn vor.

„Wie ich bereits Frau Sander mitteilte, ist … war Eske ein sehr erfolgreiches Fotomodell. Da könnte es natürlich Neiderinnen gegeben haben, doch Namen kann ich Ihnen nicht nennen. Es ist doch Ihre Aufgabe, so etwas herauszufinden!"

„Das werden wir tun", brummte Enno. Er war wie üblich die Ruhe selbst. „Sind Sie selbst eigentlich berufstätig?"

„Selbstverständlich! Ich gehöre nicht zu den Frauen, die nur vom Unterhalt ihres Ex-Mannes leben wollen. Ich führe ein sehr erfolgreiches Second-Hand-Geschäft in Jever, es heißt *Taddens Trödel.*"

„Und Sie können ganz spontan nach Borkum fahren, ohne Ihren Laden schließen zu müssen?"

Mit dieser Frage hatte Enno die Frau offenbar auf dem falschen Fuß erwischt. Sie blinzelte nervös, rang nach Luft und zog dann nervös an ihrer Zigarette.

„Ja, w-wieso denn nicht?", stammelte sie zögernd. „Ich habe zuverlässige Mitarbeiter, die mich im Geschäft vertreten können. Und es erscheint mir dringend notwendig, dass ich hierher gekommen bin. Sie beide treten bei der Aufklärung des Mordes an Eske doch auf der Stelle!"

Marieke Tadden handelte nun nach dem alten Motto *Angriff ist die beste Verteidigung.* Doch Enno blieb seiner ruhigen Art treu.

„Das kann man so nicht sagen, Frau Tadden. Allerdings dürfen wir Ihnen über laufende Ermittlungen nichts Konkretes verraten. Es gibt jedenfalls vielversprechende Hinweise auf den Täter."

Wirklich?, sagte Mona in Gedanken zu ihrem Kollegen. Seit sie selbst wegen der Handgröße sowohl Lüpsen als auch Scheepker ausgeschlossen hatte, schien ihr Eskes kinnbärtiger Begleiter der Hauptverdächtige zu sein. Doch dieser Mann war einstweilen ein Phantom, sie kannten noch nicht einmal seinen Namen. Außerdem konnte er die Insel schon längst wieder verlassen haben.

„Dann werden Sie gefälligst tätig, anstatt mich zu belästigen", sagte Marieke Tadden.

Mona hatte sich eigentlich zurückhalten wollen. Doch nun gingen mit ihr die Pferde durch.

„Es wäre hilfreich, wenn Sie mit uns über Ihre blauen Flecken sprechen würden, Frau Tadden! Ich erkenne Würgemale, wenn ich sie sehe. Wer hat Ihnen diese Verletzungen zugefügt?"

Eskes Mutter drückte ihre Zigarette aus und verschränkte ihre Arme vor der Brust.

„Ich habe nichts weiter zu sagen. Gehen Sie jetzt, und lassen Sie mich endlich in Ruhe!"

Den Ermittlern blieb nichts anderes übrig, als sich zu verabschieden. Auf dem Weg nach draußen begegneten sie noch der Pensionswirtin Frau Fokken, die der Oberkommissar seit seiner Schulzeit kannte.

„Kannst du mir einen Gefallen tun?", raunte er ihr augenzwinkernd zu.

„Lass hören, Enno", erwiderte die Besitzerin des Oude Hus.

„Rufst du mich an, falls Frau Tadden sich mit einem Herrn trifft?"

„Wird gemacht, Enno. Allerdings kann ich ihr nicht nachschleichen, wenn sie zum Strand geht. Ich muss schließlich meine Pension führen."

„Damit hat deine Schulfreundin recht", sagte Mona, als sie zur Dienststelle zurückkehrten. „Du bist also auch der Meinung, dass Eskes Mutter den Täter kennt?"

„Die Vermutung liegt nahe. Ich konnte zwar ihre Würgemale nicht sehen, aber ich vertraue deiner Beobachtungsgabe. Wir müssten Frau Tadden beschatten lassen. Falls der Mörder sich noch – oder wieder – auf Borkum befindet, wird sie sich womöglich mit ihm treffen wollen."

„Schön, dass wir auch diesmal einer Meinung sind", entgegnete die Kommissarin. „Jetzt muss Oltbeck die Maßnahme nur noch genehmigen."

Bevor die Kriminalisten zu ihrem Chef gingen, überprüften sie noch die Angaben über Marieke Taddens Berufstätigkeit. Sie schien nicht gelogen zu haben, ein Geschäft namens Taddens Trödel existierte wirklich. Es gab sogar eine Homepage, auf der ein Foto der Inhaberin abgebildet war. Mona druckte es sofort aus.

Als sie Oltbecks Büro betraten, legte er gerade den Telefonhörer auf.

„Ich hatte soeben einen unerfreulichen Anruf von der Mutter des Mordopfers, Frau Sander. Sie …"

„Frau Tadden hat sich über mich beschwert, das dachten wir uns schon", fiel Mona dem Hauptkommissar ins Wort. „Sie will von sich selbst ablenken, weil sie vermutlich den Mörder ihrer Tochter schützen will."

Oltbeck schaute Mona an, als ob sie den Verstand verloren hätte. Aber dann schilderte sie ihre Beobachtungen. Sie ließ auch Klaas Mannings Zeugenaussage nicht unerwähnt.

„Frau Tadden hat sich wirklich höchst verdächtig verhalten."

Mit diesen Worten wurde Mona von Enno unterstützt. Er fügte hinzu: „Es wäre gut, wenn sie einen oder zwei Tage lang beschattet werden könnte. Ich sehe momentan keine andere Möglichkeit, ihr eine Verbindung zu einem Mordverdächtigen nachzuweisen."

Der Chef überlegte kurz, dann gab er sich einen Ruck.

„Na schön, wenn es nicht anders geht … Frau Berend soll die Aufgabe übernehmen. Sagen Sie ihr Bescheid, dass sie gleich Zivilkleidung anlegt und zu der Zielperson geht."

„Das übernehme ich!", bot Mona an. Sie flitzte hinaus, fand nach kurzem Suchen ihre uniformierte Kollegin und brachte Aiske Berend auf den neuesten Stand der Ermittlungen.

„Ich vermute, dass der Mörder sowohl mit der Mutter als auch mit der Tochter ein Verhältnis hatte", sagte Mona zu Aiske. „Allgemein wäre es gut, wenn du mich informierst, sobald Frau Tadden sich mit einem Mann trifft."

Sie gab ihrer Kollegin das Foto von der Taddens-Trödel-Homepage. Mona fand, dass Eskes Mutter darauf gut getroffen war.

Aiske hatte sich schnell umgezogen. Sie wirkte nun in ihren Shorts und ihrem hellblauen Kapuzenpullover wie eine ganz normale Touristin. Die Polizeimeisterin machte sich in Richtung Oude Hus auf.

Mona kehrte zu Oltbeck und Enno ins Dienststellenleiterbüro zurück.

„Wir haben gerade über die Attacke auf Sie im Teutonia-Hotel gesprochen, Frau Sander", sagte der Chef. „Haben Sie wirklich keine Erinnerung an Ihren Angreifer?"

„Leider nicht. Ich bekam ja direkt das Reizgas ins Gesicht. Ich sah nur die Umrisse einer Gestalt, es hätte jeder sein können. Fest steht, dass die Tür nicht aufgebrochen wurde. Also muss der Täter den Zimmerschlüssel des Mordopfers gehabt haben. Das wäre jedenfalls die plausibelste Erklärung."

„Befragen Sie das Personal und die Hotelgäste", ordnete der Chef an. „Womöglich ist jemandem etwas Verdächtiges aufgefallen. Warum haben Sie das nicht schon längst getan?"

„Andere Ermittlungsansätze erschienen uns wichtiger", verteidigte Mona sich. „Kennen Sie die Türschlösser im Hotel Teutonia? Die stammen noch aus der Kaiserzeit. Selbst ein unterdurchschnittlicher Einbrecher könnte sich dort mithilfe eines Dietrichs innerhalb von dreißig Sekunden Zugang verschaffen."

„Dann stellen Sie fest, ob in dem Hotel noch weitere Diebstähle vorgekommen sind", sagte Oltbeck. „Ein normaler Einbrecher wird sich bei seinem Raubzug wohl kaum mit einem einzigen Zimmer zufriedengeben. Wenn kein anderer Gast sein Eigentum vermisst, dann wird die Tat mit dem Mord im Zusammenhang stehen."

Mona musste ihrem Vorgesetzten insgeheim recht geben. Der Täter mit dem Reizgas war nicht zwangsläufig Eskes Mörder. Es konnte sich genauso gut um einen normalen Hoteldieb handeln.

Oltbeck ist nicht dumm, dachte sie. *Wenn er bloß nicht so ein Paragrafenhengst wäre!*

Die Ermittler versprachen ihrem Vorgesetzten, dass sie ihn über den weiteren Verlauf der Ermittlungen umgehend informieren würden. Nachdem die Besprechung beendet war, machten sie sich zur Pension Uhland auf.

Leichte Schleierwolken lagen über der Nordsee. Die große Sommerhitze würde sich an diesem Tag nicht einstellen, es versprach ein bedeckter Tag am Strand zu werden. Das hinderte die Badegäste allerdings nicht daran, es sich in den Strandkörben und den für Borkum so typischen bunten Strandzelten gemütlich zu machen. Allerdings liefen an diesem Tag sichtlich weniger Menschen in die Brandung als sonst.

Als Mona und Enno den Beherbergungsbetrieb von Doris Uhland betraten, war dort der große Frühstücksansturm schon vorbei. Die Pensionsgäste waren vermutlich größtenteils Richtung Strand aufgebrochen.

Das Erdgeschoss war verwaist, doch im ersten Stockwerk ertönte das unverkennbare Röhren eines Staubsaugers. Die Ermittler stiegen die Treppe hoch. An dem breiten Korridor standen mehrere Zimmertüren offen, es wurde gerade geputzt.

Eine junge Frau im Nylonkittel blickte auf, als die Kommissarin auf sie zukam und ihren Dienstausweis zeigte.

„Wo finden wir Herrn Gruner?"

„Ich weiß nicht", antwortete sie. „Fragen Sie bitte Frau Uhland." Mit diesen Worten deutete sie nach links.

Die Kriminalisten gingen weiter und fanden die Pensionswirtin in einem Zimmer, wo sie gerade die Laken von einem Bett abzog. Dabei drehte sie der Tür den Rücken zu.

„Frau Uhland?"

Sie zuckte zusammen, als Mona sie ansprach. Dann wandte sie sich um und warf der Kommissarin einen ängstlichen Blick zu. Mona lächelte entschuldigend.

„Verzeihen Sie, ich wollte Sie nicht erschrecken."

Doris Uhland ließ das Laken sinken.

„Das ist kein Problem. Ich war nur gerade in Gedanken. Außerdem beunruhigt es mich, dass auf unserer Insel ein Frauenmörder frei herumläuft. Haben Sie denn schon eine heiße Spur?"

„Zu laufenden Ermittlungen dürfen wir uns nicht äußern", sagte Mona. „Auf jeden Fall möchten wir noch einmal mit Herrn Gruner sprechen."

„Ist er verdächtig?", wollte die Pensionswirtin wissen. „So eine Person möchte ich nicht unter meinem Dach beherbergen."

„Sie müssen sich nicht fürchten, die Polizei hat die Lage im Griff", brummte Enno beruhigend.

Doris Uhland atmete tief durch.

„Sie müssen mich für eine hysterische Ziege halten. Aber dieser Mord beim Jugendbad hat uns alle sehr erschüttert. Von dort zu meiner Pension ist es ja gar nicht so weit. – Nun will ich aber Ihre Frage beantworten, Frau Sander. Herr Gruner ist nach dem Frühstück aus dem Haus gegangen. Zuvor hat er sich bei mir erkundigt, wie er am schnellsten zum Bahnhofspfad kommt."

Mona war alarmiert. Und ein Seitenblick Richtung Enno bewies ihr, dass es ihm genauso ging.

Denn am Bahnhofspfad befand sich die Pension Oude Hus, in der Marieke Tadden lebte!

Die Kommissarin hatte es plötzlich sehr eilig.

„Wann ist Herr Gruner aufgebrochen?"

„Das muss vor ungefähr zwanzig Minuten gewesen sein. – Hören Sie, soll ich mir nun doch Sorgen machen?"

„Nein, wir haben Ihnen reine Routinefragen gestellt", sagte Enno, bevor er gemeinsam mit Mona die Treppe hinuntereilte. Sie fand, dass er nicht besonders glaubwürdig geklungen hatte. Doch ob Frau Uhland sich jetzt sorgte, war momentan nebensächlich. Jetzt stand die Sicherheit einer anderen Person im Vordergrund.

Sobald sie die Pension Uhland verlassen hatten, griff die Kommissarin zum Smartphone und rief ihre observierende Kollegin an.

„Moin, Aiske. Wo befindet sich Marieke Tadden momentan?"

„Ich hatte Glück", erwiderte die Polizistin mit gedämpfter Stimme. „Als ich mich dem Oude Hus näherte, kam die Zielperson gerade heraus. Sie schlenderte Richtung Promenade, dort befinden wir uns jetzt auch. Die Frau hat auf der Terrasse von *Ria's Beach* Platz genommen und sich ein Getränk bestellt. Sie scheint auf jemanden zu warten. Ich habe sie von einer Ruhebank aus im Blickfeld."

Mona war erleichtert.

„Sehr gut, Aiske. Rufst du mich bitte sofort an, wenn sich etwas tut?"

„Ja, wird gemacht."

Enno hatte den kurzen Wortwechsel mitbekommen.

„Ich gehe mal davon aus, dass Gruner sich wegen seiner Ex nach dem Bahnhofspfad erkundigt hat. Ob die beiden wohl miteinander telefoniert haben?"

„Die Vermutung liegt nahe", erwiderte Mona. „Es gibt auf Borkum mehr als genug Hotels und Pensionen. Er wird wohl kaum zufällig in Erfahrung gebracht haben, wo Eskes Mutter sich eingemietet hat."

Der Oberkommissar nickte.

„Und Marieke Tadden ist garantiert *nicht* mit Gruner verabredet. In dem Fall hätte sie ihm ja gesagt, dass sie ihn auf der Promenade in Ria's Beach treffen will. Und er wäre direkt dorthin gekommen und nicht erst zum Bahnhofspfad gelaufen."

„Da sind wir uns wieder einmal einig", murmelte Mona.

Enno parkte den Opel Vectra wieder hinter der Polizeiwache, die sich unweit vom Oude Hus befand. Es erschien den Ermittlern erfolgversprechender, sich dem Verdächtigen zu Fuß zu nähern. Das war einfach unauffälliger, zumal in den schmalen Gassen des Borkumer Zentrums nicht viel Straßenverkehr herrschte.

Kapitel 9

Vom Inselbahnhof fuhren zwar Taxen ab, und dort starteten auch die beliebten Rundfahrten mit Pferdefuhrwerken. Doch als Ortskundige waren Mona und Enno hier ohne Fahrzeug einfach flexibler.

Sie mussten nicht lange suchen, bis sie Gruner entdeckten.

Er hatte sich in den Eingang von einem der alten Backsteinhäuser gedrückt, von denen diese Straße geprägt war. Vorbeigehende Touristen dachten wahrscheinlich, dass er nach einer Adresse suchen würde oder sich vor den frischen Windböen dieses Morgens schützen wollte.

Doch die Kriminalisten wussten es besser.

Gruner hatte sie nicht bemerkt. Mona und Enno kamen aus Richtung Georg-Schütte-Platz auf ihn zu. Die Kommissarin runzelte die Stirn. Wollte er wirklich hier herumlungern, bis seine Ex auftauchte?

„Moin, Herr Gruner!", sagte sie laut, als sie ihn von hinten mit dem ausgestreckten Arm hätte erreichen können.

Er zuckte zusammen, warf einen Blick über die Schulter nach hinten.

Sein Gesichtsausdruck zeigte eine Mischung aus Erschrecken, Wut und Trotz.

„Warum schleichen Sie sich so an mich heran?"

Gruner runzelte die Stirn, er schaute erst Mona, dann Enno, dann wieder Mona an.

„Genießen Sie die Schönheiten unserer Insel?", fragte sie ironisch. „Sie können sich scheinbar an der Fassade vom Oude Hus gar nicht sattsehen."

Gruner straffte sich.

„Es geht Sie gar nichts an, was ich mir anschaue und was nicht!"

Die Kommissarin wurde ernst.

„Da bin ich anderer Meinung", schnarrte sie. „Wir untersuchen immer noch den Mord an Ihrer Tochter. Und Sie haben uns noch nicht alles gesagt, was Sie über die Tat wissen."

„Wie kommen Sie auf diese unverschämte Unterstellung?", blaffte Gruner angriffslustig.

Mona hielt seinem drohenden Blick stand.

„Ein Zeuge hat gesehen, dass Sie wenige Stunden vor dem Mord Eske und ihren Liebhaber am Strand verfolgten. Dieser Mann würde sie bei einer Gegenüberstellung zweifellos wiedererkennen."

„Sie hätten uns mitteilen müssen, dass Sie Ihre Tochter so kurze Zeit vor ihrem Tod gesehen haben", ergänzte Enno.

Mona hatte mit ihren Worten ins Blaue geschossen. Natürlich konnte sie nicht hundertprozentig sicher sein, dass der Vogelkundler sich an Gruner erinnern würde. Doch ihr Vorstoß verfehlte seine Wirkung nicht.

Gruner erbleichte. Er wirkte plötzlich wie ein ertappter Sünder. Seine anmaßende und überhebliche Art fiel von ihm ab wie ein zu weit gewordenes Kleidungsstück.

„Sie … Sie verstehen die Situation nicht", brachte er schließlich murmelnd hervor.

„Dann klären Sie uns doch auf", schlug Enno vor. „Dürfen wir Sie auf einen Tee in die Polizeistation einladen? Dort können wir ungestört reden, und es ist auch nicht so zugig wie hier."

Gruner zögerte, dann nickte er schließlich.

„Ja, das ist wohl wirklich besser. Ich hatte geglaubt, das Problem allein lösen zu können. Und damit bin ich wohl gescheitert."

Mona lag die Frage auf der Zunge, was er genau damit meinte. Doch sie schaffte es ausnahmsweise, sich zurückzuhalten. Es war gewiss besser, die Geschichte von Beginn an zu erzählen.

Gruner benahm sich nun nicht mehr widerspenstig. Er folgte den Ermittlern brav zur Dienststelle, wo Enno ihn in den Verhörraum führte. Mona setzte schnell eine Kanne Tee auf, dann nahm sie Enno beiseite.

„Wir müssen Gruner als Beschuldigten vernehmen", flüsterte sie. „Ich bin nicht sicher, ob er seine Tochter umgebracht hat. Aber ausschließen können wir es nach jetzigem Kenntnisstand nicht."

„Ja, das sehe ich auch so. Es gibt bei diesem Mann zu viele Ungereimtheiten."

Als der Tee fertig war, brachte Mona die Kanne sowie drei Tassen, Kluntjes und Sahne in den Verhörraum. Sie sagte: „Sie stehen im Verdacht, Eske Tadden getötet zu haben. Wenn wir Sie jetzt vernehmen, haben Sie das Recht auf einen Verteidiger."

Gruner war jetzt seltsam ruhig. Er wirkte beinahe erleichtert, weil er endlich mit der Polizei sprechen konnte. Dieses Verhalten hatte

Mona schon öfter erlebt. Vor allem bei Tätern, die erstmalig straffällig geworden waren und von ihrem schlechten Gewissen geplagt wurden.

Eskes Vater schüttelte den Kopf.

„Ich habe meine Tochter nicht umgebracht. Das werden Sie schon bald feststellen. Deshalb benötige ich auch momentan keinen Anwalt."

Mona zuckte mit den Schultern.

„Wie Sie meinen. Wollen Sie uns jetzt verraten, aus welchem Grund Sie *wirklich* auf Borkum sind?"

Gruner hob die Augenbrauen.

„Natürlich, um Eske zu beschützen. Und dass ich dabei versagt habe, werde ich mir niemals verzeihen. Das können Sie mir glauben."

„Wurde Ihre Tochter denn konkret bedroht?", wollte Enno wissen.

Eskes Vater lachte, aber er klang nicht amüsiert.

„Ihr gesamter Lebensstil war ein einziges Risiko!"

„Das müssen Sie uns etwas genauer erklären", bat Mona.

„Wissen Sie, was Eske beruflich gemacht hat? Konnten Sie das schon herausfinden?"

Stellte Gruner diese Frage, um den Ermittlungsstand zu erfahren? Die Kommissarin hielt ihre Antwort bewusst vage.

„Nicht genau."

Gruner hob den Zeigefinger.

„Und zwar deshalb nicht, weil sie überhaupt keiner richtigen Tätigkeit nachging! Eskes Mutter hat ihr ja jedes Ammenmärchen geglaubt, ob meine Tochter sich nun eine Modelkarriere zusammengelogen hat oder anderweitig ihre Fantasie nicht von der Wirklichkeit unterscheiden konnte."

Mona und Enno sahen offenbar sehr verblüfft aus.

Gruner fuhr fort: „Jetzt sind Sie überrascht, nicht wahr? Haben Sie ernsthaft geglaubt, dass ich auf Eske hereingefallen wäre? Ich liebte meine Tochter, doch im Gegensatz zu ihrer Mutter verschloss ich nicht die Augen vor der Realität. – Hat Marieke Ihnen von dem Amerika-Aufenthalt unserer Tochter erzählt?"

Die Ermittler antworteten nicht sofort.

„Das habe ich mir gedacht!", stieß Gruner bitter hervor. „In Wirklichkeit war unsere Tochter während dieser Zeit in der Hamburger Unterwelt abgetaucht. Fragen Sie mich nicht, was sie dort getrieben hat. Sie war ja volljährig, also hielt sich das Interesse der Polizei in Grenzen. Mir ist es schließlich gelungen, sie aufzutreiben. Dieses ewige Lügen war bei ihr krankhaft. Ich konnte Eske überzeugen, mit einer Psychotherapie zu beginnen. Leider hat sie die Behandlung nach drei Terminen wieder abgebrochen. Sie bildete sich ja ein, dass sie kerngesund wäre."

Mona musste zugeben, dass sie Gruner in dieser Hinsicht unterschätzt hatte. Allerdings durfte sie seine Aussage auch nicht für bare Münze nehmen. Vor allem nicht bei seiner Vorgeschichte.

„Sie haben sich also ganz uneigennützig um Ihre Tochter gekümmert? Und das trotz Ihrer Vorgeschichte?"

Eskes Vater lachte rau.

„Ich hätte mir denken können, dass Marieke Ihnen diese Sache aufs Brot schmiert! Hat sie Ihnen auch erzählt, dass ich niemals rechtskräftig verurteilt wurde? Die Vorwürfe gegen mich waren haltlos, doch angesichts der Hexenjagd gegen mich konnte ich nicht mehr in meinem Beruf arbeiten."

„Zu diesem anderen Fall können wir nichts sagen", stellte Enno fest. „Tatsache bleibt, dass Sie uns nicht die Wahrheit gesagt haben. Diese Radaubrüder am Strand haben Sie doch frei erfunden, oder?"

Es dauerte einen Moment, bis Gruner schließlich nickte.

„Ja, verflixt. Mir ist nichts Besseres eingefallen. Außerdem habe ich ja früher am Abend wirklich gesehen, wie Eske sich mit diesen betrunkenen Bengeln amüsierte."

„Auf die Stunden vor dem Mord möchte ich später zurückkommen", sagte Mona. „Zunächst interessiert uns, wie viel Ihnen wirklich über das Leben Ihrer Tochter bekannt ist."

Gruner warf Mona einen seltsamen Blick zu.

„Leider konnte ich nicht überall sein. Manchmal gelang es mir, mich an ihre Fersen zu heften, manchmal nicht. Eske war ja der festen Überzeugung, dass ihr nichts fehlte. Wenn sie in kriminelle Machenschaften verwickelt war, dann habe ich versucht, für den Schaden aufzukommen."

„Und auf welche Art haben Sie das getan?", fragte die Kommissarin.

„Einmal bekam ich mit, dass Eske einen Mann erpressen wollte", brachte der Vater des Opfers hervor. „Ich habe ihm Geld gegeben, damit er nicht zur Polizei geht."

Mona schaute Gruner nachdenklich an. Dann zog sie ihr Smartphone und zeigte ihm das Foto des nackten Mannes in Eskes Hotelzimmer. Sie hatte es vom Handy des Opfers an ihr eigenes geschickt, bevor sie das Gerät ins kriminaltechnische Labor geschickt hatte.

„Ist das der Mann, den Eske erpresst hat?"

Gruners Augen quollen beinahe aus dem Kopf.

„N-nein, der sah ganz anders aus! Mein Gott, sie hat es noch einmal getan!"

Er stützte den Kopf in die Hände, die Ellenbogen auf den Tisch gestemmt. Die Ermittler gönnten ihm eine Pause, um sich zu sammeln. Als er wieder aufblickte, glänzten seine Augen feucht.

„Was werden Sie jetzt von meiner Tochter denken?", murmelte er.

„Wenn Eske wirklich krank war, dann hätte sie für ihre Taten nicht hundertprozentig verantwortlich gemacht werden können", sagte Mona. Ihr war selbst bewusst, dass diese Aussage nur eine Binsenweisheit war. Das wusste Gruner gewiss auch, er war ja ein gebildeter Mann.

„Sie haben offensichtlich den Überblick verloren, was die Aktivitäten Ihrer Tochter anging", stellte Enno fest.

„Wundert Sie das, Herr Moll? Ich bin ein alter Mann, irgendwann muss ich auch mal schlafen. Und es war immer, als ob ich einen Sack Flöhe hüten müsste. Ich versuchte außerdem, im Hintergrund zu bleiben, weil Eske ihr Verhalten völlig in Ordnung fand. Gelegentlich bekam sie doch mal mit, dass ich sie zu beschützen versuchte. Dann wurde sie sauer auf mich. Aber mein Geld hat sie trotzdem genommen, wenn ich es ihr angeboten habe."

„Also wurde Eske von Ihnen finanziell unterstützt?"

„Ja, Frau Sander. Aber nur gelegentlich. Ansonsten kann ich Ihnen nicht sagen, wovon sie gelebt hat. Ein Fotomodell ist sie jedenfalls niemals gewesen."

Mona konnte ihm eine weitere schmerzhafte Frage nicht ersparen.

„Sie wussten von den Männerbekanntschaften Ihrer Tochter?"

Gruner nickte grimmig.

„Ja, und bei jedem Kerl habe ich Blut und Wasser geschwitzt. Immer musste ich befürchten, dass sie an den Falschen gerät. Und nun wurde sie wirklich umgebracht, was ich schon seit langer Zeit befürchtet habe. Ich werde mir nie verzeihen, dass ich sie nicht beschützen konnte!"

Mona runzelte die Stirn und schaute den Verdächtigen prüfend an. Sie konnte nachvollziehen, dass Gruner auf seine Tochter hatte aufpassen wollen. Indirekt wurden seine Aussagen sogar durch Marieke Tadden bestätigt, wenngleich sie sein Verhalten als Kontrollsucht bezeichnet hatte. Nun erschien seine Haltung allerdings in einem völlig anderen Licht. Oder?

„Warum haben Sie bei unserer ersten Begegnung verschwiegen, dass Sie auf Ihre Tochter aufpassen wollten?", fragte die Kommissarin.

Gruner verzog den Mund.

„Weil ich befürchtete, dass Sie einen nicht zutreffenden Zusammenhang konstruieren würden, Frau Sander. Bei der Überprüfung meiner Person mussten Sie ja früher oder später auf die absurden Vorwürfe stoßen, wegen denen ich in Frühpension geschickt wurde. Ich könnte Ihnen solche Schlussfolgerungen noch nicht einmal verdenken. Es ist schließlich aktenkundig, dass ich diese Schülerin belästigt haben soll."

„Sie wollten also vermeiden, dass ein Inzest-Verdacht aufkommt?", vergewisserte Enno sich.

Der Verdächtige nickte heftig.

„Ich schwöre Ihnen, dass ich meine Tochter niemals unsittlich berührt habe!"

„Sie hätten uns die Wahrheit sagen müssen – dass Sie Eske angesichts ihres krankhaften Lügens vor sich selbst beschützen wollten", meinte Mona.

Gruner senkte den Kopf.

„Ja, das wäre wirklich am besten gewesen. Doch ich habe mich für Eske geschämt. Es ist hart, sich eingestehen zu müssen, dass das eigene Kind so ein verkorkstes Leben führt – also Diebin, Erpresserin und was Eske sonst noch alles gemacht hat."

„Kommen wir auf die Stunden vor der Tat zurück", schlug Mona vor. „Am besten erzählen Sie uns aus Ihrer Sicht, was Sie beobachtet haben."

Eskes Vater atmete tief durch, bevor er zu sprechen begann.

„Von der Promenade aus konnte ich meine Tochter am Strand gut im Auge behalten. Ich weiß nicht, ob sie meine Anwesenheit überhaupt bemerkt hat. Sie ist – war – ja sehr kontaktfreudig. Und so dauerte es auch an dem Tag nicht lange, bis sie Anschluss an diese vier jungen Männer suchte und fand."

Die Kommissarin forderte ihn mit einer Handbewegung zum Weitersprechen auf. Bisher deckten sich seine Aussagen mit denen von Scheepker, Rehberg, Müller und Lehmann.

Gruner fuhr fort: „Einige Zeit später ging Eske mit einem der Kerle in ihr Hotel. Ein gut aussehender Typ, soweit ich das als Mann beurteilen kann. So war sie eben, spontan und sprunghaft."

Er presste die Lippen aufeinander und starrte angespannt auf die Tischplatte.

„Haben Sie eigentlich das Hotelzimmer Ihrer Tochter bezahlt?", wollte Enno wissen.

„Nein, Herr Moll. Das muss sie selbst getan haben. Fragen Sie mich nicht, woher sie das Geld dafür hatte. Ich weiß es nicht. Und ich will es eigentlich auch gar nicht wissen. Mir ist schon mehr über das Leben meiner Tochter bekannt, als mir recht ist."

„Wie erfuhren Sie eigentlich davon, dass Eske sich auf Borkum befand?", fragte Mona. „Sie sagten doch, dass Ihre Tochter es nicht mochte, wenn Sie sie im Auge behielten."

„Das stimmt, Frau Sander. Allerdings habe ich eine Verbündete, nämlich Eskes beste Freundin Nina Deelsen. Sie ist eine sehr vernünftige junge Frau, meine Tochter und sie kennen sich seit der Grundschule. Nina wohnt wie Eskes Mutter in Jever, sie hat zwei kleine Kinder. Gelegentlich telefonierte meine Tochter mit ihrer Freundin. Und als Nina erfuhr, dass Eske nach Borkum reisen wollte, gab sie die Information an mich weiter."

Mona nickte.

„Ich verstehe. Kommen wir auf den Abend vor der Tat zurück. Es fällt Ihnen gewiss nicht leicht, darüber zu reden. Doch wir sind auf jede Information angewiesen, um das Verbrechen aufzuklären."

„Ja, natürlich. – Es verging ungefähr eine Stunde, bis Eske und der hübsche Bengel an den Strand zurückkehrten. Die Gruppe trank noch mehr Bier, meine Tochter hielt mit. Am frühen Abend, es muss so gegen neunzehn Uhr gewesen sein, stieg Eske die Treppe zur Promenade hoch. Da bin ich leider unvorsichtig gewesen, denn sie entdeckte mich."

„Wie reagierte Ihre Tochter?"

„Eske wurde wütend und beschimpfte mich. Ich solle aufhören, sie zu belästigen. Dabei hatte ich doch gar nichts getan. Es ist ja nicht so, dass ich bei ihrem fragwürdigen Lebenswandel dazwischengefunkt hätte. Sie machte sowieso das, was sie wollte, hatte ihren eigenen Kopf. Mir ging es nur darum, Schaden von ihr abzuwenden. Und bei dieser Aufgabe habe ich kläglich versagt."

Die Kommissarin musste verhindern, dass Gruner jetzt in düsteren Grübeleien und Selbstmitleid versank. Sie sagte: „Eske wurde also aggressiv. Wie ging es dann weiter?"

„Zunächst einmal gar nicht", erwiderte Gruner. „Sie machte mir eine richtige Szene, die Menschen auf der Promenade blieben stehen. Alle Blicke waren auf uns gerichtet. Mir blieb nichts anderes übrig, als mich zurückzuziehen. Ich hatte Angst davor, dass jemand die Polizei rufen könnte. Angesichts meiner Vorgeschichte wäre ich gewiss zur Wache gebracht worden, hätte vielleicht sogar die Nacht dort verbringen müssen. Und wie sollte ich Eske beschützen, wenn ich hinter Gittern saß?"

Mona antwortete mit einer Gegenfrage.

„Also verloren Sie Ihre Tochter aus den Augen?"

„Ja, das ließ sich leider nicht vermeiden. Ich sah nur noch, dass sie sich Richtung Bismarckstraße bewegte. Doch so schnell gab ich nicht auf. Eske hatte ja ein Zimmer im Hotel Teutonia. Vermutlich würde sie früher oder später dorthin zurückkehren. Also setzte ich mich in das Hotel-Restaurant und bestellte mir einen Tee. Ich wählte einen Platz hinter einer Säule, wo ich kaum bemerkt werden konnte. Von dort aus hatte ich sowohl das Foyer als auch die Straße vor dem Hotel im Blickfeld, ohne selbst gesehen zu werden."

„Und – erschien Eske im Hotel?"

Gruner beantwortete Monas Frage mit einem Kopfschütteln.

„Nein. Die Stunden vergingen, ich wurde immer unruhiger. Ich bestellte mir eine Portion Matjes mit Bratkartoffeln, weil ich schon so lange nichts mehr gegessen hatte. Dann trank ich noch einen weiteren Tee. Als die Sonne über der Nordsee unterging, hielt ich es nicht mehr aus. Ich zahlte meine Zeche und eilte zurück zur Promenade und dann zum Strand. Ich wollte meine Tochter suchen."

„Befürchteten Sie nicht, dass Eske erneut Ärger machen würde?"

„Die Gefahr bestand, aber es war mir inzwischen gleichgültig, Frau Sander. Außerdem hatte sich der Strand inzwischen sichtlich geleert. Die jungen Kerle, mit denen Eske getrunken hatte, konnte ich jedenfalls nicht mehr sehen. Und auch die anderen Badegäste hatten sich größtenteils wieder in ihre Unterkünfte zurückgezogen. Es war, als ob ich den Strand für mich allein hätte. – Doch dann sah ich plötzlich meine Tochter wieder!"

„Wann war das?", hakte Enno nach.

„Es muss zwischen einundzwanzig und zweiundzwanzig Uhr gewesen sein", meinte Gruner. „Die Sonne war gerade untergegangen, es gab aber noch genug Restlicht, um in der Dämmerung ein Gesicht und eine Gestalt erkennen zu können."

Bisher hatten sich die Angaben des Verdächtigen mit Klaas Mannings Zeugenaussage gedeckt. Mona war gespannt, was er über Eskes Begleiter berichten würde.

„Meine Tochter war nicht allein", fuhr Gruner fort. „Sie schien ziemlich angetrunken zu sein. Eske ging mit einem Kerl eng umschlungen an der Wasserlinie entlang. Die Brandung umspülte ihre Fußgelenke, aber sie schienen es gar nicht zu bemerken. Ich folgte ihnen mit dem größtmöglichen Abstand, doch diesmal blieb ich unbemerkt."

„Kannten Sie den Mann?"

„Nein, Frau Sander. Ich habe ihn nie zuvor gesehen."

„Wohin ging das Paar?"

„Sie hielten auf die Promenade zu. Plötzlich begannen sie zu raufen. Ich dachte schon, der Kerl will meiner Tochter etwas antun. Doch es war zum Glück nur eine scherzhafte Kabbelei, jedenfalls lachten und kreischten sie beide. Völlig albern, doch andererseits war ich in dem Moment beruhigt. Es ging wohl um einen Halsanhänger, den beide gern haben wollten. Wenn ich daran denke, dass dieser Widerling Eske später erwürgt haben muss …"

Gruner ballte die Fäuste.

„Was taten Sie?"

„Ich versuchte, die beiden im Blickfeld zu behalten. Doch das gelang mir wegen der Dunkelheit nicht. Eske hatte den Anhänger, sie lachte und rief: ‚Hol ihn dir doch!' Meine Tochter rannte los, sie schlug Haken. Der Kerl verfolgte sie natürlich. Und ich humpelte hinterher, so gut es ging. Ich bin ja nicht mehr der Jüngste, und schnell laufen konnte ich schon früher nicht besonders gut. Wie auch immer, ich verlor sie."

„Es ist nicht leicht, sich in der Finsternis am Strand zu orientieren", räumte Enno ein. „Am besten geht man auf die beleuchtete Promenade zu. Wenn es bewölkt ist, kann man buchstäblich noch nicht einmal die Hand vor Augen sehen."

Eskes Vater nickte düster.

„Und so ist es in jener verfluchten Nacht gewesen, Herr Moll. Ich tappte zwischen einigen Strandkörben umher, fühlte mich wie in einem Irrgarten. Und ich verlor jedes Zeitgefühl. Ich hätte noch nicht einmal sagen können, ob Eske und ihr Verehrer von mir aus gesehen nach links oder nach rechts gelaufen sind. Am liebsten hätte ich nach ihr gerufen."

„Warum taten Sie es nicht?", hakte Mona nach.

„Weil ich Eske nicht schon wieder zornig machen wollte! Sie konnte unausstehlich sein, doch sie war mein eigen Fleisch und Blut. Letztlich war sie verwirrt, man musste sie vor sich selbst schützen. – Ich hielt also den Mund und suchte weiter. Aber es war, als ob man in einem unbeleuchteten Kohlenkeller nach einem Ring oder einer Brosche Ausschau halten würde. Also lauschte ich so konzentriert wie möglich. Aber ich hörte nur das Rauschen der Brandung, das Heulen des Windes und das Kreischen der Möwen. Ich suchte bestimmt mehrere Stunden lang. Es kam mir so vor, dass der Strand immer breiter und länger wurde."

Mona konnte nachvollziehen, wie Gruner sich gefühlt haben musste. Ob es wirklich keine weiteren Zeugen gab, die Eske und ihrem Begleiter nach Einbruch der Dunkelheit begegnet waren?

Auf dem Abschnitt des Jugendbades, wo die Leiche seiner Tochter gefunden worden war, durften mit Genehmigung nachts sogar Lagerfeuer gemacht werden. In der Mordnacht war das allerdings nicht geschehen. Außerdem hatten die Kommissarin und ihre Kollegen am Morgen kein verkohltes Treibholz oder ähnliche Überreste gefunden.

Gruners Stimme riss sie aus ihren Überlegungen.

„Irgendwann war ich so erschöpft, dass ich nicht mehr weiterkonnte. Es ist verflixt anstrengend, durch den Sand zu stapfen. Vor allem in meinem Alter. Ich fand eine Treppe, die hoch zur Promenade führte. Von dort aus ging ich in meine Pension. Ich wollte mich nur einen Augenblick lang ausruhen, doch ich schlief in meinen Kleidern ein. Als ich aufwachte, war es schon fast vier Uhr morgens. Da rief ich bei der Polizei an und behauptete, dass Randalierer den Strand unsicher machen würden."

„Es sollte nicht der Eindruck entstehen, dass Sie Ihrer Tochter nachstellen", vergewisserte Mona sich.

„Ja, Frau Sander. Etwas Originelleres ist mir nicht eingefallen. Ich dachte mir, wenn Ihre Kollegen am Strand patrouillieren, würden sie vielleicht Eske und diesen Kerl aufschrecken."

Mona wusste noch nicht, ob sie diese Geschichte glauben sollte. Sie fragte: „Haben Sie den Begleiter Ihrer Tochter schon einmal gesehen? Kam er Ihnen bekannt vor?"

Gruner zögerte mit seiner Antwort für ihren Geschmack ein wenig zu lange. Wollte er etwas verbergen? Doch welches Interesse konnte er daran haben, Eskes Mörder zu schützen?

Ihr Smartphone klingelte.

Die Kommissarin konnte es nicht ausstehen, wenn sie bei einer Vernehmung gestört wurde. Doch als sie einen Blick auf das Display warf, sah sie, dass ihre observierende Kollegin anrief.

Mona stand auf und ging ein paar Schritte von Gruner weg, bevor sie das Gespräch annahm.

„Was gibt es, Aiske?"

„Die Zielperson war wirklich verabredet", gab die junge Polizeimeisterin mit gedämpfter Stimme zurück. „Soeben ist ein Mann zu ihr gekommen. Sie haben sich zur Begrüßung geküsst."

„Wie sieht er aus?"

„Eher klein, aber athletisch gebaut, ungefähr dreißig Jahre alt, dunkle Haare, Kinnbart. Er trägt Jeans und einen blauen Kapuzenpullover."

Mona presste die Lippen aufeinander. Der Mann hatte nicht mehr dieselbe Kleidung wie in der Mordnacht an. Doch ansonsten stimmte Aiske Berends Beschreibung sehr stark mit der von Klaas Manning überein.

Kapitel 10

Mona war eine Frau der schnellen Entschlüsse. Das hatte ihr schon so manchen Rüffel ihres Vorgesetzten eingehandelt, doch andererseits konnte sie auf diese Weise den einen oder anderen Fall fix lösen.

„Ich komme gleich zu dir", sagte sie und beendete das Telefonat mit Aiske Berend.

Enno warf Mona einen fragenden Blick zu.

„Bei unserer Kollegin haben sich interessante Neuigkeiten ergeben", sagte sie. „Ich muss kurz weg, aber es gibt bestimmt noch Klärungsbedarf mit Herrn Gruner."

„Du brauchst also keine Unterstützung, Mona?"

„Nein, Aiske ist ja vor Ort. – Bis später."

Mona eilte hinaus. Sie nahm den Dienstwagen. Zwar betrug die Entfernung von der Polizeistation bis zur Promenade auf der Höhe von Ria's Beach mit dem Auto nur fünfhundert Meter, doch sie wusste ja nicht, wie lange Marieke Tadden und der Verdächtige dort bleiben würden.

Sie stellte das Auto im Halteverbot vor dem Hotel Teutonia ab, klappte die Sonnenblende mit dem Wort POLIZEI herunter und eilte auf die breite Steintreppe zu, die zur Promenade führte.

Mona erblickte ihre Kollegin schon von Weitem. Aiske Berend saß auf einer der Bänke, die sich unmittelbar vor dem Musikpavillon befanden. Dort fanden in der Hauptsaison dreimal am Tag Gratiskonzerte mit beliebten Sängern oder Gruppen statt.

Mona ließ ihren Blick hinüber zur Terrasse von Ria's Beach schweifen. Obwohl bei dem schönen Wetter die meisten Tische besetzt waren, entdeckte sie das ungleiche Paar sofort.

Marieke Tadden hatte die Kommissarin noch nicht bemerkt. Sie schien nur Augen für ihren attraktiven Begleiter zu haben, der ihre Hand hielt.

Aiske stand auf.

„Wie gehen wir jetzt weiter vor, Mona?"

„Wir machen den beiden Turteltäubchen unsere Aufwartung. – Sei aber auf eine Kurzschlussreaktion des Mannes vorbereitet. Er ist womöglich in unseren aktuellen Mordfall verwickelt."

106

„Alles klar", entgegnete Aiske. Ihre Stimme verriet Anspannung, und das war nach Monas Ansicht auch gut so. In einer brenzligen Situation kam es auf Reaktionsschnelligkeit an.

Die beiden Frauen bahnten sich zwischen den Urlaubern an den anderen Tischen hindurch einen Weg zu Marieke Tadden und dem Unbekannten. Eskes Mutter zuckte zusammen, als sie die Polizistinnen erblickte. Der Gesichtsausdruck des Mannes blieb hingegen neutral bis freundlich. Das war für die Kommissarin nachvollziehbar, denn Aiske und sie waren in Zivil. Woher hätte er wissen sollen, dass er es mit der Staatsmacht zu tun bekam?

„Frau Sander!", rief Marieke Tadden. „Hören Sie denn nie auf, mich zu belästigen?"

Dann wandte sie sich an ihren Begleiter: „Das ist diese unverschämte Polizistin, von der ich dir erzählt habe."

Er maß Mona mit seinen Blicken von oben bis unten, bevor er den Mund öffnete.

„Ach, wirklich? Ich hatte mir die Kommissarin größer vorgestellt."

Mona konnte Anspielungen auf ihre bescheidenen eins dreiundsechzig nicht ausstehen. Doch in diesem Moment war sie viel zu konzentriert, um sich darüber zu ärgern. Sie ließ die Hände des Mannes nicht aus den Augen. Momentan lag die eine noch völlig entspannt auf seinem Oberschenkel, während er mit der anderen Marieke Taddens Finger hielt. Doch von dem liebevoll-friedlichen Bild ließ Mona sich nicht täuschen.

Eine plötzliche Gewalteruption begann meist mit den Fäusten.

Zumindest dann, wenn keine Waffe zur Hand war.

Mona schaute erst Eskes Mutter, dann den Mann mit dem Kinnbart an.

„Darf ich Ihnen zunächst meine Kollegin vorstellen? Das ist Polizeimeisterin Berend. – Heute muss ich nicht in erster Linie mit Ihnen sprechen, Frau Tadden. Vielmehr geht es mir um Ihren Begleiter. Wie heißen Sie?"

Die Frage war an den jungen Mann gerichtet.

„Mein Name ist Ulf Schuster. Und um Ihrer nächsten Frage zuvorzukommen: Ich bin hier, um Frau Tadden nach dem Tod ihrer Tochter zu trösten. Ist es das, was Sie wissen wollten?"

Mona nickte langsam, während sie seinem Blick standhielt.

„Ja, das auch. Vor allem interessieren wir uns dafür, was Sie gestern Abend mit Eske Tadden am Strand gemacht haben. Es gibt Zeugen, die Sie eindeutig identifizieren können."

Die Kommissarin fand Marieke Taddens Reaktion sehr aufschlussreich. Während Schuster ihre Frage mit gleichmütiger Miene zur Kenntnis nahm, reagierte Eskes Mutter völlig anders.

Ihr Gesichtsausdruck zeigte eine Mischung aus Wut, Eifersucht und Enttäuschung.

„Ulf, was … was soll das? Sagt diese Frau die Wahrheit?"

Der Mann mit dem Kinnbart hob lässig die Schultern.

„Eske und ich haben einen kleinen Spaziergang gemacht. Da ist doch nichts dabei", sagte er.

Abgesehen davon, dass sie wenige Stunden später erwürgt wurde, dachte Mona. Bevor die Kommissarin nachhaken konnte, reagierte Marieke Tadden. Sie sprang auf und stieß ihr Glas um. Eskes Mutter holte aus, um ihren Begleiter zu schlagen.

„Du Schuft, du hattest es immer schon auf meine Tochter abgesehen!", rief sie unbeherrscht. Marieke Taddens Augen füllten sich mit Tränen.

Mona packte ihr Handgelenk, bevor sie zulangen konnte.

„Ich schlage vor, dass wir uns jetzt alle beruhigen. – Hier gibt es nichts zu sehen!"

Mit dem letzten Satz sprach Mona die Menschen an den benachbarten Tischen und auf der Promenade an. Die dramatische Szene hatte natürlich ihr Interesse erweckt. Die Kommissarin fischte mit ihrer freien Hand den Dienstausweis aus der Tasche und hielt ihn hoch.

Doch nun waren die Leute erst recht neugierig geworden. Ein Polizeieinsatz versprach immer interessant zu werden.

„Wir setzen die Unterredung auf der Wache fort", entschied Mona. „Wenn Sie keine Schwierigkeiten machen, können wir auf die Handschellen verzichten. Wird das funktionieren, Frau Tadden?"

Eskes Mutter sah immer noch aus, als ob ihre Welt wie ein Kartenhaus in sich zusammengefallen wäre. Sie wischte sich die Tränen aus dem Gesicht und nickte. Mona ließ zögernd ihren Arm los.

„Aiske, übernimmst du?"

Die Polizeimeisterin nickte und führte Marieke Tadden von der Terrasse herunter. Mona warf Geld für die Getränke auf den Tisch und wandte sich Schuster zu. Wenn sie wirklich den Mörder der jungen Frau vor sich hatte, durfte sie sich nicht die geringste Unaufmerksamkeit leisten.

Doch momentan wirkte Schuster noch tiefenentspannt. Er erhob sich von seinem Stuhl und schob lässig die Hände in die Taschen seiner Jeans. Mona machte eine auffordernde Handbewegung.

„Kommen Sie, mein Wagen steht vor dem Hotel Teutonia."

„Bin ich jetzt verhaftet?", fragte Schuster, wobei er Mona ironisch anblinzelte. Oder versuchte er, mit ihr zu flirten?

„Wir haben zunächst nur einige Fragen zum Sachverhalt", erwiderte sie in bestem Beamtendeutsch. Falls dieser Typ die Morduntersuchung nicht ernst nahm, würde er schon bald auf den Boden der Tatsachen zurückgeholt werden.

Marieke Taddens Gefühlsausbruch hatte indirekt bestätigt, dass Schuster sowohl die Mutter als auch die Tochter gut kannte. Wie eng das Verhältnis *wirklich* war, würde Mona noch klären müssen.

Die Kommissarin bemerkte aus dem Augenwinkel, dass mehrere Passanten ihre Smartphones gezückt hatten und filmten, wie die Polizistinnen mit den beiden Personen fortgingen. Mona schnaubte ironisch. Wahrscheinlich waren die Gaffer enttäuscht, dass die Aktion nicht spektakulärer verlief. Wenn es nach ihr ging, konnte die Pistole gern im Holster stecken bleiben.

Dennoch blieb Mona misstrauisch und beobachtete jede Bewegung des Verdächtigen, der lässig neben ihr herschlenderte. Er schien sich nicht zu fürchten. Entweder war Schuster völlig abgebrüht und fühlte sich nicht angreifbar. Oder er hatte Eske wirklich nicht getötet und war überzeugt davon, dass die Polizei den wahren Täter noch fassen würde.

Für Mona war es noch zu früh, um sich ein Urteil zu bilden.

Schuster griff sie jedenfalls nicht an. Er unternahm auch keinen Fluchtversuch. Stattdessen ließ er seinen Blick noch einmal über den Strand schweifen, als sie von der Promenade hoch zur Jann-Berghaus-Straße stiegen.

„Es ist wirklich schön hier, Frau Sander. Sie sind zu beneiden, weil Sie ganzjährig auf dieser wunderbaren Insel arbeiten dürfen."

„Wie Sie meinen, Herr Schuster. Nun steigen Sie bitte ein."

Die Kommissarin öffnete eine der hinteren Türen. Sie nahm gemeinsam mit dem Verdächtigen auf der Rückbank Platz, während Aiske und Marieke Tadden vorn saßen. Die Polizeimeisterin ließ den Wagen an.

Eskes Mutter drehte sich halb um, sodass sie Schuster anschauen konnte. Ihr Blick erinnerte Mona in diesem Moment an den eines verwundeten Tieres.

„Warum hast du das getan, Ulf? Bin ich dir nicht jung und schön genug?"

„Es ist nichts passiert, das bildest du dir alles nur ein."

„Hast du dich nur mit mir eingelassen, um an Eske heranzukommen?"

Marieke Taddens Stimme wurde mit jedem weiteren Satz etwas hysterischer. Mona war froh, dass die Fahrt zur Dienststelle nur so wenig Zeit beanspruchte. Falls Eskes Mutter auf die Idee kam, im Auto um sich zu schlagen, konnte das sehr unangenehm werden.

Doch sie beschränkte sich darauf, Schuster anklagende Blicke zuzuwerfen. Ihre Unterlippe zitterte, die Augen waren vom Weinen gerötet, die Wangen wirkten fahl und eingefallen.

Auf der Polizeiwache lotste Mona Schuster sofort in ihr Dienstzimmer. Sie wollte ihn unbedingt getrennt von Gruner und Marieke Tadden befragen. In den Verhörraum konnte sie nicht gehen, weil dort immer noch ihr Kollege mit Eskes Vater saß. Im Vorbeigehen wandte Mona sich an Grietje, die im Wachlokal an ihrem PC arbeitete.

„Könntest du bitte Enno sagen, dass er in unser Büro kommen soll?"

Die sommersprossige Polizistin öffnete den Mund. Mona hätte darauf wetten können, dass nun wieder ein frecher Spruch erwartet werden konnte. Doch Grietje schien zu spüren, dass in dem Mordfall ein entscheidender Durchbruch womöglich kurz bevorstand. Jedenfalls verzichtete sie auf einen Kommentar und sprang auf, um Enno zu holen.

Die Kommissarin bat Schuster, auf ihrem Besucherstuhl Platz zu nehmen. Als wenig später ihr Kollege erschien, schloss sie die Tür von außen und beriet sich mit ihm auf dem Korridor.

„Hat Gruner noch etwas Wichtiges ausgesagt, Enno?"

„Im Großen und Ganzen nicht. Seine Angaben sind in sich stimmig. Wir müssten die Angaben nur überprüfen, beispielsweise durch

Befragung des Personals im Hotelrestaurant, wo er gewartet haben will. Warum bist du denn so plötzlich aufgebrochen?"

„Der Mann, mit dem Eske am Strand unterwegs war, ist offenbar gleichzeitig der Liebhaber ihrer Mutter. Wahrscheinlich stammen Marieke Taddens Würgemale von ihm."

„Ach du Schande! Hältst du ihn für dringend tatverdächtig?"

„Zumindest will ich haarklein von ihm wissen, wie sich die Mordnacht aus seiner Sicht abgespielt hat. – Ich vernehme ihn gemeinsam mit Aiske, einverstanden? Gruner können wir einstweilen wegschicken. Ich will nicht, dass er hier mit seiner Ex und dem Liebhaber konfrontiert wird. Marieke Tadden ist einstweilen noch vorn im Wachlokal."

Enno nickte.

„Gut, dann werde ich Oltbeck fragen, ob er gemeinsam mit mir Eskes Mutter verhört. Dabei können wir hoffentlich die Frage klären, in welchem Verhältnis der Verdächtige zu dem Opfer stand."

Es gab noch etwas Hin und Her. Aber letztlich gelang es, Gruner durch den Hinterausgang verschwinden zu lassen, während Mona und Aiske sich Schuster vorknöpften. Gleichzeitig nahmen Enno und Oltbeck Marieke Tadden im Verhörraum ins Gebet.

Kapitel 11

Schuster hatte sich keinen Zentimeter von der Stelle gerührt, als die Polizistinnen zu ihm ins Zimmer kamen. Er schien sich seiner Sache sehr sicher zu sein. Eingeschüchtert wirkte er jedenfalls nicht.

„Wir verdächtigen Sie des Mordes an Eske Tadden, befragen Sie also als Beschuldigten", erklärte Mona. „Wünschen Sie anwaltlichen Beistand?"

Schuster hob die Schultern.

„Da ich nichts Verbotenes getan habe, kann ich auf einen Verteidiger verzichten."

Mona nickte und schlug ihren Notizblock auf. Aiske war ebenfalls bereit. Sie saß an Ennos Computer, um Schusters Aussagen direkt mitzuschreiben.

„In welchem Verhältnis standen Sie zu Eske Tadden?"

Schuster verzog bei seiner Antwort keine Miene. Es war unmöglich einzuschätzen, ob er den Tod der jungen Frau bedauerte oder nicht.

„Sie war meine Freundin."

„Und wie stehen Sie zu der Mutter des Opfers, zu Marieke Tadden?"

„Marieke ist ebenfalls meine Freundin."

Mona wusste nicht, was sie von Schusters Offenheit halten sollte. Einerseits kam er ihr ziemlich dreist vor. Andererseits hatte sie mit eigenen Augen gesehen, dass er in Ria's Beach mit Eskes Mutter Händchen gehalten hatte. So etwas taten Verliebte, jedenfalls nach Monas Meinung.

Es fragte sich nur, ob Schusters Gefühle für Marieke Tadden so stark waren wie ihre Empfindungen für ihn.

Und weshalb er mit ihrer Tochter eng umschlungen am Strand entlanggeschlendert war.

„Wie lernten Sie die beiden Frauen kennen?", wollte Mona wissen.

„Ich arbeite seit ein paar Monaten in Mariekes Laden, bei *Taddens Trödel* in Jever. Es hat sich so ergeben, dass aus meiner Chefin und mir schnell ein Paar wurde. Ich hatte ja mitbekommen, wie sehr sie unter der Beziehung zu Eskes Vater gelitten hat."

„Dann kennen Sie also Johannes Gruner persönlich?"

„Ja, Frau Sander. Allerdings nur flüchtig, und das ist auch gut so. Wir werden niemals Freunde werden, dafür sind wir zu unterschiedlich."

112

„Und er findet vermutlich Ihr Verhältnis zu Marieke Tadden nicht so amüsant."

Schuster grinste.

„Gruner findet *überhaupt nichts* amüsant, schätze ich. Er ist ein sauertöpfischer Stinkstiefel. Oder sind Sie anderer Meinung?"

Mona musste dem Verdächtigen insgeheim recht geben. Allerdings hatte sie ihre Meinung über Gruner etwas geändert. Seine Sorge um seine Tochter hielt sie für echt. Eskes Leichtlebigkeit und der Kontrollwahn ihres Vaters hatten sich zweifellos gegenseitig hochgeschaukelt.

Die Kommissarin ließ Schusters Frage unbeantwortet.

„Hier geht es momentan nicht um Herrn Gruner, sondern um Sie. Wann lernten Sie Eske Tadden kennen?"

Der junge Mann legte den Kopf in den Nacken, er schien nachzudenken.

„Das muss vor ungefähr einem Monat gewesen sein. Eines Tages schneite sie in den Laden herein, als ich gerade hinter der Kasse stand. Ich hatte von Marieke schon gehört, dass ihre Tochter sehr spontan sei. Wir verstanden uns auf Anhieb."

„Wie fand die Mutter dieses Verhältnis?"

Schuster antwortete nicht sofort.

„Ehrlich gesagt haben wir es ihr nicht unter die Nase gerieben. In der Second-Hand-Branche muss man öfter über Land fahren, um nach neuen Dachbodenschätzen Ausschau zu halten. Marieke hat einen Lieferwagen, mit dem sie die Dörfer abklappert. Sie kommt mit den Leuten gut ins Gespräch. Manche Bauern sind froh, wenn sie den alten Plunder loswerden. Und Marieke hat ein Auge dafür, welche Stücke noch aufgearbeitet werden können und sich weiterverkaufen lassen."

„Ich verstehe. Und während die Mutter mit dem Lieferwagen unterwegs war, haben Sie im Laden gearbeitet und nebenbei eine Affäre mit der Tochter angefangen?"

Schuster hob die Augenbrauen.

„So, wie Sie das sagen, klingt es nach eiskalter Berechnung. Aber ich mochte Eske wirklich, das müssen Sie mir glauben."

Mona schaute dem Verdächtigen direkt ins Gesicht.

„Und Marieke Tadden mögen Sie auch?"

„Ja, natürlich. Ich wollte sie nicht verletzen. Deshalb habe ich meine Freundschaft zu Eske auch unter den Teppich gekehrt."

„Wie kommt es dann, dass Sie und Eske zeitgleich auf Borkum waren? Hatten Sie sich hier verabredet?"

„Nicht direkt. Ich muss dazu sagen, dass ich vor dem Job bei Marieke so eine Art Allround-Handwerker war. Auf so einer Ferieninsel gibt es immer viel zu tun, und besonders in der Saison sind Leute wie ich Mangelware. Wenn es darum ging, einen Parkettfußboden zu verlegen oder eine Einbauküche zu montieren, war ich zur Stelle. Oder wenn in einer Pension ein Waschbecken verstopft war – egal, ich kann alles reparieren. Deshalb habe ich oft wochenlang auf der Insel gewohnt und habe hier viele Kontakte."

„Und jetzt gab es einen neuen Auftrag?", wollte Mona wissen.

„Nein, das nicht. Wie gesagt, neuerdings bin ich bei Marieke fest angestellt. Ich wollte einfach nur Urlaub auf Borkum machen, am Strand abhängen und Spaß haben. Dass Eske hier ist, habe ich kurzfristig erfahren. Wir stehen … standen natürlich über die Smartphones in Verbindung."

„Wie kurzfristig?"

Schusters Miene verdüsterte sich.

„An dem Abend, bevor … Eske starb, schrieb sie mir eine Textnachricht. Wir verabredeten uns am Strand."

Mona überlegte. Sie hatte das Gerät des Mordopfers in den Händen gehabt, bevor sie es zur Kriminaltechnik schickte. Eine solche Textnachricht war ihr nicht aufgefallen. Es war natürlich auch möglich, dass Eske alles gelöscht hatte, aus was für Gründen auch immer.

„Wann trafen Sie Eske?"

„Das war so zwischen einundzwanzig und zweiundzwanzig Uhr, genau weiß ich das nicht mehr. Die Sonne ging gerade unter."

„Ist Ihnen am Strand jemand aufgefallen? Eine Person, die Sie vielleicht kannten?"

Die Frage der Kommissarin schien den Verdächtigen zu irritieren.

„Wie meinen Sie das? Da waren natürlich andere Pärchen und einzelne Spaziergänger, doch ich habe auf niemanden geachtet."

Monas Blick fiel auf den Anhänger, den Schuster um den Hals trug. Es handelte sich um einen Kieselstein, auf den ein Auge aufgemalt war und der von einem schmalen Lederband gehalten wurde.

„Was ist das für ein Schmuck?"

Er blickte an sich hinab.

114

„Ach, das ist mein Glücksstein. Eske hat mich damit aufgezogen, dass ich einen Stein um den Hals habe. Sie fragte, ob auch mein Herz aus Stein wäre. Wir haben uns um den Anhänger gezofft, aber nur im Scherz."

Bis hierhin stimmte Schusters Aussage mit Gruners Worten überein. Die Frage lautete, wie es später weitergegangen war.

„Wir spielten Fangen", fuhr Schuster fort. „Inzwischen war es ziemlich dunkel. Eske entkam mir immer wieder, sie schlug Haken und machte sich einen Spaß daraus, mir zu entwischen. Schließlich bekam ich sie zu fassen. Wir fielen gemeinsam in den Sand. Und dann geschah es."

Mona stellte sich darauf ein, eine detailgetreue Schilderung des Liebesspiels präsentiert zu bekommen. Doch das geschah nicht. Stattdessen geriet Schusters Erzählung ins Stocken. Es war, als ob er seine eigene Zunge verschluckt hätte. Er wirkte jetzt auch nicht mehr so gelassen wie zu Beginn des Verhörs.

Ob er innerlich den Mord noch einmal durchlebte?

Nachdem Schuster einige Augenblicke lang geschwiegen hatte, hakte die Kommissarin nach.

„Wollen Sie uns erzählen, *was genau* sich ereignet hat?"

„Wir hatten diesen hässlichen Streit, Frau Sander. Ich halte mich eigentlich für einen lockeren Typen, der das Leben von der angenehmen Seite nimmt. Aber in der Nacht ist mir plötzlich der Kragen geplatzt. Ist Ihnen bekannt, dass Eske mit der Wahrheit auf Kriegsfuß stand?"

„Das Lügen hatte bei der jungen Frau krankhafte Züge", erwiderte Mona kühl. „Allerdings sind Sie selbst in der Hinsicht auch kein leuchtendes Vorbild. Immerhin hatten Sie gleichzeitig ein Verhältnis mit Mutter und Tochter."

„Mag sein. Andererseits ist Verschweigen in meinen Augen keine echte Lüge. – Wie auch immer. Wir hatten Eskes Badelaken ausgebreitet und lagen darauf, weil sich der Sand nach Sonnenuntergang schon ziemlich kalt anfühlte. Wir schmusten miteinander und ich wollte richtig zur Sache gehen, als sie mir plötzlich gewaltig auf den Wecker ging."

„Wodurch?"

„Eske behauptete, von mir schwanger zu sein."

Mona wurde stutzig. Bei der Obduktion war natürlich auch darauf geachtet worden, ob das Opfer womöglich in anderen Umständen gewesen war. Das ließ sich definitiv ausschließen. Laut dem gerichtsmedizinischen Bericht war Eske *nicht* schwanger gewesen.

Diese Tatsache behielt Mona erst einmal für sich.

Sie fragte: „Warum brachte Eskes mögliche Schwangerschaft Sie so auf die Palme?"

Schuster atmete tief durch, bevor er antwortete.

„Ich selbst wurde unehelich geboren. Mein Erzeuger hat sich nie um mich gekümmert. Deshalb schwor ich mir, dass ich mich nicht so benehmen würde. Falls ich einmal Vater werden würde, wollte ich zu meiner Verantwortung stehen und das Kind annehmen."

Diese Aussage widersprach dem Bild, das Mona sich bisher von diesem Mann gemacht hatte. Natürlich war es möglich, dass sie sich täuschte. Sie fühlte ihm weiterhin auf den Zahn.

„Ihre Haltung ehrt Sie, Herr Schuster. Dann müssten Sie sich eigentlich über die Schwangerschaft Ihrer Freundin gefreut haben."

„Normalerweise schon, Frau Sander. Aber Sie haben doch schon herausgefunden, dass Eske eine richtig schlimme Lügnerin war. Es tut mir leid, so etwas über eine Tote sagen zu müssen. Es bleibt dennoch eine Tatsache."

„Also wollten Sie von ihr wissen, ob sie es ernst meinte?"

Schuster nickte. Er rang nach Atem, seine Augen glänzten. Man konnte ihm deutlich ansehen, wie ihm das Verhör nun an die Nieren ging.

„Exakt. Darauf reagierte Eske richtig empört. Sie behauptete, immer die Wahrheit zu sagen. Und das ist wirklich absurd."

„Wie haben Sie eigentlich herausbekommen, dass Ihre Freundin eine Lügnerin ist?"

„Dafür muss man wirklich nicht Sherlock Holmes sein", erwiderte Schuster. „Viele von Eskes Behauptungen passten einfach nicht zusammen. Einerseits wollte sie ein international gefragtes Super-Model sein, das in New York und Mailand über die Laufstege stolzierte. Andererseits pumpte sie mich schon mehrmals um fünfzig Euro an. Angeblich war sie auch mit berühmten Musikerinnen befreundet. Doch wenn man genauer nachfragte, kannte sie noch nicht mal die Titel von deren Liedern."

„Ich verstehe", erwiderte Mona.

Schuster beugte sich vor und redete eifrig weiter. Er wischte sich den Schweiß von der Stirn und leckte über seine Lippen. Seine innere Anspannung stand ihm förmlich ins Gesicht geschrieben.

„Es lief jedenfalls darauf hinaus, dass Eske auf ihrem Standpunkt beharrte. Sie würde niemals lügen, und sie wäre auf jeden Fall schwanger. Ich verlangte von ihr, dass sie wenigstens dieses eine Mal bei der Wahrheit bleiben sollte. Daraufhin warf sie mir vor, dass ich gleichzeitig ein Verhältnis mit ihrer Mutter hätte. Und sie drohte damit, Marieke reinen Wein einzuschenken."

„Was taten Sie daraufhin?"

„Ich sprang auf und ging fort. Vorher sagte ich noch, dass sie sich wieder bei mir melden sollte, wenn sie zwischen Wahrheit und Lüge unterscheiden könnte."

„Eske hat also noch gelebt, als Sie sich verabschiedet haben?"

„Selbstverständlich, Frau Sander! Glauben Sie etwa, ich hätte sie getötet?"

Mona schaute Schuster direkt ins Gesicht, während sie antwortete.

„Ihre Geschichte hat sich womöglich größtenteils so abgespielt, wie Sie es uns berichtet haben. Allerdings stimmt das Ende nicht ganz, oder? Sie geben selbst zu, dass Vaterschaft ein höchst berührendes Thema für Sie ist. Und nun kommt Ihre Freundin und lügt das Blaue vom Himmel herunter. Sie wissen nicht, ob Eske wirklich in anderen Umständen ist. Die Ungewissheit macht Sie verrückt. Der Streit eskaliert, denn sie bleibt bei ihren Schwindeleien. Schließlich verlieren Sie die Nerven. Als Sie wieder klar denken können, ist Ihre Freundin tot."

Schuster hatte den Worten der Kommissarin mit unbewegter Miene gelauscht. Während er zuvor durchaus Gefühle gezeigt hatte, blieb er nun ganz cool. War das ein gutes oder ein schlechtes Zeichen?

Mona wusste es nicht.

„Ich muss Sie enttäuschen, Frau Sander. Es könnte so gewesen sein, wie Sie sagen. Allerdings bin ich unschuldig. Sie werden weiterhin nach dem wahren Mörder fahnden müssen."

„Ach, wirklich?" Monas Stimme war nun messerscharf. „Und wie kommt es, dass Marieke Tadden fast dieselben Würgemale am Hals aufweist wie ihre Tochter? Oder wollen Sie mir weismachen, dass ein Unbekannter dafür verantwortlich war? Eskes Mutter wird in diesen Minuten von meinen Kollegen befragt. Sie können sicher sein, dass sie die Wahrheit sagen wird."

Schuster verschränkte trotzig die Arme vor der Brust.

„Ich muss gar nichts leugnen. Ja, ich habe meine Hände um Mariekes Hals gelegt. Das gehört zu unserem Liebesspiel. Sie mag es etwas härter, das wird sie Ihren Kollegen gewiss bestätigen."

„Soso." Monas Miene blieb unbewegt. „Und bei Eske wandten Sie diese Praktiken nicht an?"

Schuster zuckte mit den Schultern.

„Ganz am Anfang habe ich es einmal probiert. Aber es gefiel ihr nicht, machte ihr Angst. Deshalb ist es bei dem einen Versuch geblieben. In der Nacht, als Eske starb, habe ich sie garantiert nicht gewürgt."

Die Kommissarin glaubte ihm kein Wort.

„Halten Sie es nicht für einen seltsamen Zufall, dass der Mörder Ihre Freundin ausgerechnet auf diese Art umbringt?"

Der Verdächtige schaute sie erstaunt an.

„Jetzt, wo Sie es sagen … das stimmt. Wahrscheinlich will der Mistkerl den Verdacht auf mich lenken."

Mona blieb für einen Moment die Spucke weg, und das kam bei ihr nicht gerade häufig vor. Sie wusste nicht, ob sie Schusters Bemerkung für besonders raffiniert oder für extrem dreist halten sollte.

Ihr fiel noch ein anderes Detail ein.

„Hat Eske während Ihres Streits eigentlich geweint?"

„Nein, Frau Sander. Daran könnte ich mich erinnern. Sie war nur wütend und gekränkt, aber nicht traurig. Wie kommen Sie darauf?"

Mona hatte sich soeben an Harry Lüpsens Aussage erinnert, dass er eine Frau am Strand weinen gehört haben wollte. Doch erstens war nicht gesagt, ob diese Behauptung nicht frei erfunden war, und zweitens musste es sich bei der Frau nicht zwangsläufig um Eske gehandelt haben.

Oder war Schuster unschuldig?

Hatte das Opfer womöglich Tränen vergossen, als der wahre Mörder ihre Kehle zugedrückt hatte?

Mona stellte diese Fragen zurück. Sie konzentrierte sich jetzt auf den Zeitablauf.

„Was haben Sie getan, nachdem Sie Ihre Freundin am Strand zurückließen?", wollte sie von Schuster wissen.

„Ich bin zu Okke Fredersen gegangen. Er ist ein Kumpel aus meiner Handwerkerzeit auf Borkum. Bei ihm wohne ich im Gästezimmer. Ich habe einen eigenen Schlüssel."

Die Kommissarin notierte sich den Namen.

„Kann Fredersen bestätigen, wann Sie heimgekommen sind?"

„Das glaube ich kaum. In seinem Schlafzimmer war es dunkel, und ich habe keinen Lärm gemacht. Ich bin kurz vor Mitternacht dort eingetroffen, aber Okke und seine Frau horchen immer schon sehr früh an der Matratze."

„Hat Sie jemand auf dem Weg zu den Fredersens gesehen?"

„Mir sind ein paar Nachtschwärmer entgegengekommen. Die schienen mir alle nicht mehr ganz nüchtern zu sein. Ich glaube nicht, dass einer von denen mich wiedererkennen würde."

Also nutzlose Zeugen, dachte Mona. Doch selbst wenn Schusters Zeitangaben stimmten, konnte er den Mord trotzdem begangen haben. Der Todeszeitpunkt ließ sich unmöglich auf die Minute genau bestimmen.

Wie sollte sie dem Verdächtigen die Tat nachweisen, wenn er hartnäckig leugnete?

„Spielen Sie eigentlich gern den Dominanten?", fragte Mona Schuster geradeheraus, während sie ihm direkt in die Augen sah. „Worin besteht der Kick, wenn man der Partnerin die Hände um den Hals legt? Klären Sie uns auf."

Er blinzelte irritiert.

„Das ist schwer zu erklären ... ein Spiel mit Macht und Ohnmacht, so könnte man es vielleicht nennen. Ich würde so etwas niemals tun, wenn die Frau nicht einverstanden ist."

Wirklich nicht? Mona hatte ihre Zweifel. Vorerst blieb ihr jedoch nichts anderes übrig, als sich mit dieser Erklärung zufriedenzugeben. Die Kommissarin unternahm noch einen weiteren Anlauf, um Schuster zum Reden zu bringen.

„Die Tat wurde aus einer spontanen Gefühlsaufwallung heraus begangen", mutmaßte sie. „Ich kann der Staatsanwaltschaft nicht vorgreifen, doch in diesem Fall würde es gewiss nicht zu einer Mordanklage kommen. Wahrscheinlich wird man den Täter wegen Totschlag im Affekt belangen. Wenn keine Vorstrafen vorhanden sind, ist das Strafmaß erheblich geringer."

Schuster schnaubte ironisch.

„Netter Versuch, Frau Sander. Ich arbeite zwar nur in einem Trödelladen, aber ich bin nicht dämlich. Da ich nichts getan habe, werde ich überhaupt nicht bestraft. Und deshalb möchte ich jetzt gehen."

„Selbstverständlich", sagte Mona mit erzwungener Ruhe. „Ich möchte Sie nur noch darum bitten, das Verhörprotokoll zu unterschreiben."

Zum Glück konnte Aiske so schnell tippen, dass das Schriftstück im Handumdrehen fertig war. Die Polizeimeisterin musste die DIN-A4-Seiten nur noch ausdrucken. Schuster las sich alles sorgfältig durch, bevor er seine Signatur auf die letzte Seite kritzelte.

Mona sah ihm gedankenverloren dabei zu.

Sie fragte sich ernsthaft, wie sie ihm den Mord nachweisen sollte. Seine DNA konnte auf dem Körper des Opfers nachgewiesen werden, aber das nützte nichts. Die beiden hatten einander umarmt. Abwehrverletzungen gab es nicht, und abgesehen von den Würgemalen wies Eskes Körper keine Verletzungen auf. Zu einem Sexualdelikt war es nicht gekommen. Ob sie ihr Bikini-Oberteil selbst ausgezogen hatte oder nicht, ließ sich nicht nachvollziehen.

„Geben Sie mir bitte Ihre Mobilnummer und halten Sie sich zu unserer Verfügung", sagte Mona zum Abschied.

Schuster diktierte ihr die Nummernfolge in ihr Smartphone.

Dann schaute er sie mit glänzenden Augen an.

„Sie irren sich, Frau Sander. Ich bin kein Mörder."

Mona hatte an dieser Aussage starke Zweifel.

Kapitel 12

„Du siehst genervt aus."

Ennos tiefe Stimme riss Mona aus ihren Gedanken. Ihre Augen hatte sie geschlossen. Sie war auf ihrem Schreibtischstuhl sitzen geblieben, nachdem der Verdächtige gegangen war. Auch Aiske hatte den Raum verlassen, um sich wieder dem normalen Streifendienst zu widmen. Die Beschattung von Marieke Tadden hatte sich vorerst erledigt. Falls die Frau später noch einmal observiert werden musste, würde man dafür einen anderen Kollegen einsetzen müssen, da Aiske ihr nun bekannt war.

Die Kommissarin schlug ihre Lider auf und betrachtete ihren Kollegen.

„Ehrlich gesagt wirkst du auch nicht wie das blühende Leben, mein Lieber."

„Wir brauchen eine Pause", entschied Enno. „Wie wäre es mit einem Kaffee und einem Mandelhörnchen?"

Die Ermittler meldeten sich ab und gingen hinüber zur Inselbäckerei. Sie hatten Glück und fanden einen freien Tisch. Enno besorgte Kaffee sowie ein Mandelhörnchen für Mona und ein Stück Sanddorntorte für sich selbst.

Mona sog den Duft des frisch gebrühten Kaffees und des Gebäcks ein. Schon als kleines Mädchen hatte sie die ganz spezielle Atmosphäre in Bäckereien geliebt. Von ihrem Fensterplatz aus hatte sie einen Panoramablick auf die Strandstraße und den Inselbahnhof im Hintergrund. Es war einer der quirligsten Plätze auf Borkum, und dennoch herrschte hier eine entspannte Stimmung.

Sie spürte, wie sie nach dem nervenaufreibenden Verhör mit dem Mordverdächtigen ruhiger wurde. Die Plaudereien von den Gästen an den anderen Tischen drangen wie aus weiter Ferne an ihr Ohr. Es gab keine Misstöne, jeder hier schien die Zeit bei Kaffee oder Tee sowie Kuchen zu genießen.

Die Kommissarin lächelte ihrem Kollegen dankbar zu, als er das Tablett auf dem Tisch abstellte.

„Du weißt, wie man eine Frau verwöhnt."

Enno schmunzelte.

„Und das sogar, ohne sie dafür würgen zu müssen."

Mona verzog den Mund.

„Also hast du mit Marieke auch über dieses Thema geredet?"

„Selbstverständlich. Sie ist sauer auf ihren Freund. Und ich bin davon überzeugt, dass sie Schuster liebt. Selbstverständlich bestreitet sie vehement, dass er etwas mit dem Mord zu tun haben könnte."

Mona biss von ihrem Mandelhörnchen ab.

„Wie lautet denn deine Meinung, Enno?"

Der Oberkommissar nahm einen Schluck Kaffee. Normalerweise blieb er als echter Ostfriese lieber beim Tee. Doch die aktuelle Ermittlung hatte auch bei ihm das Bedürfnis nach einem Extra-koffeinkick geweckt.

Er hob seine breiten Schultern.

„Wenn ich das nur wüsste! Ein Alibi kann Marieke Tadden ihrem Liebhaber nicht geben. Er ist gleichzeitig ihr Angestellter in dem Trödelladen und verbringt momentan seinen Urlaub auf unserer Insel. Er wohnt bei einem Handwerker-Freund."

„Ja, diese Information habe ich auch bekommen. Ein Alibi für die Tatzeit hat er nicht."

Mona berichtete ihrem Kollegen von Schusters Version des Streits, nach dem er angeblich verschwunden war. Enno nickte langsam.

„Ich schließe mich deiner Meinung an, dass der Zwist wegen der angeblichen Schwangerschaft eskaliert sein könnte. Doch eine andere Sache leuchtet mir nicht ein."

Die Kommissarin schaute ihn neugierig an.

„Nämlich?"

Enno senkte seine Stimme.

„Diese Würgespiele sind doch eine Sexpraktik, wenn ich das richtig verstanden habe. Stell dir die Situation vor: Schuster kocht vor Wut, weil er Eskes Lügerei nicht mehr aushält. Würde er in dieser Situation wirklich Lust auf ein Liebesspiel mit ihr bekommen?"

„Nein, wohl kaum", gab Mona zu. „Andererseits hat er keine Hemmungen, Frauen zu würgen – wenn auch zu anderen Zwecken als Mord. Aus Schusters Sicht war es womöglich ein natürlicher Reflex, seine Hände um den Hals des Opfers zu legen. Mir ist ohnehin nicht klar, worin für die gewürgte Frau der Lustgewinn bestehen soll."

„Das hat mir Marieke Tadden erklärt", sagte Enno. „Angeblich entsteht durch die reduzierte Sauerstoffzufuhr zum Gehirn eine Art Rauschzustand."

„Aha", gab Mona unbeeindruckt zurück. „Mir reicht die Tatsache, dass bei solchen Atemreduktionsspielchen schon mehrere Menschen versehentlich zu Tode gekommen sind. Das habe ich mal irgendwo gelesen."

Enno schaute seine Dienstpartnerin an.

„Wie schätzt du Schuster ein? Könnte er wirklich seine Freundin wegen eines so nichtigen Grunds töten?"

„Ich werde aus dem Burschen nicht richtig schlau", gab Mona zu. „Einerseits wirkt er locker und entspannt. So wie jemand, der sich vor dem Gesetz nicht fürchten muss. Andererseits hat er offensichtlich auch eine dunkle Seite. Es spricht doch Bände, dass er mit Marieke Tadden solche hochriskanten Spiele praktiziert."

„Eskes Mutter scheint jedenfalls in Schuster die Liebe ihres Lebens zu sehen", mutmaßte Enno. „Sie hat von ihm geschwärmt wie ein junges Mädchen. Und sie scheint ihm keine Schlechtigkeit zuzutrauen."

Der Kommissarin kam plötzlich eine Idee.

„Weiß eigentlich Gruner von diesen Atemreduktionspraktiken?"

Enno machte ein verblüfftes Gesicht.

„Diese Frage habe ich Marieke Tadden nicht gestellt. Worauf willst du hinaus?"

„Für mich ist Eskes Vater nach wie vor verdächtig", stellte sie klar. „Auch Gruner hat für die Tatzeit kein überzeugendes Alibi. Woher wissen wir, ob er das Pärchen am Strand wirklich aus den Augen verloren hat? Einen Beweis dafür gibt es nicht. Aber er wusste von den Lügengeschichten und den zahlreichen Affären seiner Tochter. Das hat er selbst zugegeben. Er hat sogar Geld ausgegeben, damit sie wegen ihrer Erpressungen nicht angezeigt wird."

Der Oberkommissar hob seine buschigen Augenbrauen.

„Du meinst, Gruner ist der Kragen geplatzt und er hat die Nerven verloren?"

Mona nickte.

„Es wäre möglich, oder? Wir haben erlebt, dass er zu spontanen Gefühlsausbrüchen fähig ist. Womöglich war das Töten seiner Tochter eine Kurzschlussreaktion, die er selbst verdrängt hat. Deshalb ist er auch in Tränen ausgebrochen, als wir ihm das Foto der Leiche zeigten. Über solche Dinge sollen sich die Psychologen den Kopf zerbrechen. Für uns ist entscheidend, dass wir dem wahren Mörder die Tat nachweisen können."

„Und dann gibt es noch einen weiteren Verdächtigen, dessen Namen wir noch nicht einmal kennen", erinnerte der Oberkommissar.

„Du denkst an den nackten Mann aus dem Hotelzimmer, nicht wahr? Wir sollten seine Identität wirklich dringend klären. Und sei es auch nur, um ihn als Täter ausschließen zu können."

Nach der kurzen Kaffeepause kehrten die Ermittler zunächst zur Polizeistation zurück. Mona ließ Schusters Namen durch die polizeilichen Datenbanken laufen. Der junge Mann war weder vorbestraft noch als Verdächtiger polizeilich in Erscheinung getreten.

„Bist du enttäuscht?", fragte Enno, als sie sich zu Fuß zum Hotel Teutonia aufmachten.

„Das ist schwer zu sagen. Schuster ist bisher mein aussichtsreichster Kandidat. Er spielt so überzeugend das Unschuldslamm, dass er zwangsläufig Dreck am Stecken haben muss."

„Gefällt er dir eigentlich?", fragte Enno mit Unschuldsmiene.

Mona warf ihm einen verblüfften Seitenblick zu.

„Was ist das denn für eine Frage? Glaubst du, ich werfe mich einem Mordverdächtigen an den Hals?"

„Das habe ich nicht gesagt. Aber er hat ein Auge auf *dich* geworfen, so viel ist sicher."

„Du spinnst doch", murmelte die Kommissarin errötend. „Außerdem hat er doch mindestens zwei Freundinnen."

„Dadurch lässt sich diese Art Mann nicht stoppen", behauptete Enno.

Mona lachte verlegen.

„Was für ein Glück, dass du nicht *diese Art Mann* bist. – Ich hoffe, dass wir wenigstens mit dem verheirateten Don Juan weiterkommen."

Die Ermittler erreichten wenig später das Hotel. Sie gingen systematisch vor. Während Enno das Personal befragte, kümmerte Mona sich um die Gäste. Sie hatten vergrößerte Kopien des Fotos aus Eskes Smartphone bei sich. Um unnötige Peinlichkeiten zu vermeiden, war darauf nur das Gesicht des Mannes zu sehen. Über seinen nackten Körper hatten sie per Bildbearbeitungsprogramm einen dicken schwarzen Balken montiert.

Nachmittags befanden sich bei dem schönen Wetter nur wenige Urlauber in ihren Hotelzimmern. Mona klopfte vergeblich an etliche Türen. Im Hotelfoyer hatte sie hingegen mehr Glück. Einige Feriengäste kamen vom Strand und schauten sich interessiert das Foto an.

Natürlich war der Mord an der schönen jungen Frau inzwischen Inselgespräch. Bis auf Oltbecks nüchterne Pressemitteilung waren noch keine Informationen an die Öffentlichkeit gedrungen. Doch während die Lokalpresse sich zurückhielt, machten umso mehr Gerüchte die Runde.

„Ist der der Strandnixen-Mörder?"

Diese Frage ließ die Kommissarin mehrfach unbeantwortet. Wer sich diesen blöden Begriff wohl ausgedacht hatte? Mona mied die sozialen Medien – vor allem, wenn sie gerade mit einer Mordermittlung beschäftigt war. Doch wenn man ihrer jungen Kollegin Grietje glauben konnte, dann waren Facebook & Co momentan voll von Spekulationen über den Würgermord von Borkum. Und irgendjemand hatte den Begriff Strandnixen-Mörder geprägt, der daraufhin eifrig kopiert wurde.

„Wir suchen diesen Herrn aufgrund einer Zeugenaussage", entgegnete Mona, wenn sie wieder einmal mit Sensationslust konfrontiert wurde.

Ein Hotelgast behauptete, den Mann auf dem Foto flüchtig gesehen zu haben. Doch er konnte sich angeblich nicht daran erinnern, bei welcher Gelegenheit das gewesen war.

Monas ohnehin sehr dünner Geduldsfaden wurde bis zum Zerreißen angespannt. Nachdem sie acht oder neun Leute befragt hatte, begann sie, ihre momentane Tätigkeit als Zeitverschwendung anzusehen. Andererseits musste die Identität des Mannes geklärt werden.

Der Kommissarin gingen die Worte ihres Kollegen nicht aus dem Kopf.

Ob Schuster wirklich auf Mona stand?

Normalerweise merkte sie, wenn ein Mann sich für sie interessierte. Wie kam Enno nur auf diesen Gedanken? Das konnte ihrer Meinung nach nur ein Hirngespinst sein.

Ein weißhaariger Herr in den Sechzigern betrat das Hotelfoyer. Seine tiefbraune Hautfarbe zeugte davon, dass er sehr viel Zeit an der frischen Luft verbrachte. Vielleicht war er einer jener wohlhabenden Rentner, die sich lange Inselaufenthalte leisten konnten.

Er blinzelte Mona freundlich an, als sie auf ihn zukam.

„Was kann ich für Sie tun, junge Frau?"

Sie nannte ihren Namen, zeigte ihren Dienstausweis und präsentierte ihm das Foto. Dann sagte sie ihren Spruch auf.

„Haben Sie diesen Mann schon einmal gesehen?"

Der Senior schaute kurz hin, dann nickte er eifrig.

„Ja, er ist doch ein Gast hier im Teutonia."

Sein Tonfall klang, als ob Mona an einer allgemein bekannten Tatsache gezweifelt hätte.

Ihr Pulsschlag beschleunigte sich.

„Kennen Sie seinen Namen? Wissen Sie, ob er bereits abgereist ist?"

„Also, heute Morgen war er noch da. Er hat das Zimmer Nummer 322, es befindet sich direkt neben meinem. Seinen Namen kenne ich nicht. Wir haben uns nur einmal kurz im Lift unterhalten. Ein kurzer Wortwechsel über das Wetter, was man halt so redet."

„Haben Sie den Herrn in Begleitung gesehen?"

„Nein, bisher nicht. – Worum geht es denn?"

Mona beantwortete die Frage nicht. Stattdessen sagte sie: „Sie haben uns sehr weitergeholfen. Ich wünsche Ihnen noch einen schönen Tag."

Die Kommissarin griff zum Smartphone und nahm mit Enno Kontakt auf.

„Kommst du bitte sofort zur Rezeption? Wir haben einen Treffer."

Mona wartete ungeduldig. Als der Oberkommissar wenige Minuten später herbeigeeilt kam, roch er nach Bratfett.

„Ich war in der Küche, habe dort mit dem Personal gesprochen", keuchte er.

Mona berichtete ihm von der Zeugenaussage. Der weißhaarige Herr war inzwischen verschwunden.

Die Ermittler wandten sich an die Rezeptionistin.

„Wir müssen mit dem Gast von Zimmer 322 sprechen", sagte die Kommissarin. „Wie heißt er? Hat er das Zimmer für sich allein gebucht?"

Die Angestellte hatte mitbekommen, dass die Kriminalisten mit einer Mordermittlung beschäftigt waren. Entsprechend schnell erhielten sie die Auskunft.

„Der Name lautet Arnold Fuchs. Er hat ein Doppelzimmer zur Alleinnutzung bekommen." Und dann fügte sie hinzu: „Vor zehn Minuten hat Herr Fuchs hier angerufen und sich erkundigt, ob unser hauseigenes Spa momentan geöffnet hat. Womöglich finden Sie ihn dort."

Mona bedankte sich für den Hinweis. Dann wandte sie sich an Enno.

„Schauen wir zuerst dort nach?"

„Das wäre wohl sinnvoll. Diesmal gibt es aber bitte keine Alleingänge. Ich möchte nicht, dass du noch einmal mit Reizgas geduscht wirst."

Die Kommissarin lachte rau.

„Daran habe ich auch kein Interesse."

Das Spa befand sich im Kellergeschoss des Hotels. Dort standen eine Sauna und ein kleiner Swimmingpool bereit, außerdem gab es die Möglichkeit, sich massieren zu lassen. Nach Voranmeldung waren auch Schlammbäder möglich.

Indirektes Licht und helle Kacheln mit dezentem maritimem Muster sorgten für eine behagliche Atmosphäre. Es roch nach ätherischen Ölen auf Orangen- und Pfefferminzbasis.

Mona hätte sich schon durch dieses Flair entspannt gefühlt, wenn sie nicht auf Mörderjagd gewesen wäre.

Als die Ermittler den Vorraum betraten, wurden sie von einer hübschen jungen Frau in einem rosafarbenen Kittel empfangen. Es erklangen leise Töne von der Art, die Mona als Fahrstuhlmusik bezeichnete.

„Moin, womit kann ich Ihnen etwas Gutes tun?"

Die Kommissarin beantwortete die Frage, indem sie erneut ihren Ausweis zeigte.

„Ist Herr Fuchs hier?"

Die Spa-Angestellte zuckte überrascht zusammen.

„Ja, er … ich wollte ihn gleich massieren. Er ist in der Kabine dort."

Sie deutete auf eine der geschlossenen Türen auf der linken Seite des Vorraums.

„Sehr gut. Seine Massage wird warten müssen."

Mit diesen Worten stürmte Mona tatendurstig in Richtung der Tür. Die Frau im Kittel protestierte.

„A-aber Herr Fuchs dürfte jetzt unbekleidet sein!"

„Kein Problem, ich habe ihn schon nackt gesehen", gab Mona unbeeindruckt zurück. Sie hoffte, den Verdächtigen mit ihrer Überrumpelungstaktik aus dem Konzept zu bringen.

Immerhin hatte dieser Mann das Mordopfer auf eine sehr intime Art gekannt.

Sie riss die Tür auf.

Der fensterlose Massageraum verfügte über eine Klimaanlage, die eine angenehme Wärme hervorbrachte. Bilder an den Wänden zeigten die Brandung des Borkumer Strandes.

Inmitten des Raums befand sich eine Massageliege, auf der ein Mann es sich bequem gemacht hatte. Sein Körper war anscheinend nur von einem dünnen grünen Tuch bedeckt. Der Kopf ruhte auf den Unterarmen, die Augen waren geschlossen.

„Nun, Tatjana, wie wollen Sie mir heute etwas Gutes tun?"

Seine Stimme hatte einen warmen und angenehmen Klang. Mona hätte sie wahrscheinlich sympathisch gefunden, wenn er ihr nicht so verdächtig vorgekommen wäre.

„Ich bin nicht Tatjana, aber Sie können mir dabei helfen, die Wahrheit ans Licht zu bringen."

Fuchs zuckte zusammen und riss die Augen auf.

„Wer sind Sie? Was fällt Ihnen ein, hier einfach hereinzuplatzen?"

„Polizei Borkum. Mein Kollege und ich haben einige dringende Fragen an Sie, Herr Fuchs."

Der Hotelgast riss den Mund erneut auf, wollte vermutlich protestieren. Doch die Worte blieben ihm im Hals stecken, als sie ihm das Foto unter die Nase hielt.

Fuchs erblickte auf dem Bild sich selbst – im Zimmer des Mordopfers.

Kapitel 13

„Sie werden uns jetzt zur Polizeistation begleiten, um einige Fragen zu beantworten."

Mit diesen Worten verließ Mona den Massageraum. Fuchs musste sich unter Ennos Aufsicht anziehen. Offenbar reichten ihm die wenigen Minuten, um sich von der Überraschung zu erholen und innerlich zu sammeln.

Als Fuchs vollständig bekleidet in den Spa-Vorraum trat, sagte er: „Ich weigere mich, ohne die Anwesenheit meines Rechtsanwalts mit Ihnen zu sprechen. Meine Rechte sind mir bekannt. Sie können mich nicht zwingen, mit Ihnen zu kommen."

Mona wusste, dass er recht hatte. Und sie schaffte es ausnahmsweise, eine scharfe Erwiderung herunterzuschlucken.

„Wie Sie wünschen", brummte Enno. „Dann werden wir jetzt Ihre Personalien aufnehmen. Ich bitte Sie, die Insel vorerst nicht zu verlassen. Und Ihr Rechtsbeistand soll hierher kommen. Sobald er auf Borkum eingetroffen ist, möchten wir Sie befragen."

„Meinetwegen", knurrte Fuchs. Er reichte Mona seinen Personalausweis. Sie notierte die Angaben und gab ihm das Dokument zurück. Von Mona bekam er ihre dienstliche Visitenkarte mit dem Hinweis, dass er beim Eintreffen seines Anwalts sofort Kontakt mit ihr aufnehmen sollte.

„Wir behalten Sie im Auge."

Diese Abschiedsbemerkung konnte sie sich dann doch nicht verkneifen. Fuchs' Miene blieb verschlossen.

Er war ein Mann in mittleren Jahren, der auf den ersten Blick unauffällig wirkte. Ihr fiel die Binsenweisheit von den stillen Wassern ein, die angeblich so tief sein sollen. Nach Monas Erfahrung konnte man vom äußeren Erscheinungsbild eines Menschen nur sehr bedingt auf seine inneren Dämonen schließen.

Was für eine Geschichte Eske sich wohl ausgedacht hatte, um Fuchs kennenzulernen? Oder musste die junge hübsche Frau gar nicht besonders kreativ werden, damit sie einen Mann um den kleinen Finger wickeln konnte?

Die Kommissarin fragte sich selbstkritisch, ob sie auf die Lügengebilde des Mordopfers hereingefallen wäre. Wahrscheinlich nicht, denn Mona hatte es berufsbedingt sehr oft mit Menschen zu tun, von denen die Wahrheit mit Füßen getreten wurde.

Und Eskes Fantasien waren ein wenig zu schön gewesen, um wahr zu sein. Doch ihre Lügen waren mit ihr selbst gestorben.

Die Frage lautete nun, ob Fuchs etwas mit ihrem Tod zu tun hatte.

„Der Kerl ist höchst verdächtig!", stieß Mona wütend hervor, als sie an Ennos Seite das Hotel verließ. Die Möwen schienen in der Luft über dem breiten Strand an derselben Stelle zu verharren, obwohl eine steife Brise wehte. Von der Vorderseite des Hotels Teutonia hatte man einen Panoramablick auf die Nordsee, an deren Horizont ein Frachtschiff auf dem Weg nach Emden war.

Enno hob seine Augenbrauen.

„Weil er von seinen Rechten Gebrauch macht?"

„Unsinn, das finde ich eigentlich eher gut. Wenn wir ihn in Gegenwart seines Anwalts vernehmen, kann er wenigstens nicht behaupten, dass wir ihm das Wort im Mund verdreht hätten. – Aber ich finde es seltsam, dass er uns gegenüber gleich mit seinem Verteidiger auftreten will, nur weil ein Nacktfoto von ihm existiert."

„Ein Nacktfoto, das von einem späteren Mordopfer aufgenommen wurde", unterstrich der Oberkommissar.

Mona nickte grimmig.

„Ich bin wirklich gespannt, wie das Bild zustande gekommen ist. Als Erinnerung an unvergessliche Stunden oder doch, um Fuchs zu erpressen? So schön ist er nicht!"

Enno schmunzelte.

„Na, wenn du das sagst … ich als Mann halte mich bei dem Thema lieber heraus."

„Du sagst doch ansonsten auch deine Meinung – zum Beispiel mit deiner Behauptung, dass Schuster sich in mich verguckt hätte!"

Mona konnte selbst nicht sagen, weshalb sie wieder darauf zu sprechen kam. Vielleicht, weil es sie stärker beschäftigte, als sie sich eingestehen wollte.

Denn für sie war der junge Mann mit dem Kinnbart immer noch der Mordverdächtige Nummer eins.

Enno machte eine unbestimmte Handbewegung.

„Ich kann mich natürlich auch geirrt haben. Wie gesagt, ich halte ihn für einen dieser Typen, die ihr Glück bei jeder Frau versuchen."

„Bei den Damen Tadden senior und junior hat er ja mit dieser Tour Erfolg gehabt", meinte Mona trocken. „Lass uns erst einmal Fuchs'

Daten durch den Computer jagen. Vielleicht hat der Knabe ja früher schon im Trüben gefischt."

Die Kriminalisten kehrten zur Wache zurück, doch die Computerrecherche brachte keine neuen Anhaltspunkte.

„Fuchs ist ein unbeschriebenes Blatt", stöhnte Mona und schaltete ihren PC wieder aus.

„Das trifft auch auf die anderen Verdächtigen zu, wenn man Gruner ausklammert", erinnerte Enno. „Doch selbst bei Eskes Vater ist es nicht zu einer Verurteilung wegen eines Sexualdelikts gekommen."

„Ich weiß, und dadurch wird unsere Suche nach dem Täter nicht gerade erleichtert. Enno, uns schwimmen die Felle weg, wenn wir kein Geständnis kriegen."

„Die kriminaltechnischen Auswertungen stehen ja noch aus", sagte der Oberkommissar.

In diesem Moment wurde die Tür aufgerissen, und Grietje schlenderte lässig herein.

„Hier, die letzte Dienstpost des heutigen Tages. Liebesgrüße aus Oldenburg."

Mit diesen Worten pfefferte sie eine Mappe auf Monas Schreibtisch. Die Kommissarin warf einen Blick darauf.

„Der Bericht von der Kriminaltechnik! Meine Stoßgebete wurden erhört", rief Mona hoffnungsvoll.

„Schön, dass du so leicht zu begeistern bist. – Ich wünsche euch schon mal einen schönen Feierabend", sagte die Polizeimeisterin und rauschte davon.

Mona schlug den Schnellhefter auf.

„Gibst du mir eine Zusammenfassung?", bat Enno.

Sie überflog die Zeilen, dann wandte sie sich ihrem Dienstpartner zu.

„Mit dem größten Vergnügen. – Also, unter den Fingernägeln des Opfers fand sich männliche DNA. Die stammt vermutlich von Schuster, was aber keine Überraschung ist, da er ja mit ihr herumgemacht hat. Falls ein anderer Mann der Täter ist, könnte der genetische Fingerabdruck von ihm stammen. Das nützt uns aber nicht wirklich etwas, da wir weder von Schuster noch von Gruner oder Fuchs oder Lüpsen Vergleichsproben haben."

Enno stutzte.

„Wieso bringst du Lüpsen wieder ins Spiel? Ich dachte, Hengst Harry wäre aus dem Schneider."

Mona nickte grimmig.

„Richtig, das hatte ich ebenfalls angenommen. Aber die Oldenburger Kollegen haben sich noch mal seine Protzer-Armbanduhr vorgenommen. Wir können nun beweisen, dass Lüpsen uns angelogen hat."

„Inwiefern?"

„An dem Metallarmband der Uhr konnte DNA von Eske nachgewiesen werden. Mit anderen Worten: Lüpsen hat die Frau entgegen seinen Behauptungen mindestens einmal getroffen!"

Kapitel 14

Enno stand auf.

„Wenn das so ist, dann sollten wir uns den Herrn umgehend noch einmal zur Brust nehmen. Womöglich war es zu voreilig, ihn wegen seiner großen Hände auszuschließen."

„Ja, und das ist meine Schuld", gab Mona zerknirscht zu. „Ich habe mich auf mein Augenmaß verlassen, das war ein Fehler. Wenn Lüpsens Finger richtig vermessen werden, dann können wir nachweisen, dass seine Hände zu den Würgemalen passen."

„Oder eben nicht", meinte Enno. „Auf jeden Fall interessiert mich brennend, weshalb er uns die Begegnung mit dem Opfer verschwiegen hat."

„Für meinen Geschmack wird bei diesem Mordfall eindeutig zu viel gelogen", grollte Mona.

„Kein Wunder", gab Enno zurück. „Keiner von den Verdächtigen hat für die Tatzeit ein Alibi, und bei allen lässt sich ein Motiv für den Mord nachweisen."

Mona lag die Frage auf der Zunge, ob ihr Kollege Verständnis für diese unehrlichen Kerle aufbringen würde. Doch sie hielt lieber ihren Schnabel. Ihr war bewusst, dass das natürlich nicht zutraf. In Wirklichkeit ärgerte sie sich über sich selbst, weil sie Lüpsen so voreilig ausgeschlossen hatte.

Zum Glück hatte Mona sich die Mobilfunknummer des Verdächtigen geben lassen, als sie ihm das erste Mal begegnet war. Also konnte sie ihn leicht orten. Im Handumdrehen hatte sie ihn lokalisiert.

Lüpsen befand sich auf dem Gelände des Kurparks.

Mona runzelte die Stirn.

„Das gefällt mir überhaupt nicht."

Enno zuckte mit den Schultern.

„Vielleicht geht er dort nur spazieren, wie es viele Urlauber tun."

„Ja, das wäre möglich. Andererseits gibt es dort jenseits der Wege reichlich undurchdringliche Vegetation. Eine ideale Umgebung, um sogar am helllichten Tag über eine Frau herzufallen."

Während dieses Wortwechsels blieben die Ermittler nicht in ihrem Büro sitzen, sondern eilten zu dem kleinen Parkplatz hinter dem Polizeirevier. Sie fuhren in ihrem Opel Vectra so nahe wie möglich an den Kurpark heran. Enno parkte das Auto in der Von-Frese-Straße, ein Stück weit jenseits des Bahnübergangs.

Sie eilten auf den Kurpark zu.

Von Weitem war die Kletteranlage zu sehen, auf der große und kleine Inselbesucher sich mit Helmen und Sicherheitsgurten versehen auf sportliche Art in luftige Höhen begeben konnten.

Mona war sicher, dass Lüpsen die unmittelbare Nähe dieser Konstruktion meiden würde, denn dort gab es zu viele Zeugen. Und sie hatte sich nicht getäuscht. Das Ortungsprogramm konnte das Smartphone des Verdächtigen bis auf wenige hundert Meter genau anzeigen.

Mona eilte einen Wanderweg entlang, der in die westliche Richtung führte. Enno folgte ihr schwer atmend. Links und rechts von dem gut ausgebauten Pfad gab es Himbeer- und Hibiskussträucher,

Die Kommissarin hatte ein ganz mieses Bauchgefühl.

Der Verdächtige musste sich irgendwo in der Nähe befinden. Aber sie konnte ihn nicht entdecken. Es gab im Kurpark auch überdachte Ruhebänke, wo sich Spaziergänger vor plötzlich auftretenden Regenschauern in Sicherheit bringen konnten. Mona kam an zwei von diesen Bänken vorbei, doch auch hier war von Lüpsen nichts zu sehen.

Der Weg machte einen scharfen Knick nach rechts.

Da erblickte sie plötzlich einen menschlichen Fuß, der aus einem Gebüsch ragte!

Man musste schon genau hinschauen, und das hatte Mona getan.

Wer einfach nur durch den Kurpark schlenderte und nicht besonders sorgfältig auf die Umgebung achtete, konnte den Herrenschuh unter dem Strauch glatt übersehen.

Die Kommissarin unterdrückte einen Fluch, während sie die Äste auseinanderbog.

Lüpsen lag in dem Gebüsch. Sein Körper war größtenteils von der Vegetation verborgen worden. Stirnrunzelnd kniete Mona sich neben ihn, suchte nach äußerlich erkennbaren Verletzungen.

Und dann vernahm sie ein leises Schnarchen. Im nächsten Moment entdeckte sie die leere Sanddornlikör-Flasche. Nun stieß auch Enno wieder zu ihr. Der Oberkommissar beugte sich über den auf der Seite liegenden Mann.

„Der ist stinkbesoffen", stellte er trocken fest. „Bevor wir Hengst Harry verhören können, muss er ausnüchtern."

Das wusste Mona natürlich auch. Sie rüttelte an seiner Schulter.

„Hoch mit Ihnen, Herr Lüpsen! Die Sanddorn-Party ist vorbei!"

Lüpsen gab einen rasselnden Laut von sich. Nichts deutete darauf hin, dass er wach geworden war.

„So wird das nichts", brummte Enno. „Ich kümmere mich um ihn, den Kerl kriege ich schon auf die Beine. Du könntest den Wagen holen, damit wir ihn gleich vor dem Kurpark auf den Rücksitz verfrachten."

„Wird gemacht", erwiderte Mona. Enno warf ihr den Zündschlüssel zu. Sie drehte sich um und rannte dorthin zurück, wo sie den Opel Vectra zurückgelassen hatten. Die Kommissarin schloss gerade die Fahrertür auf, als hinter ihr eine Männerstimme ertönte.

„Moin, Frau Sander."

Sie drehte sich um.

Schuster stand hinter ihr. Sie hatte ihn zuvor nicht bemerkt, war allerdings mit den Gedanken immer noch bei Lüpsen gewesen. Eigentlich wunderte sie sich nicht darüber, dem Mordverdächtigen zufällig zu begegnen. Borkum war zwar die größte der ostfriesischen Inseln, doch man hatte hier oft Begegnungen mit bekannten Gesichtern, wenn man sich nicht ausschließlich in abgelegenen Gegenden herumtrieb.

Falls er ihr nachgestellt hatte, war es ihr jedenfalls entgangen.

„Was wollen Sie?", fragte sie kurz angebunden. „Ich habe gerade einen Einsatz. Falls Sie allerdings Ihre Aussage ergänzen wollen, dann …"

Mona vollendete ihren Satz nicht. Es entging ihr nicht, dass Schuster sie von oben bis unten taxierte.

„Ich wollte Ihnen nur mitteilen, dass Frau Tadden heute abgereist ist. Wahrscheinlich sitzt sie schon auf der Fähre Richtung Emden. Sie hat mit mir Schluss gemacht. Meinen Job im Trödelladen kann ich mir auch an den Hut stecken. Das habe ich alles nur Ihnen zu verdanken."

Schuster sprach ruhig, in seinem Tonfall schwang kein Vorwurf mit.

„Das ist ja alles furchtbar interessant, ich habe jetzt allerdings überhaupt keine Zeit. Warum kommen Sie nicht morgen auf die Wache, wenn Sie sich etwas von der Seele reden wollen?"

Auf Schusters Lippen erschien ein sanftes Lächeln.

„Bitte entschuldigen Sie, dass ich Sie gestört habe."

Er drehte sich auf dem Absatz um und ging weg. Mona ließ sich kopfschüttelnd auf den Fahrersitz fallen und startete den Motor.

Hatte Schuster ihr ein schlechtes Gewissen bereiten wollen, weil er sich unschuldig fühlte? Nach Monas Ansicht war er selbst dafür verantwortlich, dass er sich mit Mutter und Tochter gleichzeitig eingelassen hatte. Also musste er auch mit den Folgen leben.

Und warum hatte Lüpsen sich volllaufen lassen?

Wollte er womöglich die Schuldgefühle ertränken, die nach dem Mord aufgekommen waren?

Diese Gedanken schwirrten Mona durch den Kopf, während sie das Auto im Rückwärtsgang in die schmale Gasse lenkte, die zum Kurpark-Eingang führte.

Enno hatte es inzwischen tatsächlich geschafft, Lüpsen halbwegs wach zu bekommen. Ihr bärenstarker Kollege hatte den Betrunkenen untergefasst und bugsierte ihn auf das Fahrzeug zu, wobei Lüpsen mit seinen unsicheren torkelnden Schritten keine große Hilfe war. Er gab nur unzusammenhängende Laute von sich. Vor dem nächsten Morgen konnten sie gewiss keine brauchbare Aussage von ihm erwarten.

„Wir haben eine wunderbare Ausnüchterungszelle, die schon auf Sie wartet", sagte Enno, während er sich zu Lüpsen auf die Rückbank setzte.

Mona fuhr los.

Als sie wenig später die Polizeistation erreichten, war der Verdächtige schon wieder eingeschlafen.

Kapitel 15

Nachdem die Ermittler Lüpsen in die Ausnüchterungszelle geschafft hatten, fuhren sie noch einmal zur Pension Uhland. Als sie das Haus betraten, kam ihnen die Wirtin entgegen. Ihr Blick flackerte, sie schien sich zu fürchten.

„Moin, haben Sie den Mörder inzwischen gefasst? Man traut sich in der Dunkelheit ja kaum noch nach draußen."

Mona lächelte Doris Uhland beruhigend zu.

„Es gibt keine Hinweise darauf, dass der Täter nach weiteren Opfern Ausschau hält."

„Also hatte er es gezielt auf diese junge Frau abgesehen?"

„Zu laufenden Ermittlungen dürfen wir uns nicht äußern", entgegnete die Kommissarin. „Wir müssen noch einmal mit Herrn Gruner sprechen."

„Er ist auf seinem Zimmer. Jedenfalls kam er vor Kurzem herein, und ich habe ihn seitdem nicht wieder weggehen sehen."

Die Kriminalisten gingen zu dem Raum, der sich am Ende eines düsteren Korridors befand. Enno klopfte.

„Ja, was gibt es denn?"

Gruners Stimme klang genervt.

„Hier ist die Polizei", sagte der Oberkommissar.

Gleich darauf wurde ein Schlüssel umgedreht, und Eskes Vater öffnete die Tür. Er warf den Ermittlern einen gereizten Blick zu.

„Haben Sie den Mörder meiner Tochter endlich verhaftet?"

„Dürfen wir hereinkommen?", fragte Mona zurück.

„Meinetwegen, Sie geben ja doch keine Ruhe."

Das Pensionszimmer war gemütlich eingerichtet. Über dem Bett hing ein Gemälde, das Borkums Alten Leuchtturm darstellte. Außer dem Kleiderschrank aus dunklem Holz bestand die Einrichtung noch aus einem kleinen Schreibtisch und einem Lehnstuhl. Offenbar hatte Gruner gerade gearbeitet. Mona erblickte eine dicke Kladde, deren aufgeschlagene Seiten mit einer kleinen und gestochen scharfen Handschrift bedeckt waren. Eine Schrift, die ihrer Meinung nach zu einem Pedanten wie Gruner passte. Daneben lag ein Füllfederhalter. Sie deutete auf den Tisch.

„Schreiben Sie einen Roman?"

Eskes Vater zog die Augenbrauen zusammen und schlug das Ringbuch zu.

„Meine Aufzeichnungen gehen Sie überhaupt nichts an", knurrte er. „Also, was wollen Sie?"

„Wir fragen uns, ob Sie uns über die Mordnacht die ganze Wahrheit mitgeteilt haben", sagte Mona.

Gruner blinzelte sie an.

„Wie meinen Sie das?"

„Wussten Sie, dass der Begleiter Ihrer Tochter gleichzeitig auch Marieke Taddens neuer Freund war?"

„Nein, das ist mir neu. Was für ein Dreckskerl!", stieß Gruner hervor.

„Er kannte Eske schon in Jever", sagte Mona. „Ist er Ihnen niemals aufgefallen, als Sie Ihre Tochter im Auge behielten?"

„Nein. In Jever musste ich ganz besonders vorsichtig sein", behauptete Eskes Vater. „Dort bin ich ja bekannt, und meine Tochter wollte nicht, dass ich auf sie aufpasse. – Ist dieser Kerl mit dem Kinnbart denn ihr Mörder?"

„Wir gehen verschiedenen Spuren nach", erklärte Enno.

„Ja, das habe ich auch schon festgestellt", murmelte Gruner.

„Wie meinen Sie das?"

Seine Stimme vibrierte vor unterdrückter Wut, als er antwortete.

„Sie verschwenden Ihre Zeit und gehen Spuren nach, die ins Nichts führen! Wahrscheinlich bilden Sie sich sogar ein, dass ich mein eigenes Kind getötet hätte. Wozu sind Sie überhaupt nützlich?"

Mona wollte sich nicht von einem Zivilisten erklären lassen, wie sie ihren Job zu erledigen hatte. Es gab immer wieder Leute, die der Polizei vorschreiben wollten, wie sie ihre Arbeit erledigen sollte.

Waren Gruners Vorwürfe womöglich nur eine Fassade? Wollte er mit seiner gespielten Empörung von seiner eigenen Schuld ablenken?

„Es gibt vielversprechende Hinweise, zu denen wir uns allerdings noch nicht äußern können", sagte Enno begütigend.

„Ich bleibe dabei, dass Sie Eskes Begleiter in der Mordnacht erkannt haben", beharrte Mona. „Und es wäre kein Wunder, wenn Sie die Nerven verloren hätten. Dieser junge Mann hat sich erst mit Ihrer Frau eingelassen, und dann macht er sich noch an Ihre Tochter heran. Da muss man doch durchdrehen, oder?"

Gruner schnaubte ironisch.

„Finden Sie, Frau Sander? Aber wäre es dann nicht viel logischer gewesen, wenn ich diesen Kerl getötet hätte?"

„Eigentlich schon. Allerdings stritt er sich mit Ihrer Tochter und verschwand danach, falls seine Aussage stimmt. Außerdem ist er jünger und stärker als Sie. Bei einer körperlichen Auseinandersetzung hätten Sie garantiert den Kürzeren gezogen. Ganz abgesehen davon, dass Sie keine gefühlsmäßige Bindung an ihn hatten. Ich stelle es mir so vor, dass Sie empört waren und Eske zur Rede stellten, nachdem der Mann verschwunden war. Ein Wort gab das andere, dann brannten bei Ihnen die Sicherungen durch. Und ehe Sie es sich versahen, war Ihre Tochter tot."

Gruners Gesicht war nun so weiß und hart, als ob es aus Marmor gemeißelt worden wäre. Seine Augen glänzten fiebrig. Mona rechnete damit, dass er zusammenbrechen und ein Geständnis ablegen würde.

Doch sie fiel auf ihr eigenes Wunschdenken herein.

„Sie haben nichts verstanden", krächzte er. „Die Dinge spielten sich so ab, wie Sie es von mir erfahren haben. Verplempern Sie ruhig weiterhin Ihre Zeit mit mir und mit den Dreckskerlen, die meiner Tochter an die Wäsche wollten, aber sie nicht erwürgt haben. Solange Sie mir nichts beweisen können, verschwinden Sie gefälligst."

„Wie Sie wünschen", grollte Mona. „Falls Sie Ihre Aussage ändern wollen, wissen Sie ja, wo Sie uns finden."

Die Ermittler verließen das Zimmer. Auf dem Flur hing ein Hauch von Damenparfüm in der Luft. Mona runzelte die Stirn. Ob Doris Uhland an der Tür gelauscht hatte?

Die Pensionswirtin schien wirklich große Angst davor zu haben, dass sie unter ihrem Dach einen Mörder beherbergen könnte.

Und Mona wusste selbst nicht, was sie von Gruner halten sollte.

Jetzt vielleicht noch weniger als jemals zuvor.

Kapitel 16

Am nächsten Morgen hatte Oltbeck ausgesprochen schlechte Laune. „Es kommt mir so vor, als ob Sie bei den Ermittlungen auf der Stelle treten."

Mit diesen Worten empfing der Dienststellenleiter Mona und Enno in seinem Büro, kaum dass sie die Polizeiwache betreten hatten.

Der Chef fuhr fort: „Die Presse wird allmählich unruhig. Inzwischen sind schon Journalisten von überregionalen Medien auf der Insel eingetroffen. Ich muss Ihnen wohl nicht erklären, was das bedeutet. Wenn wir nicht bald einen Erfolg vorweisen können, dann werden die Reporter uns Unfähigkeit und Inkompetenz vorwerfen."

„Diese Geier sind mir egal!", gab Mona gereizt zurück. „Auf den Applaus von Zeitungen und TV kann ich getrost verzichten. Tatsache ist, dass es keinen Tatzeugen gibt. Und die Indizien reichen nicht aus, um einen bestimmten Täter festzunageln."

„Es ist ja nicht so, dass wir keine Verdächtigen hätten", fügte Enno hinzu, wobei er einen versöhnlichen Ton anschlug. „Mehrere Männer hatten sowohl Motiv als auch Gelegenheit, das Opfer zu töten. Aber ohne ein Geständnis werden wir wohl nicht weiterkommen."

Oltbeck nickte und blätterte in seinen Unterlagen.

„Was ist mit diesem Lüpsen, der in unserer Arrestzelle sitzt?"

„Ihm können wir dank der kriminaltechnischen Erkenntnisse nachweisen, dass er der Ermordeten begegnet ist. Und diese Tatsache hat er uns gegenüber zuvor vehement geleugnet", erklärte der Oberkommissar.

„Sehr gut, dann wird der saubere Herr ja etwas zu verbergen haben! Nehmen Sie sich Lüpsen vor, sobald er gefrühstückt hat. Es wäre doch wirklich gut, wenn wir der Presse noch heute mitteilen könnten, dass der Mordverdächtige schon hinter Schloss und Riegel sitzt."

Vor allem, wenn er die Tat wirklich begangen hat, dachte Mona. Sie schaffte es diesmal, ihre Überlegungen für sich zu behalten. Gewiss, Hengst Harry war ein Unsympath und definitiv kein Frauenversteher. Doch wenn man jede Person einsperren wollte, die der Polizei gegenüber die Unwahrheit sagte, würden die Gefängnisse aus allen Nähten platzen.

Das glaubte zumindest die Kommissarin.

„Bringen Sie mir baldmöglichst Ergebnisse!"

Mit diesem beinahe flehenden Appell beendete der Chef die Besprechung. Mona stieß einen langen Seufzer aus, nachdem sie und Enno das Büro ihres Vorgesetzten verlassen hatten.

„Meint Oltbeck eigentlich, dass wir nur Däumchen drehen oder Canasta spielen würden? Wir haben schon mehr Verdächtige, als uns lieb sein kann."

Enno klopfte ihr beruhigend auf die Schulter.

„Er wird unter einem enormen Druck stehen. Wahrscheinlich machen ihm nicht nur die Medien, sondern auch das Innenministerium die Hölle heiß."

Das wusste Mona natürlich auch. Trotzdem machte es sie ganz fuchtig, wenn ihr und ihrem Kollegen Untätigkeit oder Unkenntnis unterstellt wurde.

Sie ging nach vorn ins Wachlokal und wandte sich an ihre diensthabende Kollegin Britt Mölders.

„Hat unser Logiergast seinen Schönheitsschlaf schon beendet?"

Die uniformierte Polizistin nickte grinsend.

„Ja, ich habe ihm vorhin Tee und eine Jagdwurststulle gebracht. Er sah allerdings so aus, als ob er lieber ein Aspirin gehabt hätte."

„Das kann er ja immer noch kriegen, wenn unser Luxusfrühstück ihn nicht wach gemacht hat", meinte Mona. „Bring ihn bitte in den Verhörraum, wenn er so weit ist."

„Wird gemacht."

Die Kommissarin nickte ihrer Kollegin dankbar zu. Mona und Enno mussten noch eine Zeit lang warten, bis Britt mit dem Verdächtigen im Schlepptau zu ihnen kam.

Lüpsen sah nicht so aus, als ob er eine gute Nacht gehabt hätte. Seine Augen waren blutunterlaufen, seine Gesichtsfarbe erinnerte an altbackenes Graubrot. Er leckte sich über die rissigen Lippen und konnte weder der Kommissarin noch dem Oberkommissar in die Augen sehen.

„Ich muss wohl gestern ziemlich abgestürzt sein", brachte Lüpsen mit krächzender Stimme hervor, während er sich auf den freien Stuhl fallen ließ. Nachdem die Polizeimeisterin wieder gegangen war, befand er sich mit Mona und Enno allein in dem Raum. Die Ermittler saßen ihm gegenüber.

„Sind Sie damit einverstanden, dass dieses Verhör per Tonbandaufnahme mitgeschnitten wird?", fragte Enno.

„Ja, warum nicht?"

„Wir verdächtigen Sie des Mordes an Eske Tadden", stellte Mona klar. „Sie haben das Recht, sich anwaltlich vertreten zu lassen."

Ihre kühlen Worte schienen Lüpsen endgültig wachzurütteln. Und zwar viel stärker, als es der von Britt Mölders gekochte Tee vermocht hatte. Er rutschte auf seiner Sitzgelegenheit hin und her, als ob jemand Brennnesseln unter sein Hinterteil geschoben hätte.

„D-das war ich nicht! Ich habe die Frau nicht mal getroffen, diese Aussage habe ich doch schon getätigt."

„Eine Lüge wird nicht dadurch wahrer, dass man sie wiederholt", stellte Mona fest. „Die kriminaltechnische Untersuchung Ihrer Armbanduhr hat ergeben, dass DNA-Spuren von Eske Tadden am Armband nachgewiesen werden konnten. Was sagen Sie dazu?"

Der große, breite Mann sackte immer mehr in sich zusammen. Er raufte sich die Haare. Handschellen waren ihm nicht angelegt worden. Lüpsens Adamsapfel hob und senkte sich. Als er wieder den Mund aufmachte, klang seine Stimme brüchig.

„Jetzt ist genau das passiert, was ich befürchtet hatte! Sie halten mich für den Mörder. Doch das arme Mädchen war schon tot, als ich es berührte."

Enno beugte sich vor.

„Erzählen Sie uns Ihre Geschichte einfach noch einmal", forderte er. „Am besten ab dem Zeitpunkt, als Sie die Hotelbar verließen. Ich schlage vor, dass Sie diesmal bei der Wahrheit bleiben."

Lüpsen nickte, er schien sich zu sammeln.

„Ja, das verspreche ich Ihnen. – Also, ich ging wirklich zum Strand hinunter, um etwas nüchterner zu werden. Nach einiger Zeit hörte ich dann das Weinen einer Frau."

„So weit waren wir schon", warf Mona ungeduldig ein. „Wie ging es danach weiter?"

„Nachdem ich mich bemerkbar gemacht hatte, war nichts mehr zu vernehmen. Ich war misstrauisch geworden. Also ging ich in die Richtung, aus der das Geräusch gekommen war."

Die Kommissarin konnte sich Lüpsen nur schwer als einen ritterlichen Mann vorstellen, der einer Frau in Bedrängnis beistand. Doch sie hielt zunächst ihre Zunge im Zaum und forderte ihn mit einer Handbewegung zum Weitersprechen auf.

Lüpsen fuhr fort: „Ich habe an meinem Smartphone eine Taschenlampen-Funktion. Die schaltete ich ein, denn man konnte noch nicht einmal die Hand vor Augen sehen. Ich kann Ihnen nicht sagen, wie weit ich gehen musste, bis ich etwas Verdächtiges entdeckte. Vielleicht waren es nur hundert Meter, was weiß ich. Und dann sah ich die Frau auf dem Badelaken liegen. Mir fiel sofort auf, dass sie sich überhaupt nicht bewegte."

„Was taten Sie?", wollte Mona wissen.

„Ich fragte sie, ob es ihr gut ginge. Es kam keine Antwort. Ich kniete mich neben sie und berührte sie an der Schulter. Sie fühlte sich seltsam an."

Die Kommissarin runzelte die Stirn. Falls Lüpsen nicht log und er das Opfer unmittelbar nach der Tat gefunden hatte, konnte die Leichenstarre noch nicht eingetreten sein. Andererseits: Vielleicht ging einfach seine Fantasie mit ihm durch.

„Das war wirklich ein gruseliger Moment", behauptete der Verdächtige. „Ich rüttelte die Frau stärker, außerdem richtete ich meinen Taschenlampenstrahl auf ihr Gesicht. Da sah ich, dass ihre Augen offen waren und sie außerdem nicht blinzelte. Ich war zwar betrunken, doch ich merkte trotzdem, dass sie nicht mehr lebte. Und ich erkannte die Frau, mit der ich eigentlich verabredet gewesen war."

Mona merkte, wie der Groll in ihr aufstieg. Doch da hatte Enno schon das Wort ergriffen.

„Sie hielten es nicht für nötig, die Polizei oder einen Krankenwagen zu verständigen?"

Lüpsen druckste herum, bevor er antwortete.

„Im ersten Moment hatte ich einfach nur Panik. Ich war mit einer toten Frau allein am Strand. Eigentlich bin ich nicht abergläubisch, doch ich konnte einfach nicht mehr klar denken. Ich sprang auf und rannte davon, so schnell ich konnte. Da muss sich der Verschluss meiner Armbanduhr gelöst haben."

„Hier geht es nicht um Ihre verflixte Angeberuhr, sondern um unterlassene Hilfeleistung!", blaffte Mona. „Womöglich hat die Frau noch gelebt, als sie von Ihnen ihrem Schicksal überlassen wurde!"

Lüpsen schüttelte den Kopf.

„Nein, das lasse ich mir nicht vorwerfen. Sie hat nicht mehr gelebt, da bin ich mir hundertprozentig sicher. Womöglich hat schon vor mir jemand versucht, sie wiederzubeleben. Ich war es jedenfalls nicht, der ihr das Bikini-Oberteil aufgemacht und abgenommen hat."

Mona und Enno schauten einander an.

Dass der Leichnam oben ohne aufgefunden worden war, hatte nicht in der knappen Pressemitteilung gestanden. Es handelte sich also um Täterwissen. Oder um Informationen eines Mannes, der die Tote gesehen hatte.

„Haben Sie wirklich geglaubt, dass wir nicht auf Sie stoßen würden?", fragte Mona. „Durch Ihr Verhalten haben Sie sich höchst verdächtig gemacht, das muss Ihnen doch bewusst sein."

Darauf erwiderte Lüpsen nichts.

„Warum waren Sie gestern eigentlich so betrunken?", forschte Enno. „Wollten Sie Ihr schlechtes Gewissen betäuben?"

„Ich fühlte mich wirklich nicht gut", gab der Verdächtige zu. „Aber den Mord habe ich nicht begangen! Es ging mir mies, weil ich zum ersten Mal in meinem Leben eine Leiche gesehen habe. Nachts träume ich von diesem Anblick."

Die Kommissarin schaute Lüpsen nachdenklich an.

Für besonders sensibel hielt sie ihn nicht, doch man konnte den Menschen immer nur vor die Stirn und nicht in den Kopf schauen.

„Wenn Sie die Tat nicht begangen haben, werden die Würgemale nicht zu der Länge Ihrer Finger passen", erklärte Enno und zog ein Zentimetermaß hervor. „Bitte legen Sie Ihre Hände flach auf den Tisch."

Lüpsen schaute ihn verblüfft an, doch er gehorchte.

Der hünenhafte Ostfriese vermaß sorgfältig jeden einzelnen Finger, wobei er auch die Dicke der Gliedmaßen nicht vergaß. Er notierte sich die Ergebnisse von beiden Händen.

Mona schaute Lüpsen so intensiv in die Augen, als ob sie ihn hypnotisieren wollte.

„Noch ist es nicht zu spät, ein Geständnis abzulegen. Wenn wir Ihnen die Tat erst aufgrund von Indizien nachweisen können, sieht Ihre Lage schon viel schlechter aus."

Lüpsen schüttelte den Kopf.

„Ich war es nicht, das lasse ich mir nicht anhängen."

Den Ermittlern blieb nichts anderes übrig, als den Verdächtigen laufen zu lassen.

Mona verschränkte die Arme vor der Brust.

„Ich hoffe wirklich, dass die Handvermessung etwas bringen wird, Enno."

„Warum zweifelst du an deiner eigenen Idee? Du hast doch die Würgemale gesehen, sie waren sehr ausgeprägt. Ich schicke Lüpsens Handmaße gleich an das gerichtsmedizinische Institut. Vielleicht bekommen wir noch heute eine Einschätzung von den Spezialisten."

„Ja, vielleicht."

Bevor Mona weiterreden konnte, klingelte ihr Telefon. Sie meldete sich mit Namen und Dienstgrad.

„Hier spricht Fuchs", sagte eine kühle Männerstimme. „Ich wollte Sie davon in Kenntnis setzen, dass mein Rechtsanwalt Dr. Leonard mit dem Katamaran nach Borkum kommt. Er wird gegen vierzehn Uhr bei der Polizeistation sein. Ich werde dann auch dort sein, wenn es Ihnen recht ist."

Die Kommissarin schaute auf die Uhr. Bis dahin war noch genug Zeit.

„Ja, das passt uns. Wir erwarten Sie dann", entgegnete sie und beendete das Gespräch.

Enno schaute sie fragend an.

„Fuchs rückt uns mit anwaltlicher Verstärkung auf die Bude", informierte sie ihren Kollegen. „Ich frage mich inzwischen, ob wir schon genug über das Opfer wissen, Enno."

„Es scheint nicht leicht, die wahre Eske kennenzulernen", gab der Oberkommissar zu. „Sie scheint sich in ihren eigenen Lügengebilden selbst verloren zu haben. Glaubst du, dass es in ihrem Vorleben Hinweise auf den Mörder gibt?"

„Das wäre zumindest eine Möglichkeit. – Wie heißt noch mal diese Freundin, von der Gruner gesprochen hat?"

Enno schaute in sein Notizbuch.

„Nina Deelsen."

„Richtig. – Ich werde sie mal anrufen. Vielleicht bekommen wir von ihr einen Hinweis, der uns weiterbringt. Ich wäre ja schon zufrieden, wenn wir wenigstens Gruner oder Schuster ausschließen könnten."

Die Kommissarin brauchte nicht lange, bis sie die Telefonnummer der jungen Frau in Jever herausgefunden hatte. Mona rief an.

„Deelsen."

Die Teilnehmerin meldete sich schon nach dem dritten Klingeln.

145

Mona stellte sich mit Namen und Dienstgrad vor. Sie wollte gerade zur Sache kommen, als Nina Deelsen sagte: „Ach, Sie sind das."
Mona runzelte die Stirn.
„Wie meinen Sie das? Wir hatten doch noch gar nichts miteinander zu tun."
„Das nicht, Frau Sander. Aber Johannes hat mir von Ihnen erzählt."
„Meinen Sie Johannes Gruner?"
„Ja, genau." Nina Deelsens Stimme wurde brüchig. „Er hat mir erzählt, dass … Eske nicht mehr lebt. Das ist so schrecklich."
„Es ist schrecklich, und deshalb werden wir alles tun, um diesen Mord aufzuklären."
Daraufhin herrschte Stille in der Leitung. Als Mona schon weiterreden wollte, sagte Eskes Freundin: „Johannes hält nicht allzu viel von Ihren kriminalistischen Fähigkeiten. Er glaubt nicht, dass Sie diesen Fall lösen können. Er sagte am Telefon zu mir: ‚Alles muss man selbst machen'."
Mona wurde hellhörig. Wenn sie etwas überhaupt nicht schätzte, dann waren es Amateure, die Detektiv spielen wollten. Und sie führte sich vor Augen, dass Gruner früher schon bei den Erpressungsversuchen seiner Tochter eigenmächtig eingegriffen hatte, anstatt die Polizei zu verständigen.
„Wie hat er das gemeint?", hakte sie nach.
„Das müssen Sie ihn schon selbst fragen, Frau Sander. Warum rufen Sie mich eigentlich an?"
„Laut Herrn Gruner waren Sie eine gute Freundin von Eske."
„Die beste, auch wenn sie ein ganz anderes Leben führte als ich."
Die Kommissarin packte den Stier bei den Hörnern.
„Wann hat es mit den Lügen angefangen?"
Nina Deelsen antwortete zögernd.
„Eske war schon in der Schule sehr fantasievoll. Ich glaube nicht, dass sie sich selbst als Lügnerin gesehen hat."
„Wussten Sie von Eskes Verhältnis zu Schuster?"
„Ja, sie war richtig verknallt in ihn. Es hat sie auch nicht gestört, dass er zu ihrer Mutter gehörte. Das war genau die Art von lästiger Realität, die Eske immer ausgeblendet hat. Was ihr nicht passte, davor verschloss sie die Augen."
„Ich verstehe. Kennen Sie Schuster persönlich?"
Wieder entstand bei dem Telefonat eine kleine Pause.
„Ja, schon. Ehrlich gesagt mag ich ihn nicht."

„Warum nicht?"

„Das haben Sie aber nicht von mir."

„Was möchten Sie mir denn sagen?", drängte Mona.

„Schuster ist auf den ersten Blick ein smarter und angenehmer Typ. Doch ich kann mir sehr gut vorstellen, dass er eine Frau auch hart anfasst."

Die Kommissarin dachte an Marieke Tadden und daran, wie vehement sie für ihren Liebhaber eingetreten war.

„Manche Frauen scheinen das zu mögen", sagte sie.

„Ja, aber Eske nicht!", betonte die Freundin der Toten. „Sie war sehr romantisch."

Mona fragte sich, ob Schuster bei dem Opfer seine Würgespielchen versucht hatte und die Sache dann einfach aus dem Ruder gelaufen war. Sie musste sich vergewissern.

„Sind Sie sicher, dass Sie Eske richtig einschätzen?", hakte Mona nach. „Offenbar wusste kaum jemand, wer diese Frau wirklich war und was ihr gefiel."

„Eske stand nicht auf solche seltsamen Spiele, das hätte sie mir gesagt", beharrte Nina Deelsen.

Mona konnte nicht einschätzen, ob das Mordopfer ausgerechnet ihrer besten Freundin gegenüber die Wahrheit gesagt hatte. Zunächst musste sie sich mit dieser Auskunft zufriedengeben.

Die Kommissarin bedankte sich und legte den Telefonhörer auf. Dann folgte sie einer spontanen Eingebung und rief im gerichtsmedizinischen Institut Oldenburg an. Mona ließ sich mit dem Arzt verbinden, der die Obduktion durchgeführt hatte. Sein Name lautete Dr. Klinger.

„Was kann ich für Sie tun, Frau Sander?"

Die Kommissarin und der Pathologe kannten sich, sie hatten bereits bei mehreren Mordfällen miteinander zu tun gehabt.

„Es geht noch einmal um die Leiche vom Borkumer Strand … können Sie definitiv ausschließen, dass es sich um einen Lustmord handelt?"

„Eine Vergewaltigung gab es nicht, das kann ich Ihnen versichern. Es fehlen die typischen Verletzungen. Die nachgewiesene männliche DNA ist bereits Stunden vor dem Tod in den Körper gelangt."

Mona wurde genauer.

„Daran hatte ich gar nicht gedacht. Es ist so, dass einer meiner Verdächtigen einen Lustgewinn aus Würgespielen zieht. Angeblich gefällt es auch seinen Partnerinnen."

Sie konnte die Skepsis in der Stimme des Mediziners deutlich hören.

„Also soll ich nachweisen, ob das Opfer aus Wut getötet wurde oder ob ein raues Liebesspiel einfach aus dem Ruder gelaufen ist?"

„Ja, das wäre gut."

„Und wie soll ich das anstellen?"

„Das weiß ich nicht, Sie sind doch der Arzt."

Dr. Klinger wartete einen Moment, bevor er antwortete.

„Sie haben gewiss gute Gründe für Ihre Vermutungen, Frau Sander. Deshalb will ich mir den Leichnam noch einmal genau ansehen. Mehr kann ich Ihnen nicht versprechen. Sie haben überhaupt Glück, dass der Körper sich noch hier befindet. Die Obduktion ist offiziell abgeschlossen, die Beerdigung soll übermorgen in Jever stattfinden."

Mona bedankte sich vorab und beendete das Telefonat.

Enno schaute sie an.

„Du siehst schon wieder so aus, als ob du ein Mandelhörnchen vertragen könntest", mutmaßte er.

Sie stand grinsend auf.

„Ertappt, aber diesmal gehe ich zum Bäcker. Sonst kommt noch jemand auf die Idee, dich für meinen persönlichen Butler zu halten."

Mona fragte ihren Kollegen, ob er auch etwas haben wollte. Er entschied sich für eine Puddingbretzel.

Die Kommissarin zog ihren Anorak über und durchquerte das Wachlokal, um die Polizeistation durch die Vordertür zu verlassen. In diesem Moment kam ihr ein gut aussehender junger Mann mit Aktenkoffer entgegen. Er trug einen dunklen Maßanzug, wodurch er sich erheblich vom Kleidungsstil des normalen Borkum-Touristen unterschied.

Mona ging auf ihn zu.

„Moin, sind Sie der Strafverteidiger von Arnold Fuchs? Ich bin Kommissarin Sander, Ihr Mandant wollte erst später …"

Doch bevor sie ihren Satz beenden konnte, stellte der vermeintliche Jurist seinen Aktenkoffer ab. Stattdessen zog er ein Diktiergerät und einen Presseausweis hervor.

Mona verfluchte innerlich ihre eigene Voreiligkeit, während der Journalist zu reden begann.

„Bernd Schröder, Kriminalreporter aus der Hauptstadt! Es gibt also inzwischen mindestens einen Verdächtigen beim Strandnixen-Mord? Und warum erfährt die Öffentlichkeit nichts davon?"

„Von einem Strandnixen-Mord habe ich keine Silbe verlauten lassen", fauchte Mona. „Wenn Sie mich in Ihrem Revolverblatt auch nur mit einem Wort zitieren, dann mache ich Ihnen die Hölle heiß."

Eigentlich ärgerte sie sich hauptsächlich über sich selbst. Nur, weil dieser Reporter wie ein Rechtsanwalt gekleidet war, musste er noch lange keiner sein.

„Wollen Sie mir etwa drohen, Frau Sander? Die Öffentlichkeit hat ein Recht auf Berichterstattung."

Ich wäre selbst froh, wenn ich einen Ermittlungserfolg heraus-posaunen könnte, dachte Mona. Sie sagte: „Wenden Sie sich an die Pressestelle des Landeskriminalamtes."

„Sie stehen also nicht für ein Interview zur Verfügung?"

„Erraten."

Eigentlich war Mona durch die kurze Begegnung mit dem Journalisten der Appetit vergangen. Sie blieb trotzdem bei ihrem ursprünglichen Vorhaben und kaufte beim Inselbäcker die süßen Teilchen. Aus dem Augenwinkel bemerkte sie, dass der Kriminalreporter ein paar Straßeninterviews mit Passanten führte. Natürlich entging ihm auch ihr Einkauf nicht.

Mona warf die Papiertüte auf den Tisch, als sie zur Dienststelle zurückkehrte.

„Wahrscheinlich werden wir demnächst schwarz auf weiß lesen können, wie negativ sich unser Kuchenkonsum auf unseren kriminalistischen Spürsinn auswirkt!"

Enno warf ihr einen fragenden Blick zu, woraufhin sie von dem Wortwechsel mit Schröder berichtete.

Der Oberkommissar hob seine Schultern.

„Dieser Reporter macht auch nur seinen Job, Mona. – Lass uns lieber überlegen, wie wir den Mörder überführen können. Sowohl Lüpsen als auch Gruner und Schuster waren am Tatort oder in Tatortnähe. Das haben sie selbst zugegeben."

„Von Fuchs wissen wir es noch nicht", stellte die Kommissarin fest. „Falls er ein wasserdichtes Alibi für die Tatzeit vorweisen kann, lässt er sich sowieso im Handumdrehen ausschließen."

„Richtig. Was die drei übrigen Verdächtigen angeht: Vielleicht hat sich ja einer von ihnen in der Mordnacht besonders auffällig verhalten. So ein Mord lässt niemanden kalt, der nicht gerade ein ausgeschlafener Profi ist."

„Also suchen wir nach Zeugen, die während dieser Nacht unterwegs waren? Das könnte schwierig werden, aber wir sollten nichts unversucht lassen. Was hältst du davon, wenn wir uns zunächst auf Hundebesitzer konzentrieren?"

Enno hob seine buschigen Augenbrauen.

„Warum gerade Hundebesitzer?"

„Wer ist nachts auf der Promenade und den umliegenden Wanderwegen unterwegs?", fragte Mona zurück. „Betrunkene und Tierhalter, würde ich meinen. Die Schluckspechte kannst du vergessen, die kriegen allenfalls mit, wenn sie auf einer Bananenschale ausrutschen. Hundefreunde hingegen sind nach meiner Erfahrung meist nüchtern, wenn sie mit ihrem Liebling Gassi gehen."

Der Oberkommissar nickte.

„Ja, das ist eine gute Idee. Und wir können sie sofort in die Tat umsetzen, indem wir zum Hundestrand gehen. Dort fragen wir herum und müssen nicht erst einen Zeugenaufruf in der Lokalpresse starten, der wahrscheinlich sowieso nichts bringt."

„Bitte nimm das Worte *Presse* heute nicht mehr in den Mund", erwiderte Mona seufzend. „Dieser Maßanzug-Journalist wird garantiert bei Oltbeck petzen, dass ich ihm eine Abfuhr erteilt habe."

Die Ermittler fuhren zum Greune-Stee-Weg und stiegen zum Hundestrand hinunter, wo zahlreiche vierbeinige Freunde herumtollten. Die Besitzer der Pudel, Dackel, Schäferhunde, Dalmatiner und vieler anderer Rassen zeigten sich hilfsbereit. Doch es war wie verhext. Keiner von ihnen schien in der Tatnacht in dem fraglichen Gebiet unterwegs gewesen zu sein.

„Wir versuchen es später noch einmal", meinte Enno, als sie gegen Mittag aufgaben. Er hatte sich auf eine der Ruhebänke auf der Promenade niedergelassen und leerte den Sand aus seinen Schuhen. Mona folgte seinem Beispiel.

„Ich wünschte, dass ich ein wenig von deinem unerschütterlichen Optimismus hätte", sagte sie. Ihr Funkgerät knackte.

Das ist bestimmt Oltbeck, der mich zusammenfalten will, dachte Mona. Doch statt des Chefs wurde sie von Grietje Smit verlangt.

„Hier ist ein Anwalt, der mit euch verabredet ist", sagte die Polizeimeisterin. „Zumindest behauptet er das."

Mona warf einen Blick auf die Uhr. Sie hatte den Termin mit Fuchs und dessen Rechtsbeistand nicht mehr auf dem Radar gehabt, Enno ging es offenbar genauso.

„Wir sind in ein paar Minuten da, Grietje. Könntest du dem Herrn so lange einen Tee anbieten?"

„Sicher, und mein charmantes Lächeln gibt es kostenlos dazu."

Die Ermittler zogen schnell ihre Schuhe wieder an und eilten zu ihrem Opel Vectra.

Enno hatte inzwischen auch mitbekommen, weshalb Mona angefunkt worden war.

„Immerhin kann uns niemand mangelnden Diensteifer vorwerfen", meinte er. „Die Suche nach Zeugen ist schließlich wichtig."

„Ja, und noch besser wäre es, wenn wir welche gefunden hätten", gab Mona zurück. Sie wollte nicht zu schwarzseherisch klingen, doch dieser Fall ging ihr allmählich auf den Wecker. Eigentlich war sie eine Frau der schnellen Entschlüsse. Trotzdem konnte sie immer noch nicht einschätzen, welcher der Verdächtigen die junge Frau erwürgt hatte.

Oder stand der wirkliche Mörder noch gar nicht auf ihrer Liste?

Sie beschloss, sich an die Fakten zu halten und weiterhin mit offenen Augen durch die Welt zu gehen. Mona hatte in ihrem Beruf gelernt, dass man keine Möglichkeit ausschließen durfte – auch wenn sie noch so unwahrscheinlich war.

Als die Kriminalisten wenig später das Wachlokal betraten, musste die Kommissarin ihre eigenen Vorurteile infrage stellen. Selbstkritisch gestand sie sich ein, dass sie den Rechtsanwalt von Arnold Fuchs niemals für einen Juristen gehalten hätte.

Der Verteidiger trug ein abgeschabtes Jackett aus Cordstoff, das an den Ellenbogen mit Lederflicken versehen war. Das karierte Flanellhemd wollte nicht so richtig zu der Kunstlederkrawatte passen, die er sich offenbar als Zugeständnis an die Seriosität seines Berufs umgebunden hatte. Dass dieser Mann Jeans und Sandalen anhatte, rundete sein gesamtes Erscheinungsbild ab.

Sein Teint zeugte davon, dass er viel Zeit an der frischen Luft verbrachte.

Dr. Leonard lehnte lässig am Empfangstresen und trank Tee. Grietje schien mit ihm zu flirten. Jedenfalls wandte er sich bedauernd von ihr ab und den Ermittlern zu.

„Moin, ich bin Dr. Paul Leonard aus Emden. Ich vertrete Herrn Fuchs seit einiger Zeit in verschiedenen Angelegenheiten juristisch. Allerdings haben wir bisher immer nur miteinander telefoniert. Ich kenne meinen Mandanten noch nicht persönlich und müsste zunächst mit ihm sprechen. – Wo ist er denn?"

Der Anwalt schaute sich um, als ob Fuchs sich unter der Holzbank im Vorraum verstecken würde. Aber das war natürlich nicht der Fall.

Die Kriminalisten stellten sich ihm mit Namen und Dienstgrad vor. Dann sagte Enno: „Wir entschuldigen uns für die leichte Verspätung, Herr Dr. Leonard. Womöglich hat Herr Fuchs auch nicht auf die Uhrzeit geachtet."

„Ich bin direkt von der Fähre hierher gekommen", gab der Anwalt zurück. „Normalerweise würde ich nicht hektisch werden, aber ich habe heute Abend noch einen weiteren Termin in Emden. Uns bleibt also für die Befragung nicht allzu viel Zeit. – Ich rufe meinen Mandanten mal an."

Mit diesen Worten zog er ein Uralt-Handy aus der Jackentasche und holte Fuchs' Nummer aus dem Kurzwahlspeicher. Das Freizeichen ertönte.

Mona bekam ein mulmiges Gefühl in der Magengegend.

„Wenn Sie sich noch einen Augenblick gedulden, dann fahren Herr Moll und ich kurz zum Hotel von Herrn Fuchs", schlug sie vor. „Oder möchten Sie mitkommen?"

Dr. Leonard schüttelte lächelnd den Kopf.

„Nein, danke. Ich habe meinen Tee noch nicht mal ausgetrunken. Und hier gibt es ja außerdem nette Gesellschaft …"

Er blinzelte Grietje über den Empfangstresen hinweg zu.

„Es ist Glück im Unglück, dass der Verteidiger unserer frechen Kollegin schöne Augen macht", meinte Mona, als sie gleich darauf wieder mit Enno im Dienstwagen saß. „Wenn ich heute etwas nicht haben muss, dann ist es ein Anwalt, der uns das Leben schwer machen könnte."

„Ja, Dr. Leonard scheint eher ein lockerer Typ zu sein", stimmte Enno zu. „Ich frage mich nur, weshalb Fuchs noch nicht bei uns auf der Matte steht."

„Das werden wir hoffentlich gleich erfahren."

Die Kriminalisten betraten die Lobby des Hotels Teutonia. An der Rezeption hatte dieselbe Angestellte Dienst, mit der sie schon bei ihrem letzten Besuch gesprochen hatten.

Mona kam sofort zur Sache.

„Moin, wo finden wir Herrn Fuchs?"

Die Rezeptionistin warf ihr einen verständnislosen Blick zu.

„Wie meinen Sie das? Herr Fuchs wurde doch schon von einem Polizeibeamten abgeholt."

Kapitel 17

Bei Mona schrillten innerlich sämtliche Alarmsirenen.

Oltbeck hätte niemals einen Mordverdächtigen abholen lassen, ohne sie und Enno davon in Kenntnis zu setzen. Und ganz gewiss würde er keinen einzelnen Beamten zu einem Mann schicken, der unter Mordverdacht stand.

„Wie sah dieser *Kollege* von uns denn aus?", fragte die Kommissarin. Ihre Stimme klang gepresst, weil sie sich selbst zur Ruhe zwingen musste. Das konnte sie ganz deutlich spüren.

Die Angestellte zuckte mit den Schultern.

„Er war schon älter, für einen Polizisten fand ich ihn ziemlich klein. Und er war sehr konservativ gekleidet."

Als sie mehr ins Detail ging, gab sie eine ziemlich gute Personenbeschreibung von Johannes Gruner ab.

Mona und Enno wechselten einen Blick.

„Wann wurde Herr Fuchs abgeholt?", wollte die Kommissarin von der Rezeptionistin wissen.

„Das muss vor ungefähr einer Dreiviertelstunde gewesen sein. Ist etwas nicht in Ordnung?"

Mona stellte eine Gegenfrage.

„Können Sie sich noch daran erinnern, was dieser angebliche Polizist genau gesagt hat? Erkundigte er sich speziell nach Herrn Fuchs, nannte er den Namen?"

„Nein, er sagte so etwas wie: ‚Ich soll den Verdächtigen zur Polizeistation begleiten. Frau Sander und Herr Moll wissen Bescheid. Ich bräuchte nur noch seine Zimmernummer'."

Die Frau errötete. Sie erkannte offenbar, dass sie einen Fehler begangen hatte.

„Haben die beiden Männer das Hotel gemeinsam wieder verlassen?", hakte die Kommissarin nach.

„Das weiß ich nicht, weil unmittelbar danach eine ganze Reisegruppe zum Einchecken kam. – Ich hätte mir den Dienstausweis zeigen lassen müssen, aber da dieser Mann Ihre Namen nannte …"

Mona hatte nicht vor, der Angestellten Vorwürfe zu machen. Das brachte überhaupt nichts. Stattdessen ließ sie sich von ihr einen Generalschlüssel geben. Sie und Enno eilten zu Fuchs' Zimmer hoch. Die Ermittler zogen ihre Pistolen.

Mona lauschte konzentriert, als sie das Stockwerk erreichte. Doch sie hörte nur das Knistern ihrer eigenen Schritte auf dem altmodischen Kokosläufer. Sie drückte ihr Ohr an Fuchs' Zimmertür, doch von drinnen war kein Geräusch zu vernehmen. Ob sie zu spät kamen? Die Kommissarin musste sich Gewissheit verschaffen.

„Zimmerservice!", rief sie laut.

Im nächsten Moment schob sie den Schlüssel ins Schloss. Mona hatte befürchtet, dass Gruner von innen abgeschlossen haben würde. Dadurch hätten sie wertvolle Zeit verloren. Aber das traf nicht zu.

Weder Fuchs noch Gruner befanden sich in dem Zimmer. Auch die Nasszelle war leer. Enno war seiner Kollegin gefolgt. Er schaute sich suchend um, den Lauf seiner Waffe richtete er auf den Fußboden. Mit der freien Hand kratzte der Oberkommissar sich nachdenklich im Nacken.

„Was ist hier passiert, Mona?", dachte er laut nach. „Kampfspuren sind nirgendwo zu entdecken."

Mona nickte. Sie versuchte, die Situation nachzuempfinden.

„Es gibt mehrere Möglichkeiten. Wenn Gruner Fuchs nicht angetroffen hat, ist die Sache einstweilen sowieso erledigt. Eskes Vater wird wohl kaum wissen, wie unser Verdächtiger aussieht. Doch ich gehe mal vom Schlimmsten aus und vermute, dass Gruner Fuchs als Geisel genommen hat."

„Ja, das wäre möglich. Er wird allerdings nicht mit seinem Gefangenen quer durch Borkum zu seiner Pension marschieren können, ohne Aufsehen zu erregen. Selbst wenn Fuchs keinen Fluchtversuch macht, wäre diese Variante viel zu riskant."

Die Kommissarin schnippte mit den Fingern.

„Gruner könnte mit ihm ins Spa gegangen sein! Über die Notausgangtreppe gelangt man ins Kellergeschoss, ohne vielen anderen Hotelgästen zu begegnen."

Enno runzelte die Stirn.

„Warum sollte er das tun? Um sich mit dem mutmaßlichen Mörder seiner Tochter gemeinsam massieren zu lassen?"

„Nein, aber ich habe so eine Ahnung … komm mit!"

Mona stürmte voran. Auch sie benutzte nun die schmale Nottreppe, die sich unweit von Fuchs' Zimmer befand.

Als die Kommissarin den Spa-Vorraum betrat, wurden ihre Befürchtungen bestätigt.

Die Masseurin in dem rosa Kittel lag auf dem Fußboden. Mona drehte sie in die stabile Seitenlage, tastete nach ihrer Halsschlagader. Die Frau lebte. Gruner hatte sie vermutlich niedergeschlagen. Aus Richtung der Sauna drangen dumpfe Geräusche an ihr Ohr. Trotz ihrer Ungeduld wartete Mona, bis ihr Kollege als Rückendeckung eingetroffen war. Sie und Enno verständigten sich mithilfe von Blicken.

Dann stieß Mona die Tür zum mit Kiefernholz ausgekleideten Männer-Umkleideraum auf. Dort lagen Textilien, die vermutlich Fuchs gehörten. Schnell durchquerte sie das schlauchartige Gelass und rannte auf die Sauna zu.

Deren Tür war mit einem Besenstiel von außen arretiert worden. Jemand hämmerte von innen verzweifelt gegen die Tür. Das musste Fuchs sein.

Denn Gruner versperrte Mona den Zugang zur Sauna. Er hielt eine Pistole in der Hand.

„Lassen Sie die Waffe fallen!", rief Mona und richtete ihre eigene Dienstpistole auf den Täter.

In Gruners Augen lag ein seltsamer Glanz.

„Es wird nicht mehr lange dauern, bis der Dreckskerl gesteht, Frau Sander. Er dürfte schon rot wie ein Hummer sein. Ihr Problem besteht darin, dass Sie solche elenden Mörder mit Samthandschuhen anfassen müssen. So werden Sie Ihren Fall niemals lösen."

Mona kochte vor Wut. Sie trat einen Schritt auf Gruner zu.

„Erzählen Sie mir nicht, wie ich meine Arbeit zu machen habe! Und jetzt legen Sie endlich dieses blöde Spielzeug weg!"

Sie hatte erkannt, dass es sich bei Gruners Pistole nur um eine Schreckschusswaffe handelte. Gewiss, auch damit konnte man eine Menge Unheil anrichten. Trotzdem wollte sie nicht auf ihn schießen. Jedenfalls nicht, wenn es sich irgendwie vermeiden ließ.

Enno war ebenfalls hereingekommen.

„Seien Sie doch vernünftig, bevor noch jemand verletzt wird", appellierte er an Eskes Vater.

Gruner zögerte noch einen Moment.

Ob es nun an Monas Entschlossenheit oder an Ennos Beschwichtigung lag, wussten die Ermittler nicht. Für sie zählte nur, dass er die Pistole zu Boden fallen ließ und den Kopf senkte.

„Machen Sie doch, was Sie wollen", murmelte er.

Während Enno Gruner nach weiteren Waffen oder gefährlichen Gegenständen durchsuchte und ihm Handschellen anlegte, entfernte Mona den provisorischen Riegel und öffnete die Saunatür.

Ein enormer Dampfschwall kam ihr entgegen, außerdem torkelte Fuchs auf sie zu.

„D-das war Rettung in letzter Minute!", krächzte er. „Dieser Irre hat gedroht, mich bei lebendigem Leib zu kochen, wenn ich nicht den Mord an seiner Tochter gestehe. Dabei habe ich ihr gar nichts getan!"

Die Kommissarin bezweifelte, dass man einen Menschen mithilfe einer handelsüblichen Sauna wirklich umbringen konnte. Schon gar nicht, wenn er sich nur so relativ kurze Zeit dort befand.

Doch Gruner hatte sein Opfer mit einer Waffe bedroht und ihn eingesperrt. Er würde sich auf jeden Fall wegen Nötigung und Freiheitsberaubung verantworten müssen. Ganz zu schweigen davon, dass er die Masseurin k. o. geschlagen hatte.

Kapitel 18

Mona reichte Fuchs zunächst ein Saunatuch und forderte telefonisch einen Krankenwagen an. Sie ging nicht davon aus, dass Fuchs nennenswerte Schäden davongetragen hatte, wenn man den Schock ausklammerte. Trotzdem musste er medizinisch untersucht werden. Die Kommissarin wandte sich an ihren Kollegen.

„Bringst du Herrn Gruner schon mal zur Dienststelle? Ich begleite das Opfer ins Stadtkrankenhaus."

Fuchs hatte alles mitbekommen. Er wandte Mona sein verschwitztes Gesicht zu.

„Ich will diesen Menschen auf jeden Fall anzeigen! Und Sie werden auch noch Ärger bekommen, Frau Sander. Wahrscheinlich ist es auf Ihre Nachlässigkeit zurückzuführen, dass der Täter mich überhaupt gefunden hat."

„Das steht Ihnen frei", erwiderte sie.

Mona war einerseits erleichtert, dass sie die Situation unblutig hatte beenden können. Andererseits ärgerte sie sich über sich selbst. Fuchs hatte natürlich recht. Wenn die Ermittler bemerkt hätten, dass sie durch Gruner verfolgt wurden, dann wäre Eskes Vater noch nicht einmal in die Nähe des Mordverdächtigen gekommen.

Und was wäre geschehen, wenn Fuchs ernsthaft zu Schaden gekommen wäre? Das wollte die Kommissarin sich gar nicht ausmalen.

Zum Glück traf wenig später die Ambulanz ein. Der Notarzt untersuchte seinen Patienten und stellte starke Kreislaufstörungen sowie Dehydrierung fest.

„Wir nehmen Sie stationär auf und legen Ihnen eine Infusion", sagte der Mediziner zu Fuchs. „Dann können Sie das Krankenhaus vielleicht heute Abend schon wieder verlassen."

Der Angesprochene nickte. Er schien in Gedanken zu sein. Die Sanitäter schafften ihn auf einer Trage in den Krankenwagen. Mona setzte sich zu ihm. Er warf ihr einen seltsamen Blick zu.

Erwartet er vielleicht, dass ich seine Hand halte?

Doch bevor Mona diesen Gedanken weiterführen konnte, öffnete Fuchs den Mund.

„Ist mein Anwalt schon eingetroffen, Frau Sander?"

„Ja."

„Sehr gut. Dann soll er zum Krankenhaus kommen, sobald ich untersucht wurde. Ich will diesen lächerlichen Mordvorwurf endlich vom Tisch haben."

„Wie Sie wünschen."

Dieser Vorstoß überraschte Mona. Wenn Fuchs seine Unschuld beweisen konnte, war das natürlich gut. Und ihr kam noch ein anderer Einfall.

Was, wenn Gruner seinen Angriff auf Fuchs nur inszeniert hatte, um von seiner eigenen Schuld abzulenken? Dafür nahm Eskes Vater es sogar in Kauf, wegen anderer Delikte verurteilt zu werden. Doch die Strafe wegen Freiheitsberaubung, Nötigung und Körperverletzung würde viel geringer ausfallen als eine wegen Mordes.

Vor allem dann, wenn Gruner sich vor Gericht als verzweifelter Vater darstellte.

Ob sie die Raffinesse dieses Mannes komplett unterschätzt hatte?

Sie musste sich dringend mit Enno beraten.

Als die Ambulanz im Stadtkrankenhaus von Borkum angekommen war, wurde Fuchs zunächst untersucht. Dabei durfte die Kommissarin natürlich nicht anwesend sein. Sie nutzte die Gelegenheit, um vor der Tür mit dem Oberkommissar zu telefonieren.

„Wie geht es Gruner, Enno?"

„Er wirkt ganz entspannt, jedenfalls für seine Verhältnisse. Der Mann scheint fest überzeugt davon zu sein, dass er den wahren Mörder seiner Tochter in die Sauna gesperrt hat. Ich habe Gruner über seine Rechte belehrt und ihm einen Tee bringen lassen. Mit dem Verhör wollte ich auf dich warten."

„Ja, das ist gut. Hör mal, wir sollten einen Durchsuchungsbeschluss für Gruners Pensionszimmer beantragen. Ich habe einen bestimmten Verdacht, aber das erzähle ich dir später."

„Ich bitte Oltbeck, dass er sich darum kümmert. Das dürfte angesichts der Straftaten, die Gruner begangen hat, kein Problem sein."

„Prima. – Könntest du dem Anwalt sagen, dass er zum Hospital kommen soll? Fuchs will sich mit ihm beraten."

„Grietje wird ihn garantiert gern dorthin chauffieren", meinte Enno schmunzelnd. „Wir sehen uns dann später."

„Ja, alles klar."

Die Kommissarin beendete das Telefonat und tigerte im Wartebereich des Krankenhauses unruhig auf und ab. Wenn sie mit ihrer Vermutung richtiglag, dann hatte Gruner ihr und Enno die ganze Zeit lang überzeugend den trauernden und sich nach Vergeltung sehnenden Vater vorgespielt.

Oder gehörte er zu den Tätern, die sich ihr eigenes Verbrechen nicht eingestehen können und am Ende selbst glauben, dass sie unschuldig sind? Falls das so war, würden die Ermittler ihn nur schwer zu einem Geständnis bewegen können.

Mona ermahnte sich selbst, dass sie sich nicht über ungelegte Eier den Kopf zerbrechen sollte.

Einige Zeit verging, dann kam Dr. Siemers aus dem Patientenzimmer. Mona stürmte auf ihn zu. Sie kannte den jungen, glatzköpfigen Arzt durch verschiedene frühere Einsätze.

„Wie geht es Herrn Fuchs?"

„Er ist etwas erschöpft und durcheinander, wir haben ihm ein Beruhigungsmittel verabreicht. Außerdem muss sein Körper viel Flüssigkeit aufnehmen. Wenn sich sein Kreislauf in ein paar Stunden stabilisiert hat, können wir ihn guten Gewissens wieder entlassen."

Bevor Mona etwas erwidern konnte, kam der Rechtsanwalt herein. Die Kommissarin stellte ihn dem Mediziner vor.

„Darf ich mit meinem Mandanten sprechen?", fragte Dr. Leonard den Arzt.

Dr. Siemers nickte.

„Er hat sich schon nach Ihnen erkundigt. Berücksichtigen Sie aber, dass er noch unter Medikamenteneinfluss steht und Ruhe braucht."

Der Verteidiger betrat Fuchs' Krankenzimmer.

Mona wollte nicht nutzlos herumstehen und überlegte, was sie in der Zwischenzeit tun konnte. Da klingelte ihr Smartphone.

Sie nahm das Gespräch draußen vor dem Gebäude an. Enno war am Apparat.

„Der Chef hat mit der Staatsanwaltschaft in Emden gesprochen. Der Durchsuchungsbeschluss ist per Fax unterwegs, die offizielle Papierversion wird nachgereicht. Wir können also jederzeit Gruners Zimmer unter die Lupe nehmen."

„Das ist gut. Ich weiß nicht, wie lange ich hier noch beschäftigt bin. Ich … oh, kann ich dich später zurückrufen?"

Die Kommissarin wartete die Antwort nicht ab, sondern beendete das Telefonat. Sie hatte nämlich durch die Glasscheibe der Tür gesehen, dass der Anwalt schon wieder aus dem Zimmer gekommen war und sich suchend umschaute. Sie eilte in den Wartebereich zurück.

Der Verteidiger lächelte sie an.

„Frau Sander, mein Mandant möchte eine Aussage machen, die sein Verhältnis zu Frau Tadden betrifft."

Mona fand Dr. Leonard sympathisch. Sie war gespannt darauf, was Fuchs von sich geben würde.

Der Verdächtige lag in einem Krankenhausbett. Sein Gesicht war nun nicht mehr so krebsrot wie zuvor. Er sprach etwas schleppend, was Mona auf das Beruhigungsmittel zurückführte.

„Ich muss vorausschicken, dass meine Frau und ich seit Jahren nebeneinanderher leben", begann Fuchs. „Wir lassen uns nur wegen der Kinder nicht scheiden, und wir haben beide Affären. Das mögen Sie moralisch verwerflich finden, doch es hat den Vorteil, dass wir nicht erpressbar sind."

Mona ahnte, was nun kommen würde. Doch sie musste es von Fuchs selbst hören.

„Also wurden Sie unter Druck gesetzt?"

„Ja, Frau Sander – und zwar von dieser Eske Tadden. Ich wusste nicht, dass sie umgebracht worden war. Deshalb reagierte ich entsetzt, als Sie mich wegen ihr ansprachen. Doch ich habe sie nicht auf dem Gewissen."

„Sie geben also zu, Eske Tadden gekannt zu haben?"

„Ja, und ich hatte Sex mit ihr. Das ist allerdings schon einige Tage her. Ich lernte sie im Hotel kennen. Ich bin beruflich auf Borkum, weil ich als Baustatiker ein Gutachten für ein denkmalgeschütztes Gebäude schreiben soll. Und ich habe eine Vorliebe für junge Frauen, das gebe ich ganz offen zu."

Nun schaltete sich der Rechtsanwalt ein.

„Als mein Mandant von Frau Tadden erpresst wurde, hat er mich sofort telefonisch verständigt. Wir wollten der Frau die Chance geben, die Fotos von Herrn Fuchs zu vernichten. Andernfalls hätte ich sie sofort wegen versuchter Erpressung bei der Polizei angezeigt. Doch bevor wir erneut mit Frau Tadden Kontakt aufnehmen konnten, erfuhren wir von ihrem Tod."

Mona nickte und stellte die entscheidende Frage nach Fuchs' Alibi für die Tatzeit.

„In der Nacht war ich mit meinem Auftraggeber in der Hotelbar, bis ein Uhr morgens. Wir waren die letzten Gäste. Das kann auch der Barkeeper bezeugen."

Die Kommissarin ließ sich den Namen des Auftraggebers sowie dessen Telefonnummer geben. Sie würde im Hotel Teutonia erfahren können, welcher Barkeeper zur fraglichen Zeit Dienst gehabt hatte. Natürlich wollte sie die Angaben überprüfen, doch auf den ersten Blick schien Fuchs' Alibi wasserdicht zu sein. Dennoch konnte sie sich eine Frage nicht verkneifen.

„Warum haben Sie nicht gleich gesagt, dass Sie zur Tatzeit in Gesellschaft waren? Dafür hätten Sie nicht extra Ihren Anwalt kommen lassen müssen."

„Das stimmt", meinte Fuchs. „Dr. Leonard sollte Ihnen aber bestätigen, dass Eske Tadden den Erpressungsversuch schon Tage vor ihrer Ermordung begangen hat. Womöglich hat sie noch andere Männer unter Druck gesetzt, und einer von denen hat sie umgebracht."

„Die Strafanzeige gegen Frau Tadden hatte ich schon vorbereitet", erklärte der Verteidiger. „Und außerdem bin ich meinem Mandanten sehr dankbar dafür, dass er mich nach Borkum kommen ließ. Sonst hätte ich wohl kaum Ihre bezaubernde Kollegin kennengelernt."

Darauf fiel Mona ausnahmsweise keine schlagfertige Antwort ein. Sie hatte für den Moment genug gehört und verabschiedete sich.

Kapitel 19

Da sie mit dem Krankenwagen gekommen war, ging sie nun zu Fuß zur Polizeistation zurück. Obwohl es von der Gartenstraße bis zur Strandstraße nicht weit war, hatte sie Zeit zum Nachdenken.

Fuchs' Alibi ließ sich leicht überprüfen. Falls er als Tatverdächtiger ausgeschlossen werden konnte, blieben nur noch Gruner und Schuster übrig. Lüpsen hatte zwar durch seine dummen Lügen die Aufmerksamkeit der Ermittler wieder auf sich gelenkt, doch bei ihm ging Mona davon aus, dass er durch die Größe seiner Hände endgültig entlastet wurde.

Sie war immer noch sicher, dass der Radius seiner dicken Finger nicht zu den zehn deutlich erkennbaren Würgemalen an Eskes Hals passte.

Gruner oder Schuster? Mal tendierte die Kommissarin zu dem einen Verdächtigen, mal zu dem anderen.

Es blieb ihr nichts anderes übrig, als weiterhin Fakten zu sammeln.

Als Mona die Dienststelle betrat, brauchte sie erst einmal einen Tee. Praktischerweise hielt Enno sich auch gerade in der kleinen Küche auf. Er lehnte sich gegen die Spüle und schlürfte ebenfalls das heiße ostfriesische Lebenselixier.

Die Kommissarin bediente sich selbst.

„Was macht Gruner, Enno?"

„Wir haben ihn gründlich durchsucht. Außer der Schreckschusspistole hatte er keine gefährlichen Gegenstände dabei. Angeblich hat er das Ding in Jever auf dem Flohmarkt erworben. Ich kann nicht einschätzen, ob das stimmt. Bekanntlich ist es ja verboten, solche Waffen dort zu verkaufen."

Mona nickte grimmig.

„Andererseits gibt es genügend Händler, die auf solche Vorschriften pfeifen. Ich finde es momentan nicht so wichtig, woher er den Ballermann hat. – Was sagst du zu folgender Theorie?"

Sie erläuterte Enno ihre Überlegung, dass Gruner sich durch die fingierte Selbstjustiz an Fuchs vom Mordverdacht an seiner Tochter reinwaschen wollte.

Der Ostfriese pfiff durch die Zähne.

„Ja, das könnte hinhauen, wenn man genauer darüber nachdenkt! Gruner ist intelligent. Ihm muss klar gewesen sein, dass man einen Menschen nicht durch einen ausgedehnten Saunagang töten kann.

Noch nicht mal, wenn man die Hitze so hochfährt, wie er es getan hat. Außerdem war es nur eine Frage der Zeit, bis das Spa von anderen Hotelgästen benutzt wurde. Und diese Zeugen hätten zwangsläufig die bewusstlose Masseurin finden müssen. Er musste also keine Sorge haben, versehentlich zum Mörder von Fuchs zu werden."

Mona trank schnell den Rest von ihrem Tee aus. Sie war voller Tatendrang.

„Lass uns mit Gruners Verhör so schnell wie möglich beginnen. Ich will nur zuvor das Alibi von Fuchs überprüfen, falls ich die Personen jetzt telefonisch erreiche. Du kannst schon mal zu unserem Verdächtigen in den Verhörraum gehen."

Der Oberkommissar nickte und machte sich auf den Weg.

Mona ging in ihr Dienstzimmer und rief zunächst Fuchs' Auftraggeber an. Sie hatte Glück und erwischte ihn sofort. Im Hotel Teutonia wurde sie einige Male weiterverbunden, bis sie schließlich den Barkeeper auf dessen Privatanschluss erreichte. Beide Männer sagten unabhängig voneinander aus, dass Fuchs in der Tatnacht bis mindestens ein Uhr morgens in der Hotelbar gewesen war.

Mona bedankte sich und legte auf. Sie war froh, diese Sache geklärt zu haben.

Entsprechend motiviert betrat sie den Verhörraum.

Gruner saß mit gefalteten Händen am Tisch, als ob er kein Wässerchen trüben könnte.

„Wir vernehmen Sie als Beschuldigten", erklärte Mona. „Und wir legen Ihnen nicht nur Freiheitsberaubung, Körperverletzung, Nötigung und Amtsanmaßung zur Last, sondern werfen Ihnen auch den Mord an Ihrer Tochter Eske Tadden vor."

Der Vater der Toten schnaubte verächtlich.

„Sie greifen jetzt offenbar zu jedem Strohhalm, um Ihre miserable Ermittlungsarbeit zu kaschieren, Frau Sander."

„So schlecht sind wir gar nicht", gab Mona unbeeindruckt zurück. „Wir haben inzwischen herausgefunden, dass Arnold Fuchs für die Tatzeit ein wasserdichtes Alibi hat. Er kann also Eske nicht erwürgt haben. – Wünschen Sie die Anwesenheit eines Rechtsvertreters, Herr Gruner?"

Er schüttelte den Kopf.

„Ich bin unschuldig! Natürlich, diesen sauberen Herrn Fuchs habe ich mir geschnappt. Für diese Handlungen stehe ich ein. Und ich bedaure, dass ich die sympathische junge Frau niederschlagen musste. Aber sie hätte mich daran gehindert, die Sauna zu benutzen. Und das durfte ich natürlich nicht zulassen."

„Natürlich nicht", bestätigte Mona ironisch. „Haben Sie Herrn Fuchs womöglich nur in Ihre Gewalt gebracht, um von sich selbst abzulenken?"

Gruner blinzelte.

„Wie meinen Sie das? Ich hatte Sie und Ihren Kollegen beobachtet und ging davon aus, dass Sie in dem Hotel einen Verdächtigen vernommen haben. Ich wollte ihn zu einem Geständnis kriegen – wozu Sie offenbar nicht in der Lage sind!"

„Das liegt daran, dass Herr Fuchs unschuldig ist", gab die Kommissarin trocken zurück. „Sie bleiben also dabei, dass Sie selbst mit dem Tod Ihrer Tochter nichts zu tun haben?"

Gruners Augen quollen beinahe aus dem Kopf.

„Glauben Sie immer noch, ich hätte mein eigenes Kind ermordet? Sie sind verrückt!"

„Das wird sich zeigen. – Wenn wir Ihr Pensionszimmer durchsuchen, werden wir also kein Belastungsmaterial finden?"

Der Verdächtige zuckte zusammen.

„Dazu haben Sie kein Recht!"

„Es gibt einen offiziellen Durchsuchungsbeschluss für den Raum", stellte Enno klar.

Gruners Miene wirkte wie versteinert.

„Ich sage jetzt überhaupt nichts mehr", verkündete er bockig.

„Wie Sie wünschen", sagte Mona und stand auf. „Wir beantragen einen Haftbefehl. Bis zu Ihrem Haftprüfungstermin in Emden bleiben Sie wegen Verdunkelungsgefahr unser Gast."

„Es ist wohl doch besser, wenn ich einen Rechtsanwalt beauftrage", knurrte Gruner. Dann sagte er nichts mehr, als die Ermittler ihn durch Polizeimeister Claas Lammer abführen ließen.

„Schauen wir uns jetzt in Gruners Zimmer um?", fragte Mona.

„Ja, auf jeden Fall", bestätigte Enno.

Sie fuhren zur Pension Uhland hinüber. Inzwischen war es später Nachmittag, über dem Nordseehorizont ballten sich dunkle Wolken zusammen. Womöglich würde es später ein paar Regenschauer geben. Wegen des Hochseeklimas veränderte sich das Wetter auf Borkum oft sehr schnell, ob nun zum Guten oder zum Schlechten.

Und so ist es auch mit manchen Tatverdächtigen, dachte Mona. Gruner war ihr niemals sympathisch gewesen, sie mochte seine pedantische und kontrollsüchtige Art nicht. Später hatte sie immerhin verstehen können, dass er seine Tochter auf seine ganz spezielle Art hatte beschützen wollen. Doch dann mussten bei ihm die Sicherungen durchgebrannt sein. Und er hatte die Person getötet, die ihm am meisten bedeutete.

Das war zumindest eine Möglichkeit.

Die Pension wirkte verwaist, denn um diese Tageszeit waren die meisten Urlauber noch am Strand, machten eine Radtour oder ließen es sich in einem der vielen Borkumer Lokale gut gehen. Doch die Wirtin hielt natürlich die Stellung.

Enno zeigte ihr den Durchsuchungsbeschluss.

„Wir müssten uns in Herrn Gruners Zimmer umschauen."

Doris Uhland rieb sich die Oberarme. Sie sah so aus, als ob ihr ein eiskalter Schauer über den Rücken laufen würde.

„Hat er die Frau am Strand getötet?"

„Sie wissen, dass wir diese Frage noch nicht beantworten dürfen", erwiderte Mona.

Die Wirtin nickte und führte die Ermittler zu dem Zimmer, das sie mit ihrem Generalschlüssel öffnete.

Doris Uhland wollte an der Tür stehen bleiben, doch Mona starrte sie so lange an, bis sie die Augen niederschlug und von der Bildfläche verschwand.

„Ich bin in der Küche, falls Sie mich brauchen", murmelte die Wirtin.

Die Kommissarin nickte. Genau wie Enno hatte sie sich Latexhandschuhe übergezogen.

„Manchmal geht mir die Neugier der Menschen auf den Wecker", sagte sie zu ihrem Kollegen.

Enno ging nicht darauf ein. Er beschäftigte sich schon mit dem dickleibigen Manuskript, an dem Gruner bei ihrem ersten Besuch auf seinem Zimmer gearbeitet hatte.

„Das musst du dir anschauen, Mona! – Gruner hat keinen Roman geschrieben, sondern so eine Art Amateurdetektiv-Tagebuch

geführt. Hier, mit diesen Worten fängt es an: ‚Die Ermittlungs-
beamten Sander und Moll sind offensichtlich völlig unfähig.
Vermutlich wurden sie auf diese Insel strafversetzt. Ich werde Eskes
Tod wohl auf eigene Faust aufklären müssen'."

Mona schnaubte.

„Als ob es eine Strafe wäre, auf Borkum zu arbeiten! – Dieses
Tagebuch wird garantiert kein Geständnis enthalten, Enno. Vielmehr
dient es der Fassade. Gruner *wollte,* dass wir es finden und lesen. Wir
sollen glauben, dass er nicht für den Tod seiner Tochter
verantwortlich ist."

Enno zuckte mit den Schultern.

„Noch gibt es keinen Beweis für seine Schuld", stellte er fest.

„Deshalb sind wir ja hier, oder?", gab Mona leicht gereizt zurück.
Sie machte sich systematisch daran, eine hübsche alte Kommode zu
durchsuchen. Als Genauigkeitsfanatiker hatte Gruner in einer
Schublade seine Socken ordentlich zusammengerollt verstaut. Es
hätte die Kommissarin nicht gewundert, wenn sie außerdem noch
nach Farben geordnet gewesen wären. Sie tastete über den
Schubladenboden, als sie plötzlich einen harten Gegenstand
bemerkte. Mona zog ihn hervor.

Es war der Schlüssel von Eskes Hotelzimmer!

Triumphierend hielt sie ihn hoch.

„‚Wer suchet, der findet' – so steht es schon in der Bibel. Was sagst
du dazu, Enno? Ich bin gespannt, wie Gruner uns erklären will, dass
dieser Schlüssel in seinen Besitz gelangt ist."

„Ja, das frage ich mich auch."

Mona entging es nicht, dass der Oberkommissar ihre Begeisterung
nicht teilte. Sie hakte nach.

„Du klingst nicht besonders überzeugt, mein Lieber."

„Gehen wir mal davon aus, dass Gruner dir das Reizgas ins Gesicht
gesprüht hat. Das müsste er ja getan haben, wenn er wirklich in dem
Hotelzimmer gewesen ist. Die wenigen Zeugen haben den
Reizgassprüher als einen dunkel gekleideten Typen beschrieben, der
seine Wollmütze tief ins Gesicht gezogen hatte. Zugegeben, es
könnte Gruner gewesen sein. Doch dieser Täter ist im
Handumdrehen abgehauen. Ich kann mir nicht vorstellen, dass
Gruner in seinem Alter noch so schnell rennen kann."

„Möglicherweise hatte er einen Komplizen", murmelte die
Kommissarin. Sie musste zugeben, dass Ennos Argument stichhaltig

war. Dennoch ließ sich der Hotelzimmerschlüssel nicht einfach wegdiskutieren.

Die Ermittler setzten ihre Durchsuchung fort, doch Monas Euphorie war nun gebremst. Weitere verdächtige Gegenstände konnten sie nicht sicherstellen. Der Zimmerschlüssel landete in einer Tüte für Beweisstücke.

„Ich bin gespannt, was Gruner jetzt zu sagen hat", meinte Mona auf dem Rückweg zur Wache.

„In diesem Detektiv-Tagebuch hat er jedenfalls penibel aufgeschrieben, welche Personen seiner Meinung nach als Täter infrage kommen", berichtete Enno. „Gruner kann sich nicht entscheiden, wen er für den Mörder halten soll."

„Ich möchte wissen, warum der Schlüssel in Gruners Kommode gelegen hat."

Genau diese Frage stellte Mona wenig später dem momentanen Hauptverdächtigen.

Eskes Vater schüttelte den Kopf.

„Ich verweigere die Aussage, Frau Sander. Von mir bekommen Sie kein weiteres Wort zu hören, bis mein Anwalt hier eingetroffen ist."

Während Monas und Ennos Abwesenheit hatte Gruner telefonieren dürfen. Ein von ihm beauftragter Verteidiger konnte erst am nächsten Vormittag auf Borkum eintreffen.

Die Ermittler gingen in ihrem Büro noch einmal alle Fakten durch, kamen aber nicht weiter.

„Ich fürchte, der Schlüssel ist nur ein dürftiges Indiz", meinte Enno bedauernd. „Ohne ein Geständnis des Täters wird die Staatsanwaltschaft wohl keine Anklage erheben."

Mona war der gleichen Meinung, weswegen sich ihre Laune erheblich verschlechterte. Der Gedanke, dass der Mörder ungeschoren davonkommen sollte, gefiel ihr gar nicht. Irgendwann drehten sich ihre Gedanken im Kreis.

„Wir sollten für heute Schluss machen", meinte Enno. „Morgen ist auch noch ein Tag."

„Du hast ja so recht", erwiderte Mona, wobei sie ein Gähnen unterdrückte. „Wir sehen uns dann beim Dienstbeginn."

„Ja, ich wünsche dir einen schönen Feierabend."

Mona erwiderte den Gruß und schloss ihr Fahrrad auf, das sie hinter der Polizeistation geparkt hatte.

Inzwischen war es schon dunkel. Die Straßenlaternen verbreiteten ein behagliches Licht. Obwohl Borkum keine autofreie Insel war, herrschte ziemlich wenig Straßenverkehr.

Die Kommissarin trat kräftig in die Pedale. Die Bewegung half ihr dabei, den Kopf freizubekommen. Sie erreichte die Walfangerstrate innerhalb kürzester Zeit. Als Mona ihr Rad in den Schuppen schieben wollte, verspürte sie ein seltsames Kribbeln im Nacken. Sie hatte das Gefühl, im Vorgarten ihrer Vermieterin nicht mehr allein zu sein.

Mona wollte sich gerade umdrehen, als sie eine trügerisch sanfte Stimme hinter sich hörte.

„Ich habe meine Wünsche lange genug unterdrückt."

Im nächsten Moment legte jemand seine Hände um ihren Hals und drückte zu.

Kapitel 20

Monas Schrecksekunde war nur kurz, dann reagierte sie mit antrainierten Reflexen.

Sie ließ ihr Fahrrad los, bekam die kleinen Finger ihres Widersachers zu fassen und bog sie mit ganzer Kraft nach außen.

Ein lauter Schmerzensschrei bewies, dass diese Befreiungsaktion erfolgreich war. Womöglich würde durch den Radau die Vermieterin auf den Plan gerufen werden. Doch momentan war Mona auf sich allein gestellt.

Der Angreifer hatte ihre Kehle so schnell wieder losgelassen, wie er sie gepackt hatte.

Die Kommissarin wirbelte herum.

Sie befand sich außerhalb des Lichtkegels der nächstgelegenen Straßenlaterne.

Trotzdem erkannte sie Schuster.

„Was soll das, du willst es doch auch!", stieß er empört hervor, während er sie wieder anging.

Mona schnellte vorwärts und verpasste ihm einen gewaltigen Kopfstoß gegen sein Kinn. Schuster stolperte keuchend rückwärts. Sie trat ihm die Beine weg, er landete der Länge nach auf dem Boden.

Die Kommissarin drückte ihm ihr Knie ins Kreuz und drehte seinen rechten Arm auf den Rücken, während sie mit links ihr Smartphone aus der Tasche fischte und auf die Nummer der Polizeiwache drückte.

„Hier ist Mona. Ich wurde vor meiner Wohnung angegriffen und brauche dringend Unterstützung."

„Ich schicke dir sofort Aiske und Claas", gab Britt Mölders zurück.

Nun meldete sich auch Schuster wieder zu Wort. Seine Stimme klang seltsam dumpf. Das lag daran, dass er mit dem Gesicht nach unten lag.

„Das ist ein Missverständnis, ich wollte dich überraschen. Du bist so ein raues Spiel nicht gewöhnt, das hab ich jetzt verstanden. Aber es wird dir auch gefallen."

„Ja, bisher haben mich Männer eher mit Blumensträußen überrascht und nicht mit Mordversuchen", fauchte Mona wütend.

„Das war doch kein Mordversuch, ich könnte keiner Fliege etwas zuleide tun."

„Ich schon", entgegnete sie, als Schuster zu zappeln begann.

Zum Glück ertönte schon bald die Sirene des Streifenwagens, der aus Richtung Wilhelm-Feldhoff-Straße schnell näher kam.

Schuster gab seinen Widerstand auf.

Als die Unterstützung eintraf, ließ er sich von Aiske Berend folgsam Handschellen anlegen. Und auch bei der Leibesvisitation durch Claas Lammers machte er keine Schwierigkeiten.

„Bist du okay?", wurde Mona von ihrer uniformierten Kollegin gefragt.

Die Kommissarin massierte ihren Hals. Schuster hatte nur kurz zudrücken können, die unschönen Würgemale würden ihr gewiss erspart bleiben.

Viel stärker beschäftigte Mona die Frage, ob der Täter durch den Angriff auf sie den Mord an Eske indirekt gestanden hatte.

Oder ob er wirklich in sie verknallt war und einen bizarren Annäherungsversuch gemacht hatte. Bei seiner Attacke hatte Schuster jedenfalls nicht wütend oder hasserfüllt geklungen, sondern eher liebestoll.

Ich habe meine Wünsche lange genug unterdrückt – sagte man so etwas zu einer Frau, die man erwürgen wollte?

Mona konnte nicht mehr klar denken. Nach dem langen Arbeitstag und dem kurzen Kampf brach die Erschöpfung wie eine Welle über sie herein.

Aiske schaute sie erwartungsvoll an.

„Schafft den jungen Mann in eine Arrestzelle, wir werden ihn gleich morgen früh als Erstes vernehmen", bat sie ihre Kollegen.

Der abendliche Polizeieinsatz mit Sirene und Blaulicht hatte natürlich auch Frau Klasing auf den Plan gerufen. Sie kam aus dem Haus gestürmt und schlug die Hände über dem Kopf zusammen, als der mit Handschellen gefesselte Schuster in den Streifenwagen gesetzt wurde.

„Was ist denn passiert, Frau Sander? Ist man denn noch nicht mal mehr auf unserer kleinen Insel seines Lebens sicher?"

Mona lächelte der älteren Frau zu.

„Kein Grund zur Aufregung. Ich hatte mir eigentlich geschworen, keine Arbeit mit nach Hause zu nehmen. Aber manchmal lässt es sich nicht vermeiden."

***

Enno fiel aus allen Wolken, als Mona ihm am nächsten Morgen von den Ereignissen berichtete. Seine Stimme klang vorwurfsvoll.

„Warum hast du mich nicht sofort angerufen? Und – warst du im Krankenhaus, um dich durchchecken zu lassen?"

„Was hättest du ausrichten können? Schuster war ja schon verhaftet", verteidigte Mona sich. „Ich wollte dir den Feierabend nicht verderben. Und ich habe mich nicht untersuchen lassen. Ich kann selbst beurteilen, ob mein Kehlkopf zerquetscht wurde oder nicht. Außerdem war ich hundemüde und wollte nur noch ins Bett."

In Wirklichkeit hatte die Kommissarin lange nicht in den Schlaf gefunden. Ihr Kollege beruhigte sich allmählich wieder. Mona wusste seine Besorgnis um sie zu schätzen. So einen Dienstpartner konnte man sich nur wünschen, wenn man in eine heikle Situation geriet.

„Dann sollten wir uns Schuster jetzt zur Brust nehmen", forderte Enno.

„Das hatte ich ohnehin vor."

Grietje Smit war für die Tagesschicht eingeteilt. Mona bat sie, den Verdächtigen in den Verhörraum zu bringen. Wenig später saßen sie und Enno Schuster sich gegenüber.

Der junge Mann mit dem Kinnbart wirkte bleich und übernächtigt. Ob er mit diesem Verlauf der Ereignisse gerechnet hatte, als er am Vorabend seine Hände um Monas Hals legte? Wahrscheinlich nicht.

„Wir beschuldigen Sie des Angriffs auf eine Polizeibeamtin sowie des Mordes an Eske Tadden", sagte der Oberkommissar, wobei er Schuster sehr ernst anschaute. Enno konnte höchst einschüchternd wirken, wenn er wollte. Das fiel ihm bei seiner Statur nicht schwer.

Mona fügte kühl hinzu: „Möchten Sie einen Rechtsbeistand hinzuziehen?"

Schuster warf ihr einen entgeisterten Blick zu. Er schien immer noch nicht verstehen zu können, dass die Kommissarin nicht auf seine merkwürdigen Avancen eingegangen war. Er holte tief Luft. Als er dann sprach, klang seine Stimme belegt.

„Hör mal …"

„Wir wollen beim Sie bleiben", stellte Mona klar. „Das hier ist kein Speeddating, sondern ein polizeiliches Verhör."

Schuster seufzte.

„Ich habe einen Fehler begangen. Da war so ein sinnliches Knistern zwischen d… Ihnen und mir. Ich war fest überzeugt davon, dass Sie etwas für mich empfinden."

„Und deshalb haben Sie mir in der Dunkelheit aufgelauert?", fragte Mona.

Es war ihm offenbar nicht schwergefallen, ihre Adresse herauszufinden. Borkum war keine anonyme Großstadt. Schuster hatte in der Vergangenheit schon oft genug auf der Insel gearbeitet und kannte viele Einwohner. Das hatte er selbst zugegeben. Es musste für ihn ein Leichtes gewesen sein, Monas Adresse zu ermitteln.

„Ich liebe eben das Geheimnisvolle, das Überraschende", murmelte er. „Sie kennen solche Spiele nicht, oder?"

„Nein, und ich lege auch keinen Wert darauf. Fest steht, dass Sie mich gegen meinen Willen körperlich angegangen sind. Dafür werden Sie sich auf jeden Fall verantworten müssen. – Und wie war es mit Eske Tadden? Hat die auch nicht nach Ihrer Pfeife getanzt, woraufhin Sie wütend geworden sind?"

Schuster rang die Hände. Da er sich friedlich aufgeführt und nachts nicht randaliert hatte, war auf Handschellen verzichtet worden.

Er klang nun richtig verzweifelt.

„So glauben Sie mir doch bitte! Ich bin kein gewalttätiger Mensch, und erst recht kein Mörder. Fragen Sie Marieke – sie wird Ihnen bestätigen, dass ich sie niemals gegen ihren Willen gewürgt habe. Und ich hörte immer dann auf, wenn es ihr zu viel wurde."

Eskes Mutter hatte Schuster in dieser Hinsicht schon entlastet. Doch das interessierte Mona jetzt nur am Rande. Ihr fiel etwas ganz anderes auf.

Ja, der Verdächtige rang die Hände. Seine Finger waren dabei ineinander verschränkt. Nur den linken kleinen Finger spreizte er ab, was seltsam aussah. Die Kommissarin deutete auf seine Hände.

„Warum halten Sie den kleinen Finger denn so unnatürlich?"

Die Frage schien Schuster zu überraschen.

„Der Finger? Ach so, ich hatte als Teenager mal einen Unfall. Wir waren zum Wandern in Finnland. Da bin ich gestürzt und hab mir den Finger gebrochen. Er konnte nicht gleich ärztlich versorgt werden, weil wir in der Wildnis waren. Schließlich ist er deshalb steif geblieben. Man könnte es operativ vielleicht korrigieren, aber ich habe mich daran gewöhnt. Und ehrlich gesagt habe ich Angst vor Krankenhäusern. Wenn es nicht unbedingt sein muss, dann mache ich um Doktoren einen Bogen."

Mona nickte gedankenverloren.

Hatte Marieke Tadden Würgemale von *zehn Fingern* am Hals gehabt? Die Kommissarin hätte es nicht beschwören können. Aber bei dem Mordopfer konnte sie sich vergewissern.

„Einen Moment bitte."

Mona stand unter den erstaunten Blicken von Enno und Schuster auf. Sie eilte hinüber in ihr Arbeitszimmer und kam mit der Ermittlungsakte zurück. Darin befanden sich inzwischen auch die Fotos, die bei der Obduktion gemacht worden waren. Sie hielt den Schnellhefter so, dass nur Enno und sie selbst hineinschauen konnten.

Die Bilder ließen keinen Zweifel aufkommen.

Der Täter hatte sich deutlich sichtbar mit zehn Fingern in den Hals der jungen Frau gekrallt.

„Sie können also den linken kleinen Finger definitiv nicht krümmen?", vergewisserte Mona sich.

„Nein, das ist mir nicht möglich. Wenn Sie mir nicht glauben, können Sie meine Hand auch röntgen lassen, obwohl ich mich nicht darum reiße. – Warum ist das denn wichtig?"

„Weil Sie Eske nicht getötet haben können", sagte Mona mit tonloser Stimme. „Bisher haben Sie Ihre Unschuld immer nur beteuert. Nun lässt sie sich auch beweisen."

„Darf ich dann gehen?", fragte Schuster schüchtern.

Bevor Mona oder Enno reagieren konnten, platzte Grietje in den Verhörraum – wie üblich, ohne anzuklopfen.

„Merkst du nicht, dass du störst?", fauchte die Kommissarin.

„Ein Gerichtsmediziner aus Oldenburg ist am Telefon", erwiderte die junge Polizeimeisterin. „Er will dich sprechen, es ist angeblich sehr dringend."

Mona führte sich vor Augen, dass sie selbst um eine noch gründlichere Leichenschau gebeten hatte. Es wäre sehr unhöflich gewesen, den Pathologen jetzt warten zu lassen.

„Also gut, ich komme. – Enno, kümmerst du dich bitte um die Strafanzeige wegen dem Angriff auf mich?"

„Mit dem größten Vergnügen", gab der Ostfriese grimmig zurück. Er wandte sich an Schuster. „So, und nun schildern Sie mir ganz genau, wie die nächtliche Begegnung mit Kommissarin Sander abgelaufen ist."

Mona folgte Grietje nach draußen und schloss die Tür. Die uniformierte Kollegin hatte das Gespräch auf den Apparat in Monas Büro weitergeleitet. Sie nahm den Telefonhörer ab.

„Moin, hier spricht Sander."

„Moin, es geht noch einmal um das Tötungsdelikt Tadden. Ich sollte mir die Leiche ja noch einmal genauer anschauen. Und ich habe wirklich etwas gefunden, das mir zuvor entgangen ist."

„Nämlich?", hakte Mona ungeduldig nach.

„Die Würgemale am Hals des Opfers weisen ausnahmslos minimale Schnittverletzungen auf."

„Und was bedeutet das, Herr Doktor?"

„Der Täter muss lange Fingernägel gehabt haben. Es waren außerdem teilweise rote Farbpartikel vorhanden, die sich nur mit dem Mikroskop nachweisen ließen."

„Farbe, die von Nagellack stammt?"

„So ist es, Frau Sander."

„Also ist der Mörder in Wirklichkeit eine Mörderin?"

„Alles spricht für diese These", antwortete der Pathologe.

Mona bedankte sich überschwänglich und beendete das Telefonat. Einen Moment lang blieb sie nachdenklich mit dem Hörer in der Hand stehen. Dann stürmte sie zurück in den Verhörraum.

„Sie sind doch so ein Casanova, oder?", rief sie Schuster zu. „Ich will jetzt von Ihnen wissen, mit welchen Frauen Sie früher auf Borkum Affären hatten, ob nun mit Würgespielen oder ohne!"

Der ehemals Mordverdächtige schaute sie verblüfft an, bevor er stammelnd einige weibliche Namen von sich gab. Mona hob die Hand.

„Das reicht schon, Herr Schuster. Ich weiß jetzt, wer Eske Tadden getötet hat."

Kapitel 21

Doris Uhland wirkte überrascht, als die Ermittler wieder ihre Pension betraten. Der Frühstücksbetrieb war gerade vorbei, die Gäste machten sich Richtung Strand auf. Staubsaugergeräusche zeugten davon, dass eine Mitarbeiterin der Pensionswirtin mit ihrer täglichen Reinigungstour begonnen hatte.

„Moin, müssen Sie noch einmal Herrn Gruners Zimmer durchsuchen?"

Mona schüttelte den Kopf und schaute die Wirtin ernst an.

„Nein, Frau Uhland. Herr Gruner ist unschuldig. Und das wissen Sie genau."

Doris Uhland erbleichte. Sie versuchte vermutlich, sich zusammenzureißen. Doch ihren Körper hatte sie nicht hundertprozentig unter Kontrolle.

Sie spürte offenbar genau, dass sie verloren hatte.

„Können wir uns irgendwo in Ruhe unterhalten?", fragte Enno.

Die Wirtin nickte. Mit gesenktem Kopf, wie ein geschlagener Boxer, führte sie die Ermittler in den Aufenthaltsraum. Dort ließ sie sich in einen Sessel fallen. Schlagartig schien Doris Uhland um zehn Jahre gealtert zu sein.

„Wie sind Sie auf mich gekommen?"

„Durch Ihre Fingernägel", antwortete Mona wahrheitsgemäß. „Sie hätten Handschuhe tragen sollen, als Sie die junge Frau erwürgt haben. Uns fehlte allerdings noch ein Motiv, doch das hat uns Ulf Schuster geliefert. Sie hatten einmal eine Affäre mit ihm, nicht wahr?"

Die Pensionswirtin nickte.

„Ja, und als er nun wieder nach Borkum kam, habe ich mir so große Hoffnungen gemacht! Es ist nicht leicht, in meinem Alter einen netten Mann kennenzulernen."

Mona zuckte mit den Schultern.

„Es kommen doch genügend Männer als Gäste in Ihre Pension, würde ich meinen."

„Ja, aber die meisten von ihnen sind verheiratet. Und Ulf … Ulf ist eben etwas ganz Besonderes."

„Hat Ihr Liebhaber Sie auch gewürgt?", wollte Mona wissen.

Doris Uhland errötete. Diese Antwort reichte der Kommissarin.

„Das ist zweitrangig. Erzählen Sie uns bitte, wie es zu der Tat kam."

„Ich hatte meinen freien Abend, den gönne ich mir einmal in der Woche", begann die Mörderin zögernd. „Ein paar Tage zuvor hatte ich Ulf Schuster wiedergetroffen, und wir hatten spontan Sex. Ich dumme Kuh bildete mir ein, dass er nur wegen mir nach Borkum zurückgekehrt wäre. Und dann sah ich ihn mit dieser jungen Schönheit auf der Promenade."

„Das klingt so, als ob Schuster seinerseits Sie nicht bemerkt hätte", warf Enno ein.

„So war es auch, Herr Moll! Er hatte nur Augen für dieses Biest. Ich fühlte mich, als ob mir jemand mit einer Schaufel vor die Stirn geschlagen hätte."

„Wäre es nicht naheliegender gewesen, auf Schuster sauer zu sein? Eske wusste vermutlich gar nicht, dass er auch etwas mit Ihnen hatte."

„Ja, vom Verstand her haben Sie recht, Frau Sander. Aber diese junge Frau … ich hatte sie vorher schon bemerkt, wie sie von den jungen Bengeln umschwärmt wurde. Wie eine Henne im Korb! Ich möchte auch begehrt werden, verstehen Sie? Eske ging sogar mit einem der Kerle ins Hotel. Das hinderte sie allerdings nicht daran, ein paar Stunden später einen heißen Flirt mit Ulf anzufangen."

„Das klingt so, als ob Sie Ihr späteres Opfer stundenlang im Auge behalten hätten."

„Nicht absichtlich, das hat sich so ergeben. Und ich sah ja auch, dass Gruner ihr nachstieg. Damals wusste ich noch nicht, dass Eske seine Tochter war. Das kriegte ich erst später mit."

„Wie?"

„Ich belauschte zufällig ein Telefonat von Gruner, er sprach wohl mit einer Freundin von ihr. Da war Eske allerdings schon tot."

„Zurück zur Mordnacht", erinnerte Mona. „Wie ging es weiter?"

„Ich hielt mich im Hintergrund. Vielleicht wäre alles anders gekommen, wenn ich mich einfach aus dem Staub gemacht hätte. Bestimmt sogar. Aber ich konnte nicht. Ich musste einfach wissen, was die beiden so trieben. Also folgte ich ihnen in sicherer Entfernung. Nach Einbruch der Dunkelheit waren Ulf und Eske immer noch am Strand. Sie stritten sich, wobei ich die Worte nicht verstehen konnte. Ulf lief weg, er hätte mich beinahe umgerannt. Doch er bemerkte mich gar nicht. Da beschloss ich, Eske ins Gewissen zu reden."

„Und das ging gründlich schief", mutmaßte Mona.

„Allerdings! Ich ging zu Eske und sagte ihr, dass Ulf zu mir gehörte. Sie lachte mich aus und fragte, ob ich gelegentlich in den Spiegel schauen würde. Und es wäre ihr neu, dass Ulf auf alte Mumien steht."

„Woher konnte sie wissen, wie alt Sie sind? Es war doch dunkel."

„Sie haben recht, Frau Sander. Darüber habe ich noch gar nicht nachgedacht. Entweder hat Ulf ihr von mir erzählt oder sie konnte es an meiner Stimme erkennen. Ich verlor die Nerven und ging ihr an die Gurgel."

„Hat Eske sich nicht gewehrt? Sie war doch jünger und vielleicht auch stärker als Sie."

„Sie zappelte ein wenig, mehr nicht. Ich glaube, dass sie ziemlich betrunken war. Also ein leichtes Opfer. Das Töten war wie ein Rausch. Als kein Leben mehr in ihr war, begriff ich erst, was ich getan hatte. Ich begann zu weinen."

Das Schluchzen stammte also nicht vom Opfer, sondern von der Mörderin, dachte Mona. Sie fragte: „Was geschah als Nächstes?"

„Eine Männerstimme fragte, ob jemand Hilfe benötigen würde. Ich erschrak fast zu Tode und gab keinen Mucks mehr von mir. Es war unmöglich einzuschätzen, wo sich der Mann befand. Doch er muss wohl in eine andere Richtung gegangen sein. Jedenfalls bin ich niemandem begegnet, als ich wenig später floh."

Mona schaute die Täterin auffordernd an, als ob sie sagen wollte: *Das war doch noch nicht alles, oder?*

Doris Uhland blickte nervös nach links und rechts, dann fuhr sie fort: „Ich nahm Eske ihr Bikini-Oberteil ab. Irgendwie habe ich wohl gehofft, dass ich dadurch den Verdacht auf einen Mann lenken könnte. Außerdem schnappte ich mir die Tasche und die Bluse."

„Für diese Gegenstände hatten Sie später ja auch noch Verwendung, nicht wahr?"

Doris Uhland sank noch mehr in sich zusammen, nachdem Mona diese Frage gestellt hatte.

„Ich schäme mich jetzt dafür, dass so viele Unschuldige in Verdacht geraten sind. Aber ich wollte einfach nicht ins Gefängnis."

Mona wusste nicht, ob die Reue ernst gemeint war. Für sie zählte hauptsächlich, dass die Mörderin geständig war. Es gab noch einige Puzzleteile, die zusammengefügt werden mussten.

„Wie kamen die Bluse und die Tasche in Scheepkers Zimmer, Frau Uhland?"

Die Täterin seufzte.

„Ich habe natürlich Ihre Ermittlungen aufmerksam verfolgt. Und am Abend vor meiner … Begegnung mit Eske hatte ich ja mitgekriegt, dass sie mit diesen jungen Männern flirtete. Als ich zufällig sah, dass Sie den Dicken zur Polizeiwache schafften, sah ich meine Chance gekommen. Wir Vermieter auf Borkum kennen uns untereinander. Es war ein Kinderspiel herauszufinden, in welchem Ferienhaus die jungen Männer untergebracht waren. Ich musste mich bloß noch hineinschleichen und herausfinden, welches Zimmer diesem Scheepker gehörte. Bei seiner Konfektionsgröße war das nicht schwer."

„Und weil es mit der falschen Spur zu Scheepker so gut geklappt zu haben schien, wiederholten Sie das Ganze?", vergewisserte Mona sich.

Doris Uhland nickte.

„Ja, ich habe Eskes Zimmerschlüssel in Gruners Zimmer versteckt. Er befand sich in der Umhängetasche. Es war ja eindeutig, dass Sie diesen Mann auch im Visier hatten."

„Und warum waren Sie im Hotelzimmer Ihres Opfers? Sie haben mir bei der Gelegenheit Reizgas ins Gesicht gesprüht, nicht wahr?"

„Das tut mir leid, Frau Sander. Ich habe in dem Zimmer nach Hinweisen auf Ulf gesucht, aber nichts gefunden."

„Sie wollten verhindern, dass Ihr Angebeteter unter Verdacht gerät", mutmaßte Mona. „Immerhin hatten Sie uns ja schon Scheepker und Gruner auf dem Silbertablett serviert."

„Ich wünschte, dass ich alles rückgängig machen könnte", beteuerte die Mörderin. „Wenn ich an dem Tag nicht zufällig frei gehabt hätte, wäre vielleicht gar nichts geschehen."

Darauf erwiderte Mona nichts. Sie hatte schon öfter die Erfahrung gemacht, dass scheinbare Zufälle ungeahnte Folgen nach sich ziehen konnten.

Enno sagte: „Sie kommen jetzt am besten mit zur Polizeistation, Frau Uhland."

Als die Ermittler auf der Dienststelle eintrafen, gab Grietje Mona ein Zeichen. Enno bekam es mit.

„Ich bereite schon mal die erkennungsdienstliche Behandlung vor", sagte er und verschwand mit Doris Uhland im Nebenraum.

Grietje blinzelte die Kommissarin an.

„Ich soll dir ausrichten, dass Fuchs sich nicht über dich beschweren will."

Mona zuckte mit den Schultern.

„Das ist ja schön. Und wie kommt es zu dem Sinneswandel?"

„Sein Anwalt hat ihm wohl davon abgeraten."

Mona grinste.

„Und wer hat den netten Dr. Leonard diesbezüglich beeinflusst?"

„Das überlasse ich deiner Fantasie", erwiderte Grietje lachend.

ENDE

»Friesenlauf«, Band 3
Taschenbuch-ISBN: 978-3-95573-553-1
eBook-ISBN: 978-3-95573-618-7

»Friesenflirt«, Band 4
Taschenbuch-ISBN: 978-3-95573-542-5
eBook-ISBN: 978-3-95573-541-8

»Friesenwahn«, Band 5
Taschenbuch-ISBN: 978-3-95573-622-4
eBook-ISBN: 978-3-95573-623-1

»Friesenstalker«, Band 6
Taschenbuch-ISBN: 978-3-95573-688-0
eBook-ISBN: 978-3-95573-701-6

»Friesenjuwel«, Band 7
Taschenbuch-ISBN: 978-3-95573-764-1
eBook-ISBN: 978-3-95573-765-8

»Friesenwrack«, Band 8
Taschenbuch-ISBN: 978-3-95573-796-2
eBook-ISBN: 978-3-95573-797-9

»Friesenbarbier«, Band 9
Taschenbuch-ISBN: 978-3-95573-833-4
eBook-ISBN: 978-3-95573-832-7

»Friesenstrand«, Band 10
Taschenbuch-ISBN: 978-3-95573-875-4
eBook-ISBN: 978-3-95573-876-1

»Friesenlist«, Band 11
Taschenbuch-ISBN: 978-3-95573-934-8
eBook-ISBN: 978-3-95573-935-5

»Friesenblues«, Band 12
Taschenbuch-ISBN: 978-3-95573-954-6
eBook-ISBN: 978-3-95573-955-3
»Friesenanker«, Band 13

Taschenbuch-ISBN: 978-3-96586-009-4
eBook-ISBN: 978-3-96586-010-0

»Friesenkoch«, Band 14
Taschenbuch-ISBN: 978-3-96586-105-3
eBook-ISBN: 978-3-96586-106-0

»Friesenwürger«, Band 15
Taschenbuch-ISBN: 978-3-96586-146-6
eBook-ISBN: 978-3-96586-145-9

»Friesentango«, Band 16
Taschenbuch-ISBN: 978-3-96586-164-0
eBook-ISBN: 978-3-96586-172-5

»Friesenbrauer«, Band 17
Taschenbuch-ISBN: 978-3-96586-201-2
eBook-ISBN: 978-3-96586-202-9

»Friesendiebin«, Band 18
Taschenbuch-ISBN: 978-3-96586-276-0
eBook-ISBN: 978-3-96586-277-7

»Friesenpoker«, Band 19
Taschenbuch-ISBN: 978-3-96586-321-7
eBook-ISBN: 978-3-96586-322-4

»Friesenleiche«, Band 20
Taschenbuch-ISBN: 978-3-96586-355-2
eBook-ISBN: 978-3-96586-356-9

»Friesentrick«, Band 21
Taschenbuch-ISBN: 978-3-96586-408-5
eBook-ISBN: 978-3-96586-409-2

»Friesenschatz«, Band 22
Taschenbuch-ISBN: 978-3-96586-450-4
eBook-ISBN: 978-3-96586-451-1
»Friesenmagier«, Band 23
Taschenbuch-ISBN: 978-3-96586-485-6

eBook-ISBN: 978-3-96586-486-3

»Friesenruine«, Band 24
Taschenbuch-ISBN: 978-3-96586-513-6
eBook-ISBN: 978-3-96586-514-3

»Friesenraub«, Band 25
Taschenbuch-ISBN: 978-3-96586-549-5
eBook-ISBN: 978-3-96586-550-1

»Friesenrichter«, Band 26
Taschenbuch-ISBN: 978-3-96586-560-0
eBook-ISBN: 978-3-96586-561-7

»Friesenhummer«, Band 27
Taschenbuch-ISBN: 978-3-96586-614-0
eBook-ISBN: 978-3-96586-615-7

»Friesenkugel«, Band 28
Taschenbuch-ISBN: 978-3-96586-627-0
eBook-ISBN: 978-3-96586-628-7

»Friesendolch«, Band 29
Taschenbuch-ISBN: 978-3-96586-649-2
eBook-ISBN: 978-3-96586-650-8

»Friesengeiz«, Band 30
Taschenbuch-ISBN: 978-3-96586-667-6
eBook-ISBN: 978-3-96586-668-3

»Friesendiva«, Band 31
Taschenbuch-ISBN: 978-3-96586-689-8
eBook-ISBN: 978-3-96586-690-4

»Friesenteich«, Band 32
Taschenbuch-ISBN: 978-3-96586-700-0
eBook-ISBN: 978-3-96586-701-7
»Friesensilber«, Band 33
Taschenbuch-ISBN: 978-3-96586-707-9
eBook-ISBN: 978-3-96586-708-6

»Friesenfisch«, Band 34
Taschenbuch-ISBN: 978-3-96586-743-7
eBook-ISBN: 978-3-96586-743-7

»Friesenduell«, Band 35
Taschenbuch-ISBN: 978-3-96586-764-2
eBook-ISBN: 978-3-96586-765-9

»Friesenfisch«, Band 34
Taschenbuch-ISBN: 978-3-96586-743-7
eBook-ISBN: 978-3-96586-743-7

»Friesenduell«, Band 35
Taschenbuch-ISBN: 978-3-96586-764-2
eBook-ISBN: 978-3-96586-765-9

Klarant Verlag

Lernen Sie die Ostfrieslandkrimi-Titel des Klarant Verlages kennen und besuchen Sie uns im Internet unter:

www.ostfrieslandkrimi.de

und

www.klarant.de

Sie können dort Näheres über unsere Autoren erfahren, viele weitere interessante Bücher und eBooks finden und Leseproben herunterladen. Mit dem kostenlosen Newsletter auf

www.ostfrieslandkrimi-lesen.de

erhalten Sie aktuelle Informationen rund um das Verlagsprogramm, wie beispielsweise spannende Neuerscheinungen und Gewinnspiele.